BEATBESTSELLER

NERI POZZA

Della stessa autrice
Io ti ho trovato
Ellie all'improvviso
Qualcuno ti guarda
La ragazza invisibile
La notte in cui lei scomparve
La famiglia è ancora qui

Titolo originale:
The Family Upstairs

Prima edizione Neri Pozza Editore, 2021
Prima edizione BEAT Bestseller, 2023
Nuova edizione BEAT Bestseller, 2024

ISBN 979-12-5502-076-9

www.neripozza.it

LISA JEWELL

LA FAMIGLIA DEL PIANO DI SOPRA

traduzione dall'inglese di
Annamaria Biavasco e Valentina Guani

BEATBESTSELLER
NERI POZZA

Questo libro è dedicato ai miei lettori, con affetto e gratitudine

A proposito del nome del personaggio “Cerian Tahany”

Il nome “Cerian Tahany” mi è stato messo a disposizione dalla vera Cerian Tahany, una dei vincitori dell’edizione 2019 di Get In Character, l’asta di beneficienza organizzata dalla onlus britannica CLIC Sargent a favore dei bambini malati di cancro.

La mission di CLIC Sargent è ridurre l’impatto di una diagnosi oncologica in giovane età. L’idea di fondo è che i bambini e i giovani abbiano diritto alle migliori terapie e cure possibili, e a un sostegno adeguato durante e dopo il decorso della malattia. La campagna Get In Character ha avuto inizio nel 2014 ed è stata sponsorizzata da molti degli autori più famosi del Regno Unito. A oggi, ha raccolto oltre 40.000 sterline.

Sono molto lieta di averla sostenuta negli anni.

Per ulteriori informazioni: www.clicsargent.org.uk

Non posso dire di aver avuto un'infanzia normale neanche prima del loro arrivo. La mia fu un'infanzia tutt'altro che normale. A me sembrava che lo fosse perché non conoscevo altro. Adesso, con il senno di poi, mi rendo conto di quanto fosse strana.

Quando arrivarono io avevo undici anni non ancora compiuti e mia sorella nove.

Vissero con noi per oltre cinque anni, trasformando la nostra vita in un incubo. Io e mia sorella fummo costretti a imparare a sopravvivere.

Poi, quando io avevo sedici anni e mia sorella quattordici, arrivò la piccola.

Parte prima

1.

Libby raccoglie la busta dallo zerbino. Se la rigira fra le mani. Ha un'aria ufficiale: color panna, di carta spessa, forse addirittura foderata. Ha il timbro postale di uno studio legale: *Studio legale Smithkin Rudd & Royle, Chelsea Manor Street SW3.*

Libby va in cucina e posa la lettera sul tavolo per riempire il bollitore e mettere nella tazza una bustina di tè. È quasi sicura di sapere di che cosa si tratta. Il mese scorso ha compiuto venticinque anni. Inconsciamente si aspettava quella lettera. Adesso, però, non è sicura di avere il coraggio di aprirla.

Prende il telefono e chiama la madre.

«Mamma» dice. «È arrivata. La lettera della fiduciaria».

Percepisce tensione nel silenzio che segue le sue parole. Immagina la madre nella sua cucina a Dénia, a mille miglia di distanza: bianca, con accessori verde lime e una portafinestra che si apre sul terrazzo da cui si vede uno scorcio di Mediterraneo in lontananza, il telefono con la custodia tempestata di brillantini che lei chiama il suo *bling-bling*.

«Ah» risponde la madre. «Giusto. Accipicchia. L'hai aperta?»

«No, non ancora. Prima bevo il tè».

«Giusto» ripete. E poi: «Resto in linea? La apri ora?»

«Sì» risponde Libby. «Grazie».

Le manca un po' il fiato, come quando è il momento di alzarsi in piedi e fare una presentazione ai clienti, come dopo un caffè troppo forte. Toglie la bustina del tè dalla tazza e si siede. Accarezza la lettera con la punta delle dita e prende un bel respiro.

«Okay» dice alla madre. «Sto aprendo la busta in questo momento».

La madre sa cosa c'è in quella busta, o perlomeno se lo immagina, benché nessuno le abbia mai comunicato ufficialmente in che cosa consista il lascito. Come ripete sempre, potrebbe trattarsi semplicemente di una teiera con dieci sterline dentro.

Libby si schiarisce la voce, passa il dito sotto il lembo della busta, tira fuori un foglio di spessa carta intestata color panna e legge:

Gentile signorina Libby Louise Jones,

in qualità di fiduciario dell'Henry and Martina Lamb Trust, costituito il 12 luglio 1977, propongo di effettuare il lascito a suo favore come da programma allegato…

Libby posa la lettera di accompagnamento e prende il resto dei fogli.

«Allora?» chiede la madre con il fiato sospeso.

«Sto leggendo» risponde Libby.

Scorre velocemente il testo e le cade l'occhio su un indirizzo: 16 Cheyne Walk, SW3. Immagina sia la casa in cui abitavano i suoi genitori naturali quando sono morti. Sa che era a Chelsea e sa che era grande, ma aveva dato per scontato che non esistesse più. La credeva abbandonata, oppure venduta. Nel cogliere il senso di quanto ha appena letto a momenti si strozza.

«Be'…» comincia.

«Dimmi».

«Sembra che… no, è impossibile».

«Che cosa?»

«La casa. Mi hanno lasciato la casa».

«La casa di Chelsea?»

«Esatto».

«Tutta intera?»

«Mi pare di sì». Nella lettera di accompagnamento c'è

qualcosa a proposito di altri aventi diritto che non si sono presentati nei termini previsti. Libby non si capacita.

«Dio mio! Voglio dire, deve valere un sacco di...»

Libby prende fiato e alza gli occhi al cielo. «Ci dev'essere un errore» dichiara. «È impossibile».

«Vai allo studio legale» le consiglia la madre. «Chiama, prendi appuntamento e spiega che c'è un errore, che hanno sbagliato».

«E se invece avessero ragione? E se fosse davvero così?»

«Be', in questo caso, angelo mio...» dice la madre, e Libby ne percepisce il sorriso a dispetto delle miglia di distanza, «saresti proprio ricca sfondata».

Libby spegne il telefono e si guarda intorno nella cucina. Cinque minuti fa era l'unica cucina che aveva, l'unica che si potesse permettere, nell'unico appartamento che era stata in grado di acquistare, in una stradina tranquilla di St Albans. Nelle sue ricerche online ha visto tante case e appartamenti e ricorda il brivido emozionato che provava ogni volta che aveva la sensazione di aver trovato il posto perfetto: terrazza esposta al sole, cucina abitabile, cinque minuti a piedi dalla stazione, bovindo con vetrata a piombo, vista sul verde e scorcio della cattedrale... Poi guardava il prezzo e si sentiva una deficiente a essersi illusa di poterci arrivare.

Alla fine ha accettato una serie di compromessi scegliendo un posto vicino al lavoro e non troppo distante dalla stazione. Non ha provato nessun brivido nel varcarne la soglia, non le è balzato il cuore in gola per l'emozione quando l'agente immobiliare gliel'ha fatto visitare. Ma l'ha reso accogliente con il meglio che TK Maxx aveva da offrire di volta in volta e adesso è orgogliosa di quel bilocale ristrutturato in maniera non proprio impeccabile. L'ha comprato, l'ha messo a posto e ci si sente a casa.

Adesso che si ritrova proprietaria di una villa in una delle strade più eleganti di Chelsea, però, quell'appartamentino le appare di colpo ridicolo. Cose che fino a cinque minuti fa erano importanti, come le millecinquecento sterline l'anno in più che la ditta le ha appena concesso, il weekend a Barcellona con le amiche per cui ha messo da parte i soldi per sei mesi, l'ombretto MAC che si è "regalata" il weekend scorso per festeggiare l'aumento di stipendio, l'emozione di sforare il severo budget che si è imposta per un momento di profumata ebbrezza da House of Fraser, di tenere in mano il sacchettino MAC, di infilare il cilindretto nero nella trousse sapendo che ormai era suo, che a Barcellona l'avrebbe sfoggiato insieme con il vestito che le ha regalato sua madre a Natale, di French Connection, con gli inserti in pizzo, quello che desiderava da tanto tempo. Fino a cinque minuti fa le gioie della vita erano minime, programmate, attese con ansia, frutto di risparmi e duro lavoro, piccoli sfizi che non cambiavano il mondo, però le davano la carica necessaria per alzarsi la mattina e andare a fare un lavoro che le piaceva, ma non amava.

Adesso invece è proprietaria di una villa a Chelsea e gli equilibri della sua esistenza sono stati spazzati via.

Libby rimette la lettera nella busta costosa e finisce di bere il tè.

2.

Sulla Costa Azzurra sta per abbattersi un temporale: all'orizzonte si stanno accumulando nuvoloni scuri, violacei, e Lucy ha mal di testa. Si posa una mano sulla nuca e con l'altra prende il piatto vuoto della figlia e lo posa per terra, in maniera che il cane lecchi il sugo e le ultime briciole di pollo.

«Marco» dice poi al figlio. «Finisci la cotoletta».

«Non ho fame» le risponde lui.

Lucy sente montare la collera. Le pulsano le tempie. Sta per mettersi a piovere, sente l'umidità nell'aria afosa. «Non c'è altro» replica, sforzandosi di non alzare la voce. «Oggi da mangiare c'è solo questo. Sono finiti i soldi. Basta. Non venirti a lamentare che hai fame stasera, perché a quel punto sarà troppo tardi. Finisci quello che hai nel piatto. Per favore».

Marco scuote la testa con aria sofferta e taglia un pezzetto di cotoletta di pollo. Lucy lo guarda, osserva i capelli folti e castani che sulla nuca si attorcigliano in una doppia rosa, e cerca di farsi tornare in mente quand'è l'ultima volta che si sono fatti lo shampoo. Non se lo ricorda.

Stella chiede: «Prendiamo un dolce, mamma?»

Lucy la guarda. Ha cinque anni ed è l'errore migliore che abbia fatto in vita sua. Dovrebbe risponderle di no: se è severa con Marco, non può essere così indulgente con la sorella. Ma Stella è una bambina tanto brava, ubbidiente, di buon carattere… Come si fa a negarle il dolce?

«Se Marco finisce la cotoletta» risponde in tono equanime, «prendiamo un gelato in tre». Dover aspettare il fratello è palesemente ingiusto nei confronti di Stella, che ha finito dieci minuti fa, ma la bambina è troppo ingenua per accorgersene e annuisce dicendo semplicemente: «Sbrigati, Marco!»

Appena il bambino ha finito di masticare l'ultimo boccone, Lucy gli toglie il piatto e lo posa per terra per il cane. Arriva il gelato, tre gusti in una coppetta di vetro con salsina al cioccolato, granella di nocciole caramellate e bastoncino da cocktail rosa a forma di palma.

Il mal di testa di Lucy peggiora. Guarda l'orizzonte. Devono mettersi al riparo il prima possibile. Chiede il conto, posa il bancomat sul piattino, compone il PIN e trattiene il fiato, conscia del fatto che su quel conto adesso non ci sono più soldi, che non ci sono più soldi in assoluto.

Aspetta che Stella finisca di leccare la coppetta, slega il guinzaglio del cane dalla gamba del tavolo, prende le borse e le distribuisce: due a Marco e una a Stella.

«Dove andiamo?» chiede Marco.

Gli occhi scuri sono seri, angosciati.

Lucy sospira e si volta verso il centro storico di Nizza, poi verso il mare. Si rivolge persino al cane, come se potesse avere qualche consiglio da darle. La bestiola la guarda avidamente, sperando in un altro piatto da leccare. C'è soltanto un posto dove possono andare ed è l'ultimo in cui lei vorrebbe finire, ma si sforza di sorridere.

«Andiamo a trovare la nonna!» risponde.

Marco emette un gemito, Stella fa la faccia perplessa. Ricordano entrambi l'ultima volta che sono stati dalla nonna di Stella. Samia è una ex star del cinema algerino, ha settant'anni, è cieca da un occhio e abita al settimo piano di un brutto condominio del quartiere Ariane con la figlia disabile. È rimasta vedova a cinquantacinque anni e l'unico figlio maschio, il padre di Stella, si è volatilizzato e non si fa vivo da tre anni. Samia è comprensibilmente piena di rabbia e di rancore, ma ha un tetto sopra la testa, guanciali e acqua corrente, ovvero cose che in quel momento Lucy non può garantire ai suoi due bambini.

«Restiamo una notte soltanto» promette. «Domani mi farò venire in mente qualcosa. Giuro».

Comincia a piovere quando sono in vista del palazzo di Samia, piccole bombe d'acqua che esplodono a contatto con l'asfalto caldo. Mentre salgono al settimo piano sull'ascensore coperto di graffiti, Lucy sente l'odore di vestiti sporchi, capelli unti e scarpe da ginnastica che li accompagna. Il manto ricciuto e spesso del cane puzza particolarmente.

«Non posso». Samia, sulla porta, mette subito le mani avanti. «Non posso proprio. Mazie non sta bene e la badante stasera deve fermarsi a dormire qui. Non c'è posto. Non c'è proprio posto».

Si sente tuonare, il cielo si illumina di bianco, cadono cortine di pioggia. Lucy guarda Samia con disperazione. «Non sappiamo dove altro andare» dice.

«Lo capisco» risponde Samia. «Questo lo capisco. Posso tenere Stella. Ma tu, il ragazzino e il cane… Mi spiace. Dovete cercarvi un altro posto».

Lucy sente che Stella le preme contro una gamba, a disagio. «Voglio rimanere con te» le bisbiglia. «Non voglio starti lontana».

Lucy si china a prenderle le mani. Stella ha gli occhi verdi come suo padre, i capelli scuri con qualche ciocca schiarita dal sole e la pelle color caffelatte dopo tutto il sole dell'estate. È una bambina bellissima: a volte la gente li ferma per strada per dire a Lucy quanto è bella sua figlia.

«Almeno qui stai all'asciutto, cucciola» dice. «Puoi fare la doccia e la nonna ti leggerà una favola…»

Samia annuisce. «Ti leggo quella che ti piace» conferma. «Quella della luna».

Stella si stringe ancora più forte a Lucy, che sta per perdere la pazienza. Cosa non darebbe lei per poter dormire in un letto come si deve, ascoltare le favole della nonna, fare una doccia e infilarsi un pigiama pulito!

«È solo per stanotte, cucciola. Domani mattina ti vengo a prendere presto, okay?»

Stella, aggrappata alla sua gamba, fa sì con la testa. Lucy la sente che si fa forza per non piangere. «Okay» risponde la bambina, e Lucy la spinge verso Samia prima che una delle due cambi idea. Resta fuori dalla porta con Marco e il cane. Tappetini da yoga a tracolla, si incamminano verso la pioggia battente, nella sera che si fa buia, senza un posto dove andare.

Per un po' si riparano sotto la sopraelevata. Il rumore delle gomme sull'asfalto caldo e bagnato è assordante. La pioggia non accenna a smettere.

Marco tiene in braccio il cane, la faccia appoggiata al manto ricciuto.

Alza gli occhi verso Lucy. «Perché viviamo così di merda?» domanda.

«Lo sai benissimo» gli risponde seccata.

«Ma tu non puoi proprio farci niente?»

«Ci sto provando».

«Non è vero. Ci lasci colare a picco».

«Ci sto provando!» ripete Lucy lanciandogli un'occhiata furiosa. «Ci provo ogni santo giorno».

Marco la guarda dubbioso. È troppo intelligente e la conosce troppo bene.

Lucy sospira. «Domani vado a ritirare il violino e ricomincio a guadagnare».

«E i soldi della riparazione dove li pigli?» Il ragazzino la guarda con gli occhi socchiusi.

«Da qualche parte li recupero».

«Tipo?»

«Non lo so, okay? Non lo so. In qualche modo farò. Come sempre».

Si volta dall'altra parte e guarda le file parallele di fari che marciano verso di lei. All'improvviso si sente un tuono che pare una cannonata, il cielo si illumina e la pioggia cade ancora più forte di prima, se possibile. Lucy prende il vecchio smartphone dalla tasca esterna dello zaino e lo accende. Vede che le resta soltanto l'otto per cento di carica e fa per spegnerlo di nuovo, ma le cade l'occhio sulla notifica che il calendario le ha mandato già da diverse settimane e che lei non trova il coraggio di cancellare.

Dice semplicemente: *25 anni della piccola.*

3.
Chelsea, fine anni Ottanta

Mi chiamo Henry come mio padre. Questo a volte ha creato un po' di confusione, ma siccome mio padre per mia madre era *caro*, per mia sorella *papà* e per tutti gli altri il *Signor Lamb* o *Signore*, non era un grosso problema.

Mio padre era l'unico erede del patrimonio di suo padre, che era diventato ricco grazie alle slot machine. Io non l'ho mai conosciuto, perché ebbe mio padre da vecchio, ma so che era di Blackpool e si chiamava Harry. Mio padre non lavorò neppure un giorno in tutta la sua vita: attese semplicemente che Harry morisse per disporre delle sue ricchezze.

Comprò la casa di Cheyne Walk, a Chelsea, il giorno stesso in cui mise le mani su quei soldi. Aveva visitato vari immobili in vendita quando Harry era in fin di vita e aveva messo gli occhi su quella villa già da diverse settimane. La sua paura era che qualcuno se la aggiudicasse prima che lui ricevesse l'eredità.

Era vuota, quando la acquistò, e impiegò anni e migliaia di sterline per riempirla di *objets*, come diceva: teste di alce che incombevano dalla boiserie, spade da caccia incrociate sopra le porte, troni di mogano intagliati con tanto di schienali con colonnine elicoidali, un tavolo medioevale da sedici persone tutto graffiato e tarlato, vetrine piene di pistole e frustini, un arazzo di sei metri, sinistri ritratti di perfetti sconosciuti, un'enormità di volumi rilegati in pelle e oro che nessuno avrebbe mai letto e persino un cannone vero in giardino. Niente poltrone comode o angolini confortevoli: la casa era tutta legno, cuoio, metallo e vetro. Dura, come mio padre.

Si allenava con i pesi nel seminterrato e beveva Guinness

da un fusto privato nel suo bar privato. Vestiva completi da ottocento sterline fatti a mano a Mayfair, che a malapena contenevano i suoi muscoli e la stazza imponente. Aveva i capelli del colore dei vecchi penny e mani dalla pelle ruvida e le nocche rosse. Possedeva una Jaguar. Giocava a golf anche se non gli piaceva, perché era uno sport che non si confaceva alla sua corporatura troppo massiccia, inadatta a far roteare la mazza. Nei fine settimana partecipava a battute di caccia: scompariva il sabato mattina con un giaccone di tweed aderente e il bagagliaio pieno di fucili e rientrava la domenica sera con due o tre colombacci in una borsa termica. Una volta, quando avevo circa cinque anni, portò a casa un Old English bulldog che aveva comprato da un tizio per strada usando le banconote da cinquanta nuove di zecca che teneva arrotolate nel taschino della giacca. Quel cane gli assomigliava, disse. Poi il cane fece la cacca su un tappeto antico e lui lo diede via.

Mia madre era *di una bellezza rara.*

Non sono parole mie, ma di mio padre.

Tua madre è di una bellezza rara.

Mezza tedesca e mezza turca, si chiamava Martina e aveva dodici anni meno di lui. Prima che arrivassero quelli, era un'icona di stile. Metteva gli occhiali scuri e andava in Sloane Street a spendere i soldi di mio padre in borse, rossetti e profumi francesi, e talvolta le sue fotografie – con i polsi inanellati dai manici delle borse – apparivano sulle riviste patinate. La definivano una *socialite*, una donna di mondo, ma non lo era veramente. Partecipava a feste mondane ed era sempre elegantissima, ma a casa era semplicemente la nostra mamma. Non la migliore del mondo, ma neppure la peggiore, e di sicuro dotata di una certa tenerezza, in quella villa di Chelsea grande, maschile e piena di armi.

Per un anno o giù di lì lavorò. Metteva in contatto fra loro personaggi della moda, o almeno questa era la mia impressione. Teneva nella borsa biglietti da visita argentati con la scritta "Martina Lamb Associates" in rosa acceso. Aveva un ufficio in King's Road, un loft molto luminoso sopra un negozio, con un tavolo di cristallo, sedie di pelle e un telex, rastrelliere di abiti in buste di plastica trasparente e un vaso di gigli bianchi su un piedistallo. Quando io e mia sorella non avevamo scuola, ci portava con sé in ufficio e ci dava dei fogli di carta seducentemente bianca e una manciata di pennarelli. Ogni tanto squillava il telefono e la mamma rispondeva: «Martina Lamb Associates, buongiorno». A volte suonavano al citofono e io e mia sorella litigavamo per premere il pulsante. Venivano donne magrissime e con la voce stridula, che parlavano di vestiti e di gente famosa. Gli "*associates*", i soci, in realtà non esistevano e in ufficio lavoravano soltanto nostra madre e qualche stagista adolescente con gli occhi sgranati. Non so come mai sia finito tutto, so solo che a un certo punto sparirono sia l'ufficio sia i biglietti da visita argentati e la mamma tornò a fare la casalinga.

Io e mia sorella andavamo a scuola a Knightsbridge, nell'istituto forse più costoso di tutta Londra. Nostro padre non aveva remore a spendere, allora. Anzi, gli piaceva. Più spendeva, meglio stava. Avevamo una divisa sui toni del marrone cacca e del giallo bile e i maschi portavano i pantaloni alla zuava. Per fortuna, quando raggiunsi un'età in cui mi sarei vergognato di andare in giro vestito a quel modo, mio padre non aveva più i soldi né per la retta, né per la divisa di velluto a coste in vendita da Harrods.

Successe lentamente, eppure in tempi brevissimi. Dopo l'arrivo di quelli cambiò tutto: i nostri genitori, la casa di Chelsea, la nostra vita. Ma la prima sera, quando sulla porta apparve Birdie con due grosse valigie e una gatta in un trasportino di vimini, nessuno avrebbe mai immaginato l'impatto che avrebbe avuto la sua presenza, le persone che avrebbe fatto entrare nelle nostre vite, la fine che avremmo fatto.

Pensavamo si sarebbe fermata soltanto per il weekend.

4.

Libby sente il bisbiglio del passato nella stanza in cui si trova, il respiro di tutte le persone che si sono sedute dove è lei adesso.

«1799» le ha risposto poco fa l'avvocato Royle. «Uno degli studi legali più antichi della capitale».

Seduto alla sua scrivania lucidissima, Royle la guarda e sorride. «Bene, bene, bene. Bel regalo di compleanno, vero?»

Libby accenna un sorrisetto teso. «Ancora non ci credo» replica. «Ho paura che da un momento all'altro arrivi qualcuno a dirmi che è una bufala».

La parola *bufala* suona stonata in quell'ambiente così solenne e tradizionale. Libby si rammarica di non essersi espressa diversamente. Ma Royle non si scompone e, sempre sorridendo, le porge un fascicolo piuttosto spesso. «Nessuna bufala, signorina Jones. Glielo garantisco».

«Ecco qua» aggiunge poi, tirando fuori un foglio. «Non sapevo se spedirglielo per posta insieme con il resto o darglielo di persona. È una cosa talmente delicata… Era insieme agli altri documenti, ma mi sembrava inopportuno. Ho preferito aspettare e consegnarglielo di persona. Non so che cosa le abbiano detto i suoi genitori adottivi riguardo alla sua famiglia biologica. Ma forse dovrebbe prendersi un minuto per leggerlo».

Libby apre il foglio di giornale e lo posa sulla scrivania dell'avvocato.

SUICIDIO COLLETTIVO:
SOCIALITE TROVATA MORTA INSIEME CON IL MARITO
SCOMPARSI I DUE FIGLI PIÙ GRANDI, VIVA LA MINORE

A seguito di una chiamata che segnalava un possibile triplice suicidio, ieri all'ora di pranzo la polizia è intervenuta nell'abitazione di Martina e Henry Lamb nel quartiere di Chelsea e ha trovato i corpi dei due coniugi distesi l'uno accanto all'altro sul pavimento della cucina. Il terzo cadavere di un uomo non è ancora stato identificato. In una camera al primo piano c'era una bambina di circa dieci mesi di età, in buone condizioni di salute, che è stata affidata ai servizi sociali. Stando alle dichiarazioni dei vicini, da alcuni anni nella casa abitavano molti bambini e diversi adulti, di cui però non è stata trovata traccia.

La causa della morte non è ancora stata accertata, ma dalle prime analisi del sangue sembra che si sia trattato di autoavvelenamento. Henry Lamb, 48 anni, unico erede del patrimonio di Harry Lamb di Blackpool, Lancashire, era malato da anni e costretto su una carrozzina. Sono in corso le ricerche dei figli della coppia, un maschio e una femmina fra i quattordici e i sedici anni. Chiunque abbia informazioni in proposito, o abbia soggiornato nella villa della coppia negli ultimi anni, è pregato di rivolgersi alla Metropolitan Police con la massima tempestività.

Libby guarda Royle. «Vuol dire che...? Quella bambina sono io?»

L'avvocato annuisce. Libby capisce che è sinceramente dispiaciuto. «Sì» le risponde. «Una storia davvero tragica. E misteriosa. Mi riferisco ai figli più grandi. Anche loro sono eredi, ma non si sono fatti avanti e quindi temo... Insomma...» Si piega in avanti, si aggiusta la cravatta e si impone di sorridere. «Vuole una penna?»

Inclina verso di lei un portapenne di legno e Libby prende una delle eleganti biro con il nome dello studio legale in oro.

La fissa un momento, confusa.

Un fratello.

Una sorella.

Un suicidio collettivo.

Scuote la testa, si schiarisce la voce e dice: «Grazie».

Stringe la penna fra le dita. Quasi non ricorda la propria firma. I fogli su cui la deve apporre sono segnati con adesivi a forma di freccia puntati nella direzione giusta. Il rumore della penna sul foglio la irrita. Royle la osserva con aria benevola e sposta la tazza del tè prima a destra e poi a sinistra.

Libby sente la portata di quel momento, percepisce che quelle firme segnano una svolta nella sua vita. Prima di quei documenti faceva la spesa da Lidl, guidava una Vauxhall Corsa di undici anni e andava in ferie una settimana all'anno. Dopo quei documenti ci sono le chiavi di una villa a Chelsea con otto camere da letto.

«Bene» dice Royle con un sospiro quasi di sollievo, quando Libby gli restituisce il plico. «Molto, molto bene». Controlla i documenti negli spazi indicati dalle frecce adesive, guarda Libby e sorride. «A questo punto le posso consegnare le chiavi». Prende una piccola busta imbottita dal cassetto della scrivania. È bianca e sopra c'è scritto "16 Cheyne Walk".

Libby sbircia dentro la busta. Ci sono tre mazzi di chiavi. Uno dei portachiavi ha il logo della Jaguar, uno in ottone ha l'accendisigari incorporato, l'altro non ha portachiavi.

Royle si alza. «Andiamo?» propone. «È qui dietro l'angolo: possiamo arrivarci a piedi».

È una giornata estiva e fa un caldo micidiale. Libby ha scarpe di tela dalle cui suole sente il calore del lastricato, e il sole di mezzogiorno che filtra dal cielo lievemente coperto la abbaglia. Passano davanti a una serie di ristoranti con dehors su apposite piattaforme, protetti da ombrelloni rettangolari, e tavoli apparecchiati con cura. Ci sono donne con giganteschi occhiali scuri che bevono vino a gruppetti di due o di tre. Alcune hanno la sua età e Libby si chiede come mai non siano al lavoro, come possano permettersi di bere vino in un ristorante di lusso il lunedì a quell'ora.

«Se deciderà di venire ad abitarci, questo sarà il suo quartiere» dice Royle.

Libby scuote la testa e fa una risatina nervosa. Non sa cosa rispondere. Le sembra una sciocchezza.

Ci sono boutique e negozi di antiquariato con volpi e orsi in bronzo e lampadari di cristallo delle dimensioni della sua vasca da bagno. Si stanno avvicinando al fiume e Libby ne sente l'odore prima di vederlo: odore di cane bagnato. Ci sono barche e yacht che passano. Ne vede uno pieno di riccastri con bottiglie di champagne in un cestello d'argento e un golden retriever a prua che strizza gli occhi al sole.

«Ci siamo quasi» dice Royle. «Un minuto o due».

Libby ha le gambe sudate e si rammarica di non avere gli short, invece della gonna. Rivoletti di sudore le bagnano il reggiseno fra le coppe. Anche l'avvocato Royle è accaldato, con il suo completo da pinguino.

«Eccoci arrivati» le annuncia davanti a una fila di cinque o sei ville di mattoni rossi, di altezza e larghezza varia. Libby capisce subito qual è la sua, prima ancora di vedere il numero 16 dipinto a caratteri aggraziati sulla lunetta sopra il portone. Tre piani, quattro finestre ciascuno, bellissima. E, come immaginava, abbandonata: comignoli e grondaie pieni di erbacce, in pessimo stato. Un pugno in un occhio.

Ma pur sempre un bellissimo pugno in un occhio. Libby prende fiato. «È enorme» commenta.

«Sì. Dodici vani» precisa Royle. «Senza contare il seminterrato».

La casa è circondata da un giardino incolto e ha un'elaborata cancellata di metallo e un pergolato lungo il viale che conduce al portone. Sulla sinistra c'è persino un cannone su un blocco di cemento.

«Preferisce che faccia io gli onori?» chiede Royle indicando il lucchetto sulle assi che sbarrano il portone.

Libby annuisce e l'avvocato inserisce la chiave e toglie lo sbarramento di legno, che viene via cigolando. Dietro c'è un grande portone nero. Royle prova una chiave dopo l'altra finché non trova quella giusta.

«Da quant'è che non ci entra qualcuno?» domanda Libby.

«Diversi anni, direi. C'era stata una perdita, si stava allagando e abbiamo mandato un idraulico d'urgenza a fare le necessarie riparazioni. Eccoci qua».

Entrano. Caldo, rumore di macchine ed echi dal fiume svaniscono di colpo. La temperatura all'interno è molto più bassa che fuori. Il parquet scuro è pieno di polvere e di graffi. La scala ha una balaustra di legno scuro con colonnine ritorte e un cesto di frutta intagliato in fondo al corrimano. Porte di legno scolpito con elaborate maniglie di bronzo, boiserie scura fino a metà parete e poi velluto floccato bordeaux, malandato e mangiato dalle tarme in più punti. L'aria è pesante, carica di polvere. L'unica luce viene dalle lunette sopra le porte.

Libby rabbrividisce. Troppo legno, troppo poca luce, manca l'aria. Quella casa sembra una tomba. Posa la mano sulla maniglia di una porta. «Posso?»

«Può fare tutto quello che vuole: è casa sua».

La porta si apre in una grande stanza rettangolare con quattro finestre che affacciano sul retro, su una giungla di alberi e cespugli. Altra boiserie, scuri in legno alle finestre, parquet.

«E quella?» chiede a Royle, indicando una porticina nella boiserie.

«Dà sulla scala per salire in mansarda, dove c'erano gli alloggi della servitù. Sul pianerottolo al primo piano c'è un'altra porta nascosta. Un tempo era normale, le case erano come le gabbiette dei criceti».

Esplorano stanza dopo stanza, piano dopo piano.

«Che fine hanno fatto i mobili? Gli arredi in generale?» domanda Libby.

«Li vendette la famiglia per tirare avanti. Dormivano su materassi stesi per terra, si cucivano i vestiti da sé...»

«Caddero in miseria?»

«Sì» risponde l'avvocato. «Così pare».

Libby annuisce. Non aveva mai pensato di essere nata da genitori poveri. Perché sì, certo, si era creata dei genitori immaginari. Persino i figli non adottivi lo fanno. Nella sua fantasia erano giovani e socievoli, avevano una casa sul fiume con grandi vetrate e una terrazza tutto intorno e due cagnette con collari tempestati di brillantini. La madre immaginaria faceva pubbliche relazioni nel campo della moda e il padre era un grafico. La portavano a fare colazione fuori, la mettevano sul seggiolone e le davano pezzetti di croissant. Si facevano piedino sotto il tavolo, vicino alle cagnette acciambellate. Erano morti in un incidente stradale, di ritorno da un cocktail party. Probabilmente viaggiavano a bordo di una spider.

«Non lasciarono altro, a parte la lettera d'addio?» chiede.

Royle fa no con la testa. «Nulla di ufficiale. A parte che accanto a lei, nella culla… Credo che ci sia ancora. Andiamo a vedere nella nursery. D'accordo?»

Le fa strada in una grande stanza al primo piano, con tre finestre che affacciano sul fiume. L'aria è spessa, stagnante, e dal soffitto penzolano ammassi di ragnatele. In fondo alla stanza c'è un'altra porta, che dà su uno spogliatoio, con armadi e cassettoni decorati e dipinti di bianco su tre pareti e una culla al centro.

«È la mia…»

«Sì, è qui che la trovarono. In ottime condizioni, a detta di tutti, tranquilla e serena».

È una culla a dondolo, bianca con roselline azzurre e una targhetta di metallo con la scritta *Harrods*.

Royle va a prendere una scatolina su uno scaffale in fondo alla stanza. «Nella culla, accanto a lei, c'era questa» spiega. «Pensiamo che fosse stata lasciata qui per lei. La polizia la sequestrò in quanto materiale probatorio, ma quando il caso venne archiviato la restituì».

«Cosa c'è dentro?»

«La apra e vedrà».

Libby prende la scatoletta di cartone e ne apre i lembi. Contiene coriandoli di carta di giornale. Ci infila le dita e trova un oggetto solido e setoso. Lo tira fuori e vede che è una zampa di coniglio appesa a una catenina d'oro. Ha un moto di ribrezzo e la catenina le sfugge dalle mani, finendo per terra. Si china a raccoglierla.

Accarezza la zampa di coniglio, la pelliccia fredda e morta, le unghie aguzze. Passa la catenina da una mano all'altra. Se i pensieri che le riempivano la testa fino a una settimana fa riguardavano sandali nuovi, addii al celibato, doppie punte e piante da innaffiare, adesso sono popolati di persone che dormono su materassi per terra, conigli morti e una casa gigantesca e vuota, in cui è rimasta soltanto una culla a dondolo di Harrods con un motivo a roselline azzurre vagamente sinistro. Ripone la zampa di coniglio nella scatola e la tiene in mano, a disagio. Poi abbassa l'altra verso la culla come a cercare se stessa bambina che vi dormiva dentro, il fantasma della persona che lì l'aveva adagiata per l'ultima volta insieme con quella scatola per poi rimboccarle le coperte. Ovviamente, la sua mano non trova niente, a parte una culla vuota che puzza di muffa.

«Come mi chiamavo?» domanda. «Qualcuno lo sa?»

«Sì» risponde Royle. «Il suo nome era scritto nella lettera lasciata dai suoi genitori. Era Serenity».

«Serenity?»

«Esatto» risponde l'avvocato. «È un bel nome, anche se un filino strano, no?»

Libby ha un attacco di claustrofobia e l'impulso di scappare di corsa da quella stanza, ma si trattiene.

«Andiamo a visitare il giardino, adesso? Ho bisogno di prendere una boccata d'aria fresca».

5.

Lucy spegne il cellulare. Non può lasciare che si scarichi del tutto, nel caso Samia la cerchi. Si volta verso Marco, che la occhieggia curioso.

«Cosa c'è?»

«Cosa vuol dire quel messaggio che hai sul telefono?»

«Quale messaggio?»

«L'ho visto adesso. *25 anni della piccola*. Cosa vuol dire?»

«Niente».

«Qualcosa vorrà ben dire!»

«Niente di speciale. È la figlia di una mia amica che compie venticinque anni. Me lo sono scritto per ricordarmi di mandarle gli auguri».

«Che amica?»

«Una che sta in Inghilterra».

«Non hai nessun'amica in Inghilterra».

«Ho un sacco di amici in Inghilterra. Ci sono cresciuta!»

«Come si chiama?»

«Chi?»

Marco sbuffa esasperato. «La tua amica!»

«Cosa ti interessa?» ribatte lei bruscamente.

«Mi interessa. Sei mia mamma e vorrei saperne un po' di più. Non so niente di te».

«Ma cosa dici? Sai tutto quel che c'è da sapere».

Marco la guarda sbalordito. «Stai scherzando? So soltanto che sei rimasta orfana da piccolissima e ti ha tirato su una zia a Londra, che poi ti ha portato in Francia, ti ha insegnato a suonare il violino ed è morta quando tu avevi diciott'anni. Basta, non so altro. Vorrei qualche particolare in più, tipo che scuole hai fatto, che amici avevi, cosa facevate nei weekend, qualcosa di divertente o di normale che ti è successo, roba così».

«È complicato» risponde Lucy.

«Lo so che è complicato» replica Marco. «Ma ho dodici anni e non puoi continuare a trattarmi come un poppante. Ho diritto di sapere».

Lucy si volta a guardare il figlio. Ha ragione, a dodici anni le favole non gli bastano più. È consapevole del fatto che la vita non si esaurisce in pochi eventi fondamentali, ma si compone dei tanti momenti che intercorrono fra l'uno e l'altro.

Sospira. «Non posso» risponde. «Non è ancora arrivato il momento».

«E quando arriverà?»

«Presto, credo» risponde. «Se riusciremo ad andare a Londra, ti spiegherò tutto».

«Vuoi tornare a Londra?»

Lucy sospira e si scosta i capelli dalla fronte. «Non lo so. Non ho abbastanza soldi e tu e Stella non avete il passaporto. E poi il cane… È tutto così…»

«Chiama papà» la interrompe Marco.

«Non se ne parla nemmeno».

«Gli dai appuntamento in un luogo pubblico. Così non ci riprova».

«Marco, non sappiamo manco dov'è».

Segue uno strano silenzio in cui Lucy percepisce la tensione del figlio, abbracciato al cane.

«Io so dov'è papà».

Lucy si volta di scatto dalla sua parte.

Marco chiude gli occhi e li riapre. «Mi è venuto a prendere a scuola».

«Quando?»

Marco fa spallucce. «Un paio di volte, verso la fine dell'anno».

«Come mai non me l'hai detto?»

«Me l'ha chiesto lui».

«Cazzo, Marco. Cazzo!» Lucy batte i pugni per terra. «Che cosa avete fatto? Dove ti ha portato?»

«Da nessuna parte. Abbiamo fatto una passeggiata».

«E?»

«E cosa?»

«Cosa ti ha detto? Cosa fa?»

«Niente. È in vacanza. Con sua moglie».

«E dove sta adesso?»

«Qui. Sta tutta l'estate nella casa».

«Nella casa?»

«Sì».

«Santo cielo, Marco, perché non me l'hai detto prima?»

«Perché sapevo che avresti sclerato».

«Non sto sclerando. Mi vedi? Non sono per niente arrabbiata. Stiamo qui, seduti per terra, a ripararci dalla pioggia sotto il ponte di un cavalcavia, senza un posto dove dormire, mentre tuo padre è qui vicino che vive nel lusso. Perché dovrei sclerare?»

«Scusa». Marco fa schioccare la lingua. «Dicevi sempre che non lo volevi rivedere mai più».

«Lo dicevo quando non dormivamo sotto i ponti».

«Allora adesso lo vuoi rivedere?»

«Non è che lo voglio rivedere. È che devo trovare una soluzione e lui è la nostra unica chance. Almeno mi desse i soldi per ritirare il violino...»

«Ah, certo. Così diventeremo ricchi».

Lucy stringe i pugni. Il figlio ha la capacità di mettere a fuoco le verità più impietose e sbattergliele in faccia.

«È metà luglio, sta per finire la scuola sia in Gran Bretagna sia in Germania. Arriveranno un sacco di turisti. Nel giro di poco metteremo insieme i soldi per andare in Inghilterra».

«Perché non chiedi semplicemente i soldi a papà? Così finalmente partiremo. Vorrei tanto andare via di qui, andare a Londra. Perché non chiedi a papà di pagarci il viaggio?»

«Perché non voglio fargli sapere dove andiamo a stare. Non lo deve sapere nessuno. Neanche la nonna. Okay?»

Marco annuisce. «Va bene».

Abbassa la testa e Lucy vede che ha i capelli tutti aggrovigliati. Ormai è una settimana che dormono per strada, che vivono come vagabondi. Prova pena per lui e gli fa una carezza sul collo. «Mi dispiace, tesoro» dice. «Ti chiedo scusa per tutto. Domani andiamo da tuo padre e vedrai che si sistemerà tutto».

«Sì, certo. Tanto non faremo mai una vita normale, vero?»

No, pensa Lucy fra sé. *Normale probabilmente mai.*

6.
Chelsea, 1988

Per prima arrivò Birdie. Birdie Dunlop-Evers.

Mia madre l'aveva conosciuta non so dove. A un *evento*. Birdie suonava il violino in un gruppo jangle pop chiamato Original Version e presumo godesse di una certa fama grazie a un single salito ai vertici delle classifiche e a due esibizioni a *Top of the Pops*. Non che per me queste fossero cose importanti: la musica pop non mi è mai particolarmente piaciuta e la celebrità mi ispira una vaga ripugnanza.

Era seduta in cucina e beveva il tè da una delle nostre tazze marroni. Nel trovarmela lì, feci un salto. Aveva capelli sottili che le arrivavano fino al sedere, calzoni da uomo tenuti su da una cintura, camicia a righe e bretelle, un lungo soprabito grigio e guanti verdi senza dita. Mi parve fuori posto in casa nostra, frequentata esclusivamente da gente in abiti sartoriali che profumava di dopobarba Christian Dior o L'Air du Temps.

Sentendomi entrare, Birdie alzò la testa e mi guardò. Aveva gli occhi azzurri, piccoli, sopracciglia sottilissime, una bocca dura con labbra che non coprivano mai completamente i denti e un mento sfuggente che pareva oppresso dall'assenza di qualsiasi gioia sul volto. Pensavo mi sorridesse, invece rimase seria.

«Henry, lei è Birdie» mi informò mia madre. «La musicista pop di cui ti ho parlato».

«Ciao».

«Ciao» mi rispose. Quella donna mi lasciava perplesso: aveva un tono di voce come quello della mia preside, ma era vestita come una barbona.

«Il suo gruppo girerà un video in casa nostra!» mi annunciò mia madre.

Ammetto che a questo punto dovetti fare uno sforzo per ostentare disinteresse. Rimasi zitto, imperturbabile, e mi avviai verso la scatola dei biscotti. Ero abituato a fare merenda, quando tornavo da scuola. Scelsi due Malted Milk e mi versai un bicchiere di latte. Solo a quel punto chiesi: «Quando?»

«Settimana prossima» rispose Birdie. «Avevamo scelto un'altra location, ma si è resa indisponibile. C'è stato un allagamento, o qualcosa del genere. Fatto sta che è saltato tutto».

«Allora io le ho detto: vieni a vedere se può andar bene casa nostra» continuò mia madre.

«Ed eccomi qui».

«Ed eccola qui».

Annuii con nonchalance. Avrei voluto chiedere quando intendevano girare il video e se potevo non andare a scuola il giorno delle riprese e dare una mano, ma non sono mai stato un entusiasta e così inzuppai il primo Malted Milk come facevo sempre, fino alla T di Malted, a metà fra le due mucche, e lo mangiai in silenzio.

«È una location fantastica» disse Birdie gesticolando. «Meglio di quell'altra, devo dire. Perfetta. Ci sono dei documenti da firmare». Alzò gli occhi al cielo. «Manleve e assicurazioni varie. Nel caso noi dessimo fuoco alla casa o uno dei vostri trofei di caccia ci cadesse sulla testa ammazzandoci sul colpo».

«Certo, certo» replicò mia madre, come se le succedesse tutti i giorni di assicurarsi contro i danni da teste di alce appese alla parete. «Capisco benissimo. E prima comunque ne devo parlare con mio marito. Ma penso che sarà felice: adora la vostra musica».

Mi parve inverosimile, visto che mio padre prediligeva le canzoni da rugby e l'opera buffa. Era vero però che gli piaceva essere al centro dell'attenzione e che, essendo fiero della propria casa, gradiva la compagnia di tutti quelli che la apprezzavano.

Birdie se ne andò pochi minuti dopo. Notai un mucchietto di cuticole secche sul tavolo accanto alla sua tazza e mi venne da vomitare.

Le riprese per il video durarono due giorni e furono molto più noiose di quanto mi aspettassi. Per regolare le luci ci voleva un sacco di tempo e gli sciatti componenti della band dovettero ripetere varie sequenze un'infinità di volte. Erano vestiti tutti uguali, con abiti marroni che sembravano puzzolenti ma non lo erano perché li aveva portati una signora freschi di lavanderia, appesi a un carrello con le rotelle in buste di plastica trasparente. Alla fine della giornata la canzone mi si era incistata nel cervello come una mosca imprigionata nell'ambra. Era orribile, ma scalò la classifica e rimase al primo posto per nove lunghe e terribili settimane. Il video era su tutti gli schermi, casa nostra visibile a milioni di persone.

Il video era ben fatto, devo ammetterlo, e non mi dispiaceva dire in giro che quella era casa mia; ma l'ebbrezza scemò con il trascorrere delle settimane, perché un sacco di tempo dopo che la troupe aveva concluso il suo lavoro, un sacco di tempo dopo che quel singolo, e pure il successivo, erano usciti dalle classifiche, Birdie Dunlop-Evers, con i suoi occhietti azzurri e i denti piccoli, era ancora in casa nostra.

7.

Libby lavora per un'azienda che produce cucine di lusso. È la responsabile delle vendite in uno showroom al centro di St Albans, vicino alla cattedrale. Ha quattro sottoposti – due addetti alle vendite e due assistenti – e tre superiori – vicedirettore commerciale, direttore commerciale e direttore generale. È a metà strada, insomma. La carriera è al centro della sua esistenza, da cinque anni a questa parte. L'idea è quella di costruire un ponte verso una vita che comincerà a trent'anni. A trent'anni verrà promossa direttore commerciale; in caso contrario, cambierà azienda. L'intenzione è anche di sposare l'uomo che sta attualmente cercando sia nella vita vera sia online, un uomo con un bel sorriso, un cane e/o gatto, un cognome che suoni bene affiancato a Jones, un reddito pari o superiore al suo, un penchant per le coccole più che per il sesso, buon gusto in fatto di calzature, pelle liscia senza tatuaggi, piedi armoniosi e una mamma simpatica. L'ideale sarebbe che fosse alto come minimo uno e settantacinque, preferibilmente uno e ottanta o più, senza troppi bagagli al seguito, con una bella automobile e un accenno anche minimo di tartaruga.

Quest'uomo non si è ancora materializzato. Libby si rende conto di essere forse un filo esigente, ma ha ancora cinque anni per trovarlo e sposarlo e altri cinque per farci un figlio insieme. Magari due, se il primo le riesce bene. Insomma, non c'è fretta. Non ancora. Deve semplicemente continuare a bocciare utenti sul suo profilo Tinder, curare sempre il proprio aspetto quando esce, accettare inviti a destra e a manca, mantenere un approccio positivo, mantenere la linea, mantenere l'equilibrio mentale.

Fa caldo, quando si alza per andare a lavorare, e già alle

otto del mattino c'è una strana caligine madreperlacea nell'aria.

Ha dormito con la finestra aperta pur sapendo che è sconsigliato alle donne che vivono sole, essendoci la remota possibilità che uno stupratore si arrampichi e si intrufoli in camera da letto. Per prudenza ha sistemato una fila di bicchieri sul davanzale: una sorta di allarme in caso di effrazione. Ciononostante, si è girata e rigirata nel letto tutta la notte.

Si è assopita tardissimo e il sole l'ha svegliata, brillante come un laser nello spiraglio rimasto fra le tende, e in pochi minuti ha scaldato la stanza. Per un attimo le è parso tutto normale, poi si è resa conto. Ha ripensato alla giornata di ieri, alla villa buia, i legni scolpiti, la scala segreta, la zampa di coniglio, le roselline azzurre sulla culla. Non si sarà sognata tutto? La casa esiste ancora o è svanita nel frattempo?

È la seconda ad arrivare allo showroom. Dido, progettista capo, è già alla sua scrivania e ha acceso il condizionatore. Lì per lì l'aria gelida sulla pelle accaldata le fa piacere, ma Libby sa che nel giro di mezz'ora avrà un freddo cane e rimpiangerà di non essersi portata un golf.

«Buongiorno» la saluta Dido senza alzare gli occhi dalla tastiera. «Com'è andata ieri?»

Libby le ha confidato in gran segreto di aver bisogno di un giorno di ferie per parlare con l'avvocato di un'eredità, ma non le ha mai detto che era stata adottata. Non ha accennato al fatto che l'eredità potesse consistere in una casa e ha parlato di una vecchia zia che verosimilmente le aveva lasciato qualche centinaio di sterline. Dido si è molto emozionata all'idea di qualche centinaio di sterline e Libby non sa come reagirebbe nell'apprendere la verità. Ma adesso che è lì, sono sole, è martedì mattina e prima del fine settimana non vedrà la sua migliore amica April, non avendo nessun altro a cui dirlo, decide che forse le conviene metterla a parte, perché magari Dido, che ha dodici anni più di lei, saprà darle buoni consigli o aiutarla a capacitarsi di quella storia assurda.

«Ho ereditato una casa» annuncia Libby mettendo l'acqua nella macchinetta del Nespresso.

«Molto spiritosa» risponde Dido, convinta che sia una battuta.

«Sul serio. A Chelsea. Sul fiume».

«Chelsea, il quartiere di Londra?» Dido è rimasta a bocca aperta.

«Sì».

«Quello di *Made in Chelsea*?»

«Esatto. Sul fiume. Una casa enorme».

«Mi pigli in giro?»

Libby sorride e scuote la testa. «No».

«Oh, mio Dio!» esclama Dido. «Quindi sei milionaria?»

«Possibile».

«E vieni qui alla Northbone Kitchens il martedì mattina, come una persona normale?»

«Mi devo abituare all'idea».

«Santo cielo, Libby, nei tuoi panni cercherei di abituarmi all'idea sorseggiando champagne nel dehors del St Michael's Manor Hotel!»

«Sono le nove meno venti».

«Sorseggiando tè, allora. Facendo colazione. Che cosa sei venuta a fare qui?»

Libby sente cedere le ginocchia all'idea di poter essere altrove, di non doversi più arrampicare per fare carriera o per avere una casa più grande, perché le è piovuto dal cielo un mucchio di monete d'oro. I trent'anni sono arrivati in anticipo, tutto è cambiato.

«L'ho scoperto soltanto ieri! Non l'ho ancora venduta» risponde. «Non è detto che ci riesca».

«Sì, certo. Nessuno vuole una casa a Chelsea con vista sul Tamigi».

Fra i sei e i sette milioni di sterline è la stima che le ha ventilato ieri l'avvocato, quando Libby ha trovato il coraggio di chiederglielo. Al lordo di oneri e spese legali. E della tassa di successione. Le rimarranno *tre milioni e mezzo puliti*, ha calcolato. *All'incirca.*

Le ha fatto i complimenti battendo il cinque, prendendola per un esemplare di quei "giovani d'oggi" di cui legge sui giornali. Libby è rimasta spiazzata.

«È completamente da ristrutturare» dice Libby a Dido. «E ha un passato pesante».

«In che senso?»

«Nel senso che c'è morta della gente. È una storia un po' noir. Parenti lontani». Stava per parlare della bambina abbandonata nella culla, ma si trattiene.

«Davvero?»

«Sì. A dire la verità, sono sotto shock. Quindi per un po' continuerò a fare la mia vita normale».

«E a vendere cucine a St Albans?»

«Esatto» risponde Libby ritrovando l'equilibrio al pensiero che niente sia cambiato. «Continuerò a vendere cucine a St Albans».

8.

Alla fine Marco e Lucy hanno dormito in spiaggia. Quando verso le due del mattino ha smesso di piovere, hanno preso le loro cose, si sono fatti venti minuti a piedi fino alla Promenade des Anglais, hanno srotolato i tappetini da yoga sui ciottoli bagnati, si sono coperti con i sarong e hanno guardato i nuvoloni grigi rincorrersi nel cielo davanti a una luna rosa finché all'orizzonte non è apparso il primo chiarore dell'alba.

Alle otto Lucy ha raccolto le monetine rimaste in fondo allo zaino e alla borsa e ha scoperto di averne abbastanza per comprare due croissant e un caffè. Hanno fatto colazione su una panchina, intontiti dalla nottata infernale e dal sonno. Sono andati a piedi a riprendere Stella dall'altra parte della città e Samia non li ha invitati a mangiare, benché fosse ora di pranzo e fosse chiaro che non avevano dormito in un letto. Stella è bella pulita, vestita di fresco e ben pettinata, con due mollette rosa fra i capelli ondulati. Tornando verso il centro, Lucy teme che la gente pensi che lei e Marco l'abbiano rapita.

«Posso tenerla un'altra notte» ha detto Samia posando una mano sulla spalla di Stella. Lucy ha visto che la bambina istintivamente si ritraeva al tocco della nonna e faceva no con la testa.

«Grazie, ma ho trovato da dormire per stanotte» ha risposto, sentendosi trapassare dall'occhiataccia di Marco per la bugia. «Ti ringrazio comunque. Grazie davvero».

Samia ha piegato leggermente la testa di lato e socchiuso gli occhi, valutando in silenzio la situazione di Lucy. Lucy ha trattenuto il respiro aspettandosi critiche feroci per il suo aspetto, per il modo in cui cresce i bambini, per il ruolo che ha avuto nella fuga dell'adorato figlio maschio. Invece Samia si è avvicinata al tavolino nell'atrio e ha preso un portafoglio dalla borsetta a tracolla. Ci ha guardato dentro e ha tirato fuori una banconota da venti euro. L'ha porta a Lucy.

«È tutto quello che ho» ha dichiarato. «Non c'è altro».

Lucy l'ha accettata e si è chinata ad abbracciare Samia. «Grazie» le ha detto. «Che Dio ti benedica».

Adesso sta camminando con i bambini e il cane lungo la Promenade des Anglais sotto un sole cocente, con la borsa piena di vestiti appena lavati in una lavanderia a gettoni e la pancia piena di pane, formaggio e Coca-Cola. Sono diretti a uno dei tanti stabilimenti balneari di Nizza, il Beach Club Bleu et Blanc.

Lucy ci ha mangiato diverse volte, con il padre di Marco. Si è spazzolata piatti giganteschi di frutti di mare, accompagnati da champagne o vino bianco, sotto una pioggerella sottile di acqua fresca spruzzata da minuscoli ugelli. Tuttavia nessuno dei vecchi camerieri con la polo bianca e blu la riconoscerà, così ridotta. Dodici anni fa era una gioia per gli occhi.

All'ingresso del ristorante c'è una donna seduta su uno sgabello. È la tipica bionda del sud della Francia, con quel singolare contrasto fra abbronzatura e capelli color vaniglia. Lancia un'occhiata indifferente a Lucy, notando lo stato suo, di Marco e del cane, e torna allo schermo del computer. Lucy fa finta di aspettare qualcuno dalla spiaggia, si ripara gli occhi con la mano e scruta l'orizzonte in attesa che la donna si distragga. Non appena la vede occupata con un gruppo di cinque persone che ha prenotato un tavolo per il pranzo, sussurra ai bambini: «Andiamo».

Prende in braccio il cane e spinge avanti Stella. Con il batticuore, si avvia con forzata nonchalance sulla piattaforma di legno che corre dietro il ristorante e porta alle docce. Guarda dritto davanti a sé. «Vai, vai» dice sottovoce a Stella quando la bambina si ferma senza motivo a metà strada.

Finalmente arrivano nella zona umida e ombreggiata dove ci sono le docce.

"Riservato ai clienti del Beach Club Bleu et Blanc" recitano numerosi cartelli inchiodati alle pareti di legno. Il cemento sotto i suoi piedi è bagnato e pieno di sabbia e aleggia un odore di muffa. Lucy guida Stella verso destra. Lo scopo è superare le porte a vento delle docce senza farsi vedere.

Ci sono. Le docce sono libere. Lucy e Marco si tolgono vestiti che indossano ininterrottamente da quasi otto giorni. Lucy butta i propri slip nel bidone della spazzatura: non vuole metterli mai più. Cerca nello zaino shampoo e balsamo, una saponetta e un asciugamano. Si porta dentro il cane e gli fa lo shampoo, lavandolo bene sotto la coda, sul collo e dietro le orecchie. Il cane sta buono, come se avesse capito tutto. Alla fine Lucy lo passa a Stella, che aspetta fuori. Il cane si scrolla bagnando Stella, che ride. Lucy si lascia scorrere addosso l'acqua tiepida, sulla testa, negli occhi, nelle orecchie, sotto le ascelle, fra le gambe e fra le dita dei piedi e sente scivolare via insieme con la polvere, la terra e il sale anche l'orrore e la fatica dell'ultima settimana. Si fa lo shampoo e si pettina con le dita. Poi passa la boccetta a Marco, nella doccia vicina, e le cade l'occhio sulla schiuma sul fondo, grigia come la sua.

«Lavati bene dietro la testa, Marco» gli dice. «Hai un sacco di nodi. E sotto le ascelle. Mi raccomando».

Poi si siedono vicini su una panca di legno ad asciugarsi e fra le assi della staccionata di legno guardano la gente che passa e strisce di cielo azzurro. Aleggia profumo di legno scaldato dal sole e soffritto. Lucy sospira. Si sente sgravata di un peso, quasi pronta per il passo successivo. Quasi.

Indossano vestiti puliti e Lucy si mette il deodorante e una crema idratante sul viso. Ai bambini dà la crema solare. In fondo alla trousse ha un profumino spray che si spruzza dietro le orecchie e sul petto. Si annoda i capelli bagnati dietro la testa e li fissa con una pinza di plastica. Si guarda allo specchio. Quarant'anni, single, senza una casa e senza un soldo. Non è nemmeno chi dice di essere. Persino il suo nome è farlocco. Un fantasma che respira, ecco cos'è.

Si mette mascara e lucidalabbra e sistema il ciondolo in maniera che scenda fra i seni abbronzati. Guarda i bambini: sono bellissimi. Persino il cane è bellissimo. Profumano tutti di buono, hanno la pancia piena... Oggi è andata meglio di tanti altri giorni.

«Okay» dice a Marco. Infila i vestiti sporchi nello zaino e lo chiude. «Andiamo dal tuo papà».

9.
Chelsea, 1988

Li spiavo dalle scale, perciò lo sapevo già. Un uomo con i capelli neri, ricci, cappello, giaccone pesante e calzoni di tweed dentro gli scarponi neri con i lacci. Vecchie valigie che sembravano prese da un set cinematografico e un trasportino per gatti, di vimini, chiuso con una cinghia di pelle consunta. E Birdie, in piedi vicino a lui, con un vestito che sembrava una camicia da notte.

«Caro?» Mia madre chiamò mio padre. «Vieni, che ti presento Justin!»

Mio padre spuntò dal salotto con un sigaro fra i denti e un cardigan verde peloso.

«Il ragazzo di Birdie, giusto?» disse stringendogli la mano con troppa energia.

«Compagno» lo corresse Birdie. «Justin è il mio compagno».

Mio padre le riservò l'occhiata tipica di quando si sentiva preso per i fondelli da una persona e gli veniva da pigliarla a schiaffi. Ma subito dopo sorrise, anche se un po' forzatamente. «Sì, certo. Adesso usa così, giusto?»

Birdie aveva chiesto a mia madre se potevamo ospitarla per un paio di giorni insieme con il suo *compagno*. Il padrone di casa li aveva cacciati perché avevano preso una gatta. Come si fa a essere così cretini da prendere un gatto senza prima controllare se il contratto d'affitto lo permette o no? Non avevo ancora undici anni né avevo mai vissuto in una casa in affitto, ma fin lì ci arrivavo. Birdie purtroppo non sapeva a chi altro rivolgersi. Nei miei quarantun anni di vita ho fatto spesso ricorso a questa formula manipolatoria per costringere il prossimo ad accontentarmi: *Non so a chi altro rivolgermi.* L'interlocutore si sente messo con le spalle al muro e non può che capitolare. E difatti mia madre capitolò.

«Abbiamo una casa così grande...» ribatté quando espressi la mia contrarietà. «Ed è questione di pochi giorni soltanto!»

Penso che a mia madre piacesse l'idea di ospitare una popstar.

Mentre guardavo giù, arrivò mia sorella e, nel vedere il trasportino per gatti nell'ingresso, si fermò un attimo, stupita. «Come si chiama?» chiese, correndo a guardare.

«Suki. È una femmina» rispose Birdie.

«Suki» ripeté mia sorella, cercando di infilare la mano fra le sbarre. La gatta si strusciò contro le sue dita e iniziò a fare le fusa.

Il *compagno* di Birdie prese una di quelle valigie improbabili e chiese: «Dove mettiamo le nostre cose, Martina?»

«Abbiamo una bella camera per voi all'ultimo piano. Bambini, accompagnate i nostri ospiti nella stanza gialla, vi spiace?»

Mia sorella guidò la comitiva. Era molto più socievole di me. A me gli adulti mettevano soggezione, mentre lei era a suo agio. Indossava un pigiama verde e io una vestaglia scozzese e pantofole di feltro azzurre. Erano quasi le nove e stavamo per andare a letto.

«Accipicchia!» esclamò Birdie quando mia sorella aprì la porta nascosta nella parete e cominciò a salire le scale. «Dove ci stai portando?»

«Alla stanza gialla» rispose mia sorella. «Con la scala di servizio».

«Quella della servitù?» chiese Birdie piccata.

«Sì» rispose mia sorella senza fare una piega. Aveva solo un anno e mezzo meno di me, ma era ancora troppo piccola per capire che non tutti trovavano avventuroso dormire in una stanza segreta in mansarda e che qualcuno, convinto di meritare una camera più bella, poteva offendersi.

In cima alla scala segreta c'era una porta di legno che dava su un corridoio lungo e stretto, con le pareti un po' sbilenche e il pavimento di assi sconnesse, tanto che sembrava di camminare a bordo di un treno in corsa. All'ultimo piano c'erano quattro stanze e quella gialla era la più bella. Aveva tre abbaini e un grande letto con la trapunta gialla, che faceva pendant con la tappezzeria Laura Ashley e i moderni abat-jour di vetro blu. La mamma aveva sistemato in un vaso tulipani gialli e rossi. Osservai Birdie mentre si guardava intorno con espressione spocchiosa come a dire: *Okay, può andare.*

Li lasciammo lì e seguii mia sorella giù per le scale, nel salotto e infine in cucina.

Papà stava stappando una bottiglia di vino. La mamma aveva il grembiule con i volant e condiva l'insalata. «Quanto si fermano?» Non potei fare a meno di chiederlo, ma mio padre si rabbuiò per il tono impudente che non ero riuscito a mascherare.

«Poco tempo» rispose mia madre rimettendo il tappo di sughero all'aceto. Sorrise benevola.

«Possiamo rimanere alzati ancora un po'?» domandò mia sorella, che non vedeva più in là del proprio naso.

«Stasera no» rispose la mamma. «Magari domani, visto che è il weekend».

«Ma finito il weekend se ne vanno?» chiesi, rischiando di indispettire ulteriormente mio padre.

Mi accorsi che la mamma guardava qualcosa alle mie spalle e mi voltai. Sulla porta c'era Birdie con la gatta in braccio. Era bianca e marrone, con un muso da regina dell'antico Egitto. Fissandomi, Birdie rispose: «Tranquillo, ragazzino, non ci tratterremo a lungo. Solo finché io e Justin avremo trovato casa».

«Mi chiamo Henry» replicai, scandalizzato che mi avesse chiamato "ragazzino".

«Henry» ripeté Birdie, continuando a fissarmi. «Sì, certo».

Vedendo che mia sorella guardava con desiderio la gatta, Birdie le chiese: «Vuoi prenderla in braccio?»

Mia sorella annuì e tese le braccia e la gatta, non appena vi fu depositata, si girò di centottanta gradi con la rapidità di una fionda e saltò giù, graffiandole orribilmente il braccio. Vidi che a mia sorella veniva da piangere ma si sforzava di sorridere, da brava bambina coraggiosa.

«Non è niente» le disse la mamma passandole sul braccio una pezzuola bagnata. «Per favore, Henry, va' a prendere il disinfettante nell'armadietto dei medicinali».

Mi avviai, lanciando un'occhiataccia a Birdie perché capisse che mi ero accorto benissimo che era colpa sua. Avrebbe dovuto fare più attenzione nel passare la gatta a mia sorella. Lei mi restituì lo sguardo con occhi talmente piccoli che non si capiva nemmeno di che colore fossero.

Ero un bambino strano, adesso me ne rendo conto. Ho incontrato altri bambini strani quanto me, negli anni: lenti a sorridere, sensibili, guardinghi e sospettosi. Forse anche Birdie era stata strana, da bambina. Forse si riconosceva in me. Di certo le risultai antipatico sin dal principio. Era evidente. Del resto, l'antipatia era reciproca.

Nel corridoio incontrai Justin. Aveva in mano una scatola di cioccolatini Black Magic tutta ammaccata e l'aria smarrita. «I tuoi genitori sono di là?» chiese con un gesto vago.

«Sì, sono in cucina» replicai. «Oltre quell'arco».

«*Merci beaucoup*». Sebbene avessi solo dieci anni, colsi lo snobismo di quella risposta.

Poco dopo venimmo spediti a letto, mia sorella con il braccio incerottato e io con un inizio di mal di pancia. Ero fatto così: emotivo e viscerale.

Più tardi, quella sera, li sentii muovere di sopra. Mi coprii le orecchie con il cuscino e mi riaddormentai.

La mattina dopo scesi in cucina prestissimo e trovai la scatola dei cioccolatini ancora intonsa sul tavolo. Fui tentato di strappare il cellophane e aprirla. Quel piccolo atto di ribellione mi avrebbe giovato sul momento, ma causato guai ben più grossi in futuro. Sentii muovere qualcosa dietro di me e vidi la gatta entrare dalla porta socchiusa. Pensai al graffio sul braccio di mia sorella e al commento di Birdie: «È perché lei non la teneva bene. Altrimenti Suki non l'avrebbe graffiata».

Sentii montare una rabbia furiosa e soffiai alla gatta per cacciarla via.

Provai un certo sollievo ad andare a scuola, quel giorno, e mi fece piacere sentirmi normale almeno per qualche ora. Facevo le elementari, dovevo ancora compiere undici anni ed ero uno dei più piccoli del mio anno, l'ultimo. Non vedevo l'ora di andare in una scuola più grande e più vicina a casa, e di non dover più mettere i pantaloni alla zuava. Era un'ossessione, per me. Non ne potevo più né dei miei compagni, né dei pantaloni corti. Mi sentivo diverso da tutti gli altri. Completamente diverso. Mi illudevo che nella scuola nuova avrei finalmente trovato esseri uguali a me e sarebbe stato tutto più facile. Mancavano dieci settimane alla fine della scuola, poi una lunga estate noiosa e quindi un nuovo inizio.

Non immaginavo minimamente che il paesaggio della mia vita sarebbe cambiato in maniera radicale da lì alla fine dell'estate e che ogni mia aspettativa sarebbe svanita come un sogno lontano.

10.

Libby è seduta in cucina, con la porta aperta sul giardino. Benché sia tardo pomeriggio e il cielo sia coperto, non si può stare fuori perché fa ancora troppo caldo. Sul tavolo ha un bicchiere di Coca-Cola Light e ghiaccio, ed è scalza. Si è tolta i sandali appena entrata in casa. Accende il portatile rosa, apre Chrome e si stupisce nel vedere che l'ultima cosa che ha cercato, quattro giorni fa, prima che arrivasse la lettera a scombussolarle la vita, è stato un corso di balli latinoamericani e salsa nelle vicinanze. Che cosa immaginava di fare? Si illudeva di incontrare uomini interessanti, probabilmente.

Digita nervosamente *Martina e Henry Lamb.*

Trova subito un articolo del 2015 sul *Guardian*. Lo apre. Si intitola: *Il mistero di Serenity Lamb e la zampa di coniglio.*

Serenity Lamb ero io, pensa. *Sono io. Sono Serenity Lamb, e sono anche Libby Jones. Libby Jones che vende cucine a St Albans e vuole iscriversi a un corso di salsa. Serenity Lamb che è in una culla in una stanza rivestita di legno a Chelsea, con una zampa di coniglio sotto la copertina.*

Fa fatica a individuare la linea di demarcazione, il punto in cui una si trasforma nell'altra. La prima volta che la madre adottiva l'ha presa in braccio, probabilmente. Ma lei non era senziente, non aveva coscienza del passaggio da Serenity a Libby, del silenzioso intrecciarsi dei fili di cui è fatta la sua identità.

Beve un sorso di Coca e inizia a leggere.

11.

La casa di Antibes ha il colore delle rose appassite, un rosso sbiadito, antiquato, e persiane azzurre. È la casa dove Lucy ha vissuto per un periodo, una vita fa, quando era ancora sposata con il padre di Marco. Sono passati dieci anni da quando hanno divorziato e Lucy fatica ancora a pronunciarne il nome. Appena fa per dirlo, le viene da vomitare. Ciononostante è lì, davanti a casa di Michael. Michael Rimmer.

Nel viale è parcheggiata una Maserati, senza dubbio in leasing, perché Michael è tante cose, ma non ricco quanto crede di meritare. Lucy vede che Marco osserva la macchina trattenendo il fiato, con voluttà, con ammirazione.

«Non è sua» precisa. «È a noleggio».

«Cosa ne sai tu?»

«Lo so».

Stringe la manina di Stella per rassicurarla. La bambina non ha mai conosciuto il padre di Marco, ma sa benissimo che cosa Lucy prova nei suoi confronti. Si avvicinano alla porta e Lucy suona il campanello di ottone. Viene ad aprire una cameriera con una tuta bianca da lavoro e guanti usa-e-getta. Sorride. «*Bonjour, madame*».

«C'è il signor Rimmer?» chiede Lucy con il suo migliore e più chiaro accento inglese.

«*Oui*» risponde la cameriera. «Sì. È in giardino. Un momento». Prende un piccolo Nokia nero dalla tasca della tuta, si toglie un guanto e chiama un numero. Alza gli occhi verso Lucy. «Chi devo dire?»

«Lucy» risponde. «E Marco».

«Signor Rimmer? C'è qui una signora che si chiama Lucy. Con un ragazzino. Marco». Annuisce. «Va bene. Sì.

Va bene. Va bene». Chiude la comunicazione e rimette in tasca il cellulare. «Il signor Rimmer ha detto di farvi accomodare. Prego».

Lucy sbatte le palpebre e segue la donnina nell'atrio, evitando di guardare, imponendosi di non abbassare gli occhi sul punto ai piedi della scala di marmo dalla quale rotolò giù dopo che Michael la spinse. Si fratturò un braccio e una costola. Aspettava Marco. Era incinta di quattro mesi. Si impone di non guardare nemmeno il muro nel corridoio contro cui Michael le sbatté ripetutamente la testa una sera in cui era particolarmente nervoso. Lo avevano fatto arrabbiare sul lavoro, le spiegò poi, implorandola di non lasciarlo, dicendole che l'amava alla follia e *non poteva vivere senza di lei.* Le scappa da ridere: Michael si è risposato e vive benissimo anche senza di lei.

Le tremano le mani quando passano davanti alla porta di servizio, che Lucy conosce molto bene, grande, di legno, che si apre sullo splendore tropicale di un giardino dove farfalle colibrì suggono il nettare da fiori a forma di campana, negli angoli più ombrosi crescono banani, e una cascatella e una piscina azzurra brillano nel sole del pomeriggio. Eccolo lì, Michael Rimmer. Seduto a un tavolino sul bordo della piscina con auricolare, computer portatile, due telefoni e una bottiglia di birra che rivela chi c'è veramente dietro la facciata del manager superimpegnato.

«Lucy!» esclama raggiante, alzandosi in piedi e tirando indietro la pancia abbronzata per mascherare il fisico che a quarantotto anni non è più quello del trentottenne palestrato da cui Lucy è fuggita dieci anni prima. Michael si leva l'auricolare e le va incontro. «Lucy!» ripete con calore, allargando le braccia.

Lucy indietreggia.

«Michael» risponde con circospezione, allontanandosi da lui.

Michael allora abbraccia Marco, con grande trasporto. «Alla fine gliel'hai detto, eh?»

Marco annuisce.

Michael fa la faccia arrabbiata, ma per scherzo.

«E lei chi è?» chiede guardando Stella, aggrappata alle gonne della mamma.

«Stella» risponde Lucy. «Mia figlia».

«Wow!» esclama Michael. «Che carina! Piacere di conoscerti, Stella». Fa per stringerle la mano e Lucy ha l'impulso di impedirglielo, ma si trattiene.

«E lui?» Michael indica il cane.

«Lui è Fitzgerald. Detto Fitz».

«Come Francis Scott?»

«Esattamente». Lucy sente salire l'adrenalina al ricordo degli interrogatori cui la sottoponeva Michael per convincerla che era stupida e ignorante, indegna di lui, fortunata ad averlo accanto. Ma Lucy non ci ha mai creduto del tutto. Una parte di lei ha sempre pensato che non fosse vero e che prima o poi sarebbe scappata e non si sarebbe più voltata indietro. Purtroppo adesso è di nuovo lì a rispondere alle sue domande, a chiedere l'elemosina, quasi fosse tornata al punto di partenza.

«Ciao, Fitz» dice Michael dando una grattatina al cane. «Sei bellissimo, sai?» Poi osserva Lucy e la sua famigliola con la stessa espressione di quando meditava se punirla o no. A volte finiva con un abbraccio e una risata, altre con un livido o un dito rotto.

«Bene, bene, bene» dice Michael. «Siete una meraviglia. Posso offrirvi qualcosa? Un succo di frutta?» Guarda Lucy. «Posso dargli un succo di frutta?»

Lucy annuisce e Michael fa un cenno alla domestica, che è rimasta nell'ombra in attesa di ordini. «Joy? Porta un succo di frutta per i bambini. Grazie! Per te, Lucy? Vino? Birra?»

Lucy non beve alcolici da almeno una settimana e avrebbe una gran voglia di farsi una birretta, ma non può. Deve essere il più lucida possibile nella prossima mezz'ora. Fa no con la testa. «Grazie, ma prendo un succo anch'io».

«Tre succhi di frutta, Joy. Grazie. Per me un'altra birra. Ah, e delle patatine. Quelle più spesse, come si chiamano? Rustiche? Quelle».

Si volta verso Lucy, continuando a fare il simpaticone. «Sedetevi, dai!»

Risistema le sedie e li fa accomodare. «Allora, Lucy Lou, che cosa mi racconti?»

Lucy si stringe nelle spalle e sorride. «Niente di che. Si tira avanti, si invecchia, si diventa saggi».

«Sei rimasta qui tutto questo tempo?»

«Già».

«Non sei più tornata in Gran Bretagna?»

«No».

«E tua figlia... Suo padre? Sei sposata?»

«No» risponde. «Abbiamo convissuto un paio d'anni, poi tre anni fa è andato "a trovare i suoi" in Algeria e non si è più fatto vivo».

Michael fa una smorfia inorridita, come se la sparizione del padre di Stella fosse stata una violenza fisica ai danni di Lucy. Le scappa da ridere. «Dura, eh?» commenta Michael. «Mi spiace. Madre single, dunque?»

«Esattamente».

Torna Joy con una caraffa di succo d'arancia ghiacciato, tre bicchieri con relativi sottobicchieri, patatine in scodelle d'argento, graziosi tovagliolini di carta e cannucce su un vassoio. Michael riempie i bicchieri e li porge a ognuno di loro, poi offre le patatine. I bambini ne afferrano una manciata per uno.

«Piano» ordina Lucy sottovoce.

«Tranquilla» interviene Michael. «Ne ho abbondanti riserve. Dove abitate?»

«Un po' qua, un po' là».

«E tu continui a...» Fa il gesto di suonare il violino.

Lucy sorride con amarezza. «Sì. Cioè, più o meno. Nel senso che una sera un coglione inglese ubriaco me l'ha strappato di mano e si è fatto rincorrere per mezz'ora, lui e quelli che festeggiavano con lui l'addio al celibato, e alla fine me l'ha spaccato contro un muro. L'ho portato a riparare, ma...» Improvvisamente ha la bocca secca. «Non posso andare a ritirarlo perché non ho i soldi».

Michael fa una faccia come a dire "poverina!", la stessa che faceva un tempo dopo averla picchiata.

«Quanto?» chiede, torcendosi sulla sedia per mettere mano al portafoglio nella tasca posteriore dei pantaloni.

«Centodieci euro» risponde lei con un filo di voce.

Lo guarda contare le banconote, piegarle e porgergliele. «Tieni» dice. «Qualcosina in più. Magari porti il mio ragazzino dal parrucchiere». Gli scompiglia i capelli. «E ci vai pure tu» aggiunge, guardando la testa di Lucy con aria terribilmente delusa. *Sei sciatta. Ti stai lasciando andare. Come posso amarti se tu non fai il mi-ni-mo sfor-zo.*

Lucy fa per prendere le banconote e sente che le dita di Michael le trattengono quasi impercettibilmente, come a rimarcare il proprio potere, la propria posizione di vantaggio. Michael sorride e allenta la stretta. Lucy mette il denaro nella borsa e dice: «Grazie. Grazie davvero. Te li restituisco fra un paio di settimane, giuro».

«No» risponde Michael con un sorrisetto, appoggiandosi allo schienale e aprendo leggermente le gambe. «Non c'è bisogno. Però...»

Lucy si sente percorrere da un brivido lungo la schiena.

«Promettimi una cosa».

Il sorriso le si gela sul volto.

«Vorrei che ci vedessimo più spesso. Con te e Marco, intendo. Anche con te, naturalmente» aggiunge, strizzando l'occhio a Stella. «Sto qui tutta l'estate. Fino a metà settembre. Fra un lavoro e l'altro, capisci».

«E tua moglie? Anche lei...?»

«Rachel è dovuta tornare in Gran Bretagna. *Un lavoro urgente*» specifica in tono sprezzante. Per quel che ne sa Lucy, Rachel potrebbe essere una neurochirurga di chiara fama o ricoprire una carica politica e magari avere nelle mani le sorti di centinaia o migliaia di persone: dal punto di vista di Michael, è inammissibile che una donna distolga l'attenzione da lui per occuparsi di chiunque altro. Figli compresi.

«Peccato» dice.

«A me non dispiace più di tanto» ribatte Michael. «Ho bisogno di stare un po' da solo, anche perché… Indovina che cosa sto facendo?»

Lucy scuote la testa e sorride.

«Sto scrivendo un libro. Una via di mezzo fra romanzo e autobiografia. Non so ancora bene cosa».

Quanto autocompiacimento! pensa Lucy. Sicuramente Michael si aspetta che lei gli dica che è bravissimo, che è un progetto meraviglioso. Invece le scappa da ridere. Vorrebbe dirgli: *Un libro? Tu? Ma ci sei o ci fai?*

«Che bello» dice invece.

«Speriamo, sì. Comunque non è che scrivo tutto il giorno. Quindi avrei tempo per frequentarvi un po' di più. Potreste venire qui, godervi la piscina…»

Lucy la guarda e le manca il fiato, si sente scoppiare i polmoni e battere il cuore a mille, al ricordo della mano di Michael che le spingeva la testa sott'acqua e ce la teneva fin quasi a farla annegare. Poi, di colpo, la mollava e lei tornava su ansante, tossendo, mentre lui usciva dalla piscina, prendeva l'asciugamano dalla sdraio e rientrava in casa senza degnarla di uno sguardo.

«Avrei potuto ucciderti» le diceva dopo. «Se avessi voluto, l'avrei potuto fare. Lo sai, vero?»

«Perché non l'hai fatto?»

«Non ne vale la pena».

Lucy torna al presente e risponde: «Non saprei. Siamo sempre così impegnati…»

«Ci credo» risponde Michael con condiscendenza. «Ci credo».

«Sai» dice Lucy guardando verso la casa, «ero convinta che l'avessi venduta. Ci ho visto abitare altre persone».

«La affitto ai vacanzieri» risponde Michael. E Lucy percepisce la sua vergogna: il grande Michael Rimmer, incredibile uomo di successo, costretto ad abbassarsi ad affittare la sua casa di Antibes a sconosciuti! «È uno spreco tenerla vuota troppo tempo» si giustifica. «Almeno che se la goda qualcun altro!»

Lucy annuisce, senza mettere in dubbio quella patetica bugia. Michael se ne frega degli altri. Li disprezza. Sicuramente fa sanificare la casa da cima a fondo prima di rientrarci.

«Okay» dice, sforzandosi di sorridere ai bambini. «Sarà meglio che ci incamminiamo».

«Ma no!» interviene Michael. «Fermatevi ancora un pochino! Perché vuoi già scappare? Stappo una bottiglia e i bambini fanno un bagno in piscina. Ci divertiamo».

«Vorrei passare a ritirare il violino prima che il negozio chiuda» spiega Lucy cercando di mascherare la tensione. «Così ricomincio a lavorare già stasera. Comunque grazie. Ti ringrazio di cuore. Bambini, come si dice?»

Anche Marco e Stella ringraziano e Michael sorride. «Sono due bambini meravigliosi» dichiara.

Li accompagna alla porta e fa per abbracciare Lucy, che si china di scatto per sistemare il collare al cane. Michael li guarda con un sorriso stampato sul volto da dietro la sua macchina ridicola mentre si allontanano.

Lucy teme un conato e si ferma, prende fiato. Appena girato l'angolo, il cane si blocca e deposita un mucchietto di cacca contro il muro della casa di Michael, in pieno sole. Lucy cerca un sacchettino di plastica nella borsa per raccoglierla, ma poi cambia idea. Nel giro di un'ora la cacca avrà la consistenza del formaggio brie. Sarà la prima cosa che Michael vedrà la prossima volta che esce. Magari la pesterà pure.

E quindi la lascia lì.

12.

Libby ha un invito per sabato. Una grigliata a cui teneva molto, dalla sua amica April. Che le ha promesso di invitare anche un suo collega. «Danny, un bel tipo. Ti piacerà sicuramente».

Ma all'alba di sabato, che si preannuncia afoso come gli ultimi giorni – fa già talmente caldo che la finestra scotta, quando la apre – nella testa di Libby non c'è spazio per il bel Danny o per il famoso cous cous di April, la piscina gonfiabile in cui al massimo puoi immergere i piedi con un bicchiere di Aperol spritz in mano. Il suo unico pensiero è il mistero di Serenity Lamb e la zampa di coniglio.

Manda un SMS ad April.

Scusami tanto ma oggi non posso venire. Divertitevi. Se ci siete ancora, faccio un salto verso sera.

Fa la doccia, indossa una tutina a motivi tropicali e sandali dorati, si spalma la crema solare su spalle e braccia, mette gli occhiali da sole a mo' di cerchietto, controlla di avere in borsa le chiavi della casa di Chelsea e prende il treno per Londra.

Libby infila la chiave nel lucchetto e scosta la paratia di legno, poi infila un'altra chiave nella serratura e apre il portone. Quasi si aspetta che qualcuno le metta una mano sulla spalla e le chieda che cosa sta facendo, se ha il permesso di entrare.

Entra. È casa sua. E non c'è nessuno.

Chiude la porta e il rumore del traffico si affievolisce, il bruciore da scottatura sul collo si attenua.

Rimane un attimo ferma immobile.

Immagina la polizia che entra nella casa, i due agenti con il classico casco da bobby. Come li ha visti nelle foto sul giornale: Ali Shah e John Robbin, intervenuti a seguito di una telefonata da parte di un "vicino preoccupato", che aveva preferito rimanere anonimo e non era mai stato identificato.

Segue gli immaginari agenti Shah e Robbin in cucina, da dove sembrava provenire il tanfo.

L'agente Shah ricordava il ronzio delle mosche. Dichiarò che per un attimo aveva pensato a un piccolo elettrodomestico, uno spazzolino da denti elettrico. I corpi avevano cominciato a decomporsi, ma erano ancora riconoscibili: una bella donna castana sulla quarantina e un uomo di età più avanzata, brizzolato, che si tenevano per mano, e accanto a loro un altro uomo sulla quarantina, alto, capelli scuri. Tutti e tre erano vestiti di nero: sia la tunica e i leggings della donna, sia la sorta di saio degli uomini parevano confezionati artigianalmente. In una stanza vennero trovati una macchina da cucire e ritagli di tessuto nero.

A parte il ronzio degli insetti, nella casa regnava il più assoluto silenzio. Gli agenti non sentirono la bambina e andarono a cercarla solo per via dello scritto lasciato sul tavolo. Forse lo spogliatoio sarebbe loro sfuggito, ma quando entrarono nella camera da letto padronale udirono una specie di gorgoglio, un vagito, o almeno questo dichiarò l'agente Shah.

Un gorgoglio.

Libby sale lentamente le scale, va nella camera da letto e sbircia nello spogliatoio adiacente.

Dunque lei era lì, in quella culla, tranquilla e beata, sana come un pesce. Così si espresse l'agente Robbin.

La vista della culla le fa venire la pelle d'oca, ma Libby si impone di osservarla per abituarsi e vincere il disagio. Quando ha preso sufficientemente le distanze, la tocca. Immagina i due giovani agenti che ci guardano dentro e immagina se stessa con un pagliaccetto bianco, boccoli alla Shirley Temple benché avesse soltanto dieci mesi, che scalcia gioiosa nel vedere due volti amici.

«Ha provato a tirarsi su» dichiarò Robbin. «Si aggrappava alle sponde per alzarsi. Non vedeva l'ora di uscire da quella culla. Non sapevamo come comportarci perché a rigore non avremmo dovuto toccare niente in attesa del sopralluogo della Scientifica. Non sapevamo se chiamare i colleghi. Eravamo in difficoltà».

Evidentemente alla fine decisero di non prenderla in braccio. L'agente Shah le cantò qualche canzoncina in attesa di ordini dalla centrale. Peccato non ricordarlo, pensa Libby: che canzoni le avrà cantato il giovane agente? Era in imbarazzo o lo fece volentieri? In seguito avrebbe avuto cinque figli, ma quando trovò Serenity Lamb nella culla non aveva esperienza di bambini piccoli.

Poco dopo giunsero la Scientifica e un'agente specializzata in minori, Felicity Measures. All'epoca aveva quarantun anni. Adesso ne ha sessantasei, è andata recentemente in pensione e si è trasferita in Algarve con il terzo marito. Secondo l'articolo, dichiarò che Serenity Lamb era: «Una bella bambina, in buona salute e ben nutrita. Sorridente e affettuosa, nonostante l'ambiente in cui si trovava, che era da film dell'orrore».

Libby spinge la culla, che cigola patetica testimoniando la sua età. Per chi venne comprata? Per Libby o per generazioni di neonati prima di lei? Libby sa che gli attori di questa sua storia sono più d'uno, che non ci sono solo Martina e Henry Lamb, l'uomo misterioso morto con loro e i bambini scomparsi. I vicini parlarono di "numerosi" bambini, di adulti "che andavano e venivano", la casa era piena di tracce di sangue e DNA sconosciuti, fibre, capelli, messaggi e strane scritte sui muri, pannelli segreti e un orto di piante officinali, alcune delle quali erano state usate per il palese suicidio collettivo dei suoi genitori.

«Stiamo per liberarci da questi corpi spezzati, da questo

mondo spregevole, da sofferenze e delusioni. La nostra bimba si chiama Serenity Lamb e ha dieci mesi. Affidatela a gente perbene. La pace sia con tutti, per sempre, HL, ML, DT». Questo recitava il messaggio ritrovato vicino ai cadaveri in decomposizione.

Libby esce dallo spogliatoio e fa un lento giro per la casa alla ricerca di vestigia del passato. Secondo i giornali, chiunque altro fosse in casa la sera del triplice suicidio fuggì lasciando armadi spalancati, roba nel frigo, libri aperti per terra, fogli strappati e pezzi di nastro adesivo alle pareti.

Ne trova una striscia ancora appiccicata al muro in cucina, ingiallita e vizza. C'è attaccato un frammento di carta. Libby lo guarda perplessa: che cosa poteva esserci di tanto importante su quel foglio, perché i naufraghi in fuga dalla nave che colava a picco decidessero di non lasciarlo in vista?

La cucina è stile country, con un enorme frigorifero americano bianco e beige, che probabilmente era abbastanza raro negli anni Ottanta in Gran Bretagna. È tutto arrugginito. Libby lo apre e guarda dentro. Ci sono soltanto macchie di muffa e qualche vaschetta di plastica per il ghiaccio mezza rotta. Negli armadietti trova barattoli di latta vuoti e un pacco di farina talmente vecchia che è diventata pietra. Ci sono un servizio da tè bianco, una teiera cromata, vasetti di spezie, un portatoast, un grande vassoio nero. Libby lo gratta con un'unghia e scopre che sotto la vernice nera è d'argento. Chissà perché a qualcuno è venuto in mente di verniciare di nero un vassoio d'argento.

Si ferma di botto nel sentire un rumore, come se di sopra ci fosse qualcuno. Rimette il vassoio nell'armadietto e va ai piedi delle scale. Di nuovo lo stesso rumore, una specie di fievole tonfo. Con il cuore che accelera i battiti, sale in punta di piedi e lo sente di nuovo. Una volta, due. Poi qualcuno si schiarisce la voce e la tachicardia di Libby aumenta.

Sarà Royle, pensa. Non può che essere Royle, l'avvocato dello studio legale. Libby è sicura di aver chiuso la porta, quando è entrata in casa. Sicurissima.

«Salve!» grida. «Avvocato Royle?»
Silenzio. Un silenzio immediato, volontario.
«Signor Royle?»
Il silenzio è come un orso in agguato. A Libby pare quasi di sentirgli trattenere il fiato.
Ripensa a tutti i misteri elencati sul giornale: i bambini mai più ritrovati, la persona che rimase a prendersi cura di lei nella culla, le scritte, la striscia di tessuto che penzolava dal radiatore, i graffi sui muri, la lettera d'addio lasciata dai suoi genitori, le roselline azzurre sulla culla che cigola, i fogli strappati dalle pareti, le macchie di sangue e le serrature all'esterno delle stanze dei bambini.
Poi pensa al prato curato della sua amica April, al cous cous, agli Aperol spritz, ai piedi immersi nell'acqua fresca della piscina. Pensa al bel Danny e ai figli che potrebbe avere da lui a trent'anni. O anche prima. Già, perché aspettare? Può mettere in vendita questa casa con il suo tetro passato, il suo frigorifero ammuffito, il giardino incolto e il misterioso ospite in mansarda. Può venderla, diventare ricca, sposare Danny e fare tanti bei bambini. Non le interessa più scoprire che cosa è successo lì dentro. Preferisce non sapere.
Cerca le chiavi nella borsa, chiude tutto e torna in strada, sollevata. Piglia il cellulare e manda un messaggio ad April.

Tienimi da parte un po' di cous cous. Fra un'oretta sono lì.

13.

Nella luce soffusa del negozio di riparazione di strumenti musicali, Lucy controlla il suo violino rigirandoselo tra le mani.

Se lo appoggia alla spalla ed esegue una scala di La maggiore su tre ottave e un arpeggio per controllare l'uniformità e la qualità del suono.

Sorride raggiante a monsieur Vincent.

«Perfetto» dice in francese. «Meglio di prima».

Le si allarga il cuore. In quei giorni di grave difficoltà, in cui hanno dormito in spiaggia e sotto i ponti, non si era resa conto di quanto soffrisse a stare lontana dal suo strumento e di quanto fosse arrabbiata con gli imbecilli che glielo avevano fracassato. Soprattutto, non si era accorta di quanto le mancasse suonare.

Conta i biglietti da venti e monsieur Vincent le scrive la ricevuta su un blocchetto, strappa il foglio e glielo consegna. Poi prende due Chupa Chups dall'espositore sul banco e li regala ai bambini, uno per ciascuno.

«Fa' il bravo ometto» dice a Marco. «E prenditi cura della tua mamma e della tua sorellina».

L'aria è più fresca, quando escono dal negozio. Lucy toglie l'involucro al leccalecca di Stella e glielo dà. Si incamminano verso il centro, i bambini con il Chupa Chups in bocca, il cane che fiuta alla ricerca di ossa di pollo e gelati caduti per terra. Lucy non ha fame. Vedere Michael le ha tolto l'appetito.

I dehors dei ristoranti stanno iniziando a riempirsi dei turisti più anziani o con bambini piccoli. Sono i meno propensi a mettere mano al portafoglio. I turisti che cenano più tardi tendenzialmente bevono e hanno meno remore ad avvicinare la donna in canottiera aderente e ampia gonna di voile, braccia forti e abbronzate, seno prosperoso, piercing al naso e cavigliera, con due splendidi pargoli un po' assonnati e un Jack Russell dal pelo ispido sul tappetino da yoga alle sue spalle. Non sono distratti da bambini irritabili che dovrebbero essere già a nanna, né fanno considerazioni ciniche sulla possibilità che lei spenda i loro soldi in alcol e sostanze varie, usi cane e bambini per suscitare compassione e magari li maltratti se tornano a casa senza aver guadagnato abbastanza. Lucy ne ha sentito di tutti i colori, in questi anni. L'hanno accusata di tutto e di più. Ci ha fatto il callo.

Prende dallo zaino il cappello che Marco aveva soprannominato "il cappello dei soldi" ma che ora chiama "il cappello delle elemosine", detestandolo.

Lo posa a terra e apre la custodia del violino. Controlla che i bambini siano tranquilli e vede che Marco legge e Stella colora un album. Marco le lancia un'occhiata esasperata. «Fino a che ora ci tocca restare qui?»

A dodici anni appena compiuti, manifesta già gli atteggiamenti tipici degli adolescenti.

«Finché non avrò raccolto abbastanza soldi per una settimana a Casa Celeste».

«E cioè?»

«Quindici euro a notte».

«Non capisco perché non hai chiesto più soldi a papà. Ce li avrebbe dati. Cento euro in più o in meno per lui non fanno differenza».

«Lo sai perché, Marco. Dai, lasciami suonare».

Marco fa schioccare la lingua, alza le sopracciglia e torna al suo libro.

Lucy posa il mento sullo strumento, mette avanti il piede destro, chiude gli occhi, prende un bel respiro e incomincia a suonare.

È una bella serata, la pioggia di ieri ha rinfrescato l'aria, fa meno caldo e la gente è più rilassata. Si fermano in tanti ad ascoltarla. Suona brani dei Pogues e dei Dexys Midnight Runners: durante *Come on Eileen* le arriva una quindicina di euro. Molti sorridono e accennano passi di danza, una coppia sui trenta le dà un biglietto da dieci per festeggiare il recente fidanzamento, una vecchia signora uno da cinque perché suo padre suonava il violino e Lucy le ha fatto tornare in mente bei ricordi d'infanzia. Alle nove e mezzo Lucy si è spostata in tre punti diversi del centro e ha raggranellato quasi settanta euro.

Raccoglie borse, cane e bambini. Stella non riesce a tenere gli occhi aperti e Lucy rimpiange i tempi del passeggino, quando poteva metterla a dormire lì e poi trasferirla di peso nel lettino. Adesso invece è costretta a svegliarla e a farla camminare. Certe volte, quando la bambina fa i capricci perché cade dal sonno, Lucy vorrebbe mettersi a gridare.

Casa Celeste è a dieci minuti di una strada tutta in salita, verso il Castello. Lunga e stretta, un tempo era una bella villetta azzurra vista mare, ma adesso è grigia e malconcia, con vetri rotti alle finestre e le grondaie coperte di edera. Negli anni Sessanta la acquistò un certo Giuseppe, che la lasciò andare in rovina e poi la vendette a uno che affitta le camere a gente senza fissa dimora. Bagno in comune, scarafaggi ovunque, servizi zero, pagamento esclusivamente in contanti. Il nuovo proprietario concede a Giuseppe l'uso di un alloggio al pianoterra in cambio di una piccola somma e di lavoretti di manutenzione e gestione.

Giuseppe è affezionato a Lucy. «Avessi una figlia, sarebbe tale e quale te» dice sempre. «Giuro».

Quando le hanno spaccato il violino, Lucy è stata un po' senza pagare l'affitto. Temeva che il proprietario la cacciasse, ma poi è venuta a sapere da un altro inquilino che Giuseppe versava i soldi al posto suo, di nascosto. Così ha fatto i bagagli e ne s'è andata senza nemmeno salutare.

All'ultima curva prima di Casa Celeste, le viene un'ansia che tende al panico. E se non c'è posto? E se Giuseppe si è arrabbiato perché se n'è andata via senza salutarlo e le sbatte la porta in faccia? O magari Giuseppe non c'è più. Magari è morto. Magari non c'è più manco la casa, finita in cenere per un incendio.

Ma è Giuseppe a socchiudere la porta per vedere chi c'è e, quando li riconosce, sorride mostrando i denti marroni in mezzo alla barba sale e pepe. Vede che ha il violino e sorride ancora di più. «La mia ragazza» dice, togliendo la catena per farli entrare. «I miei bambini. Il mio cagnolino. Venite, venite!»

Il cane è pazzo di gioia. Gli salta addosso e a momenti lo fa cadere. Stella gli abbraccia le gambe e Marco gli si spinge contro e si lascia schioccare un bacio sulla testa.

«Ho settanta euro» dichiara Lucy. «Per qualche giorno».

«Hai di nuovo il violino. Potete stare quanto volete. Mi sembri dimagrita. Siete tutti più magri, mi sa. Ho soltanto del pane. Veramente c'è anche del prosciutto, ma non è buono. C'è dell'ottimo burro, però…»

Lo seguono nel suo alloggio. Il cane salta subito sul divano, si acciambella e guarda Lucy come a dire: *Finalmente!* Giuseppe va nel cucinino a prendere pane, prosciutto e tre bottigliette di Orangina. Lucy si siede vicino al cane e lo accarezza. Tira un sospiro di sollievo e sente le budella che smettono piano piano di torcersi. Infila la mano nello zaino e prende il cellulare, definitivamente scarico. Trova il caricatore e chiede a Giuseppe: «Posso?»

«Certo, cara! C'è una presa libera qui».

Lucy attacca caricatore e cellulare e dopo un momento pigia sul tasto di accensione.

La notifica è ancora lì.

25 anni della piccola.

Si siede a tavola con i bambini e li guarda mangiare. Piano piano le umiliazioni subite negli ultimi giorni scompaiono come impronte sulla sabbia: i bambini stanno bene, c'è cibo a sufficienza, c'è il violino. Ha un letto in cui dormire e qualche spicciolo nel portafogli.

Anche Giuseppe guarda i bambini che mangiano. Poi lancia un'occhiata a Lucy e le sorride. «Ero in pensiero. Dove siete stati?»

«Ospiti di amici» risponde lei con leggerezza.

«Non...» comincia Marco.

Lucy gli dà una gomitata; poi, rivolta a Giuseppe: «Quando ho saputo che cosa stavi facendo, cattivone, ho pensato che era meglio andare via senza dire niente a nessuno. Non potevo accettare. Se te ne avessi parlato, mi avresti convinto a restare e così... È andato tutto bene, comunque. Ce la siamo cavata alla grande. Guardaci: non stiamo una favola?» Prende in braccio il cane e gli dà una strizzatina.

«Hai recuperato il violino, quindi».

«Sì. Senti... c'è una stanza libera? Non importa se non è la solita. Va bene anche un'altra. Qualsiasi altra».

«Una camera libera c'è, ma è sul retro, senza vista. E un po' buia. E la doccia è guasta. Ti posso fare dodici a notte».

«Va bene» risponde Lucy. «Perfetto». Posa il cane e si alza per abbracciare Giuseppe. Odora di polvere, di vecchio e anche un po' di sporco, ma Lucy se ne infischia. «Grazie» dice. «Ti ringrazio tantissimo».

Dormono in tre in un letto matrimoniale piccolissimo in una stanza buia sul retro, con il rumore delle macchine che passano che fa a gara con il ronzio del ventilatore di plastica da quattro soldi, il televisore acceso nella stanza accanto e una mosca imprigionata fra la tenda e il vetro. Nonostante un pugnetto di Stella in faccia e il ronfare di Marco e del cane, Lucy dorme bene, fa un sonno profondo e ininterrotto, per la prima volta da una settimana.

14.
Chelsea, 1988

L'8 settembre 1988 sarebbe dovuto essere il mio secondo giorno alla scuola nuova, ma avrai già capito che, sebbene non vedessi l'ora di andarci, di conoscere nuovi compagni e farmi nuovi amici, la scuola più grande mi fu preclusa. Avevo passato l'estate a tempestare mia madre: quando andiamo da Harrods a comprare la divisa? Lei prendeva tempo: stai crescendo, aspettiamo all'ultimo momento così la pigliamo della misura giusta. Ma quando le vacanze estive terminarono, da Harrods non ci eravamo ancora andati.

Non eravamo andati neppure in Germania. Di solito trascorrevamo una o due settimane nella grande casa di mia nonna nella Foresta Nera, con la piscina fuori terra e un tappeto di aghi di pino tutto intorno. Quell'estate, però, "non ce lo potevamo permettere" e, se non ci potevamo permettere l'aereo fino in Germania, come avremmo fatto a pagare la retta della scuola?

All'inizio di settembre i nostri genitori fecero domanda di iscrizione in diversi istituti statali che ci misero in lista d'attesa. Non dissero mai in maniera esplicita che avevamo problemi di soldi, ma era evidente. Al pensiero di finire in un istituto comprensivo, bullizzato da ragazzacci, mi veniva il mal di stomaco.

Quante preoccupazioni inutili, sciocche... Ripenso a me undicenne, bambino strano, pelle e ossa, statura media, occhi azzurri come mia madre, capelli castani come mio padre, gambette striminzite e ginocchia sporgenti, labbra sottili vagamente sprezzanti. Ero viziato e un po' altezzoso, convinto che la mia vita fosse già in gran parte scritta e non potesse cambiare. Ripenso alla mia faccina stupida, ingenua e snob e mi viene voglia di prendermi a ceffoni.

Justin era accucciato nell'orto, intento ad accarezzare le sue piantine.

«L'arte degli speziali» mi spiegò con la sua parlata di una lentezza esasperante. «Seminare, coltivare e utilizzare le piante medicinali. Le grandi industrie farmaceutiche stanno corrompendo il pianeta. Nell'arco di vent'anni saremo una nazione di farmacodipendenti e il sistema sanitario nazionale sarà in ginocchio a furia di distribuire caramelle gratis a cittadini malati. Mi piace pensare di poter tornare alle origini e curare i malanni quotidiani con i rimedi che ci regala la natura. Non occorrono otto sostanze chimiche diverse per alleviare il mal di testa. Tua madre ha espresso l'intenzione di smettere di prendere pillole e provare le mie tinture».

Lo guardai. In famiglia prendevamo un sacco di pillole: contro l'allergia, il raffreddore, il mal di pancia, il mal di testa, i dolori della crescita e l'indigestione. Mia madre curava con i farmaci persino "la malinconia". E mio padre prendeva pastiglie per il cuore e contro la caduta dei capelli. C'erano medicine dappertutto e adesso, di colpo, coltivavamo erbe officinali per curarci in modo naturale. Incredibile.

Quell'estate mio padre ebbe un piccolo ictus che lo lasciò lievemente claudicante e con difficoltà di eloquio. Non era più quello di una volta. Vederlo menomato in quel modo mi fece sentire curiosamente privo di protezione, come se nelle difese della famiglia si fosse aperta una piccola ma significativa breccia.

Il suo medico, il dottor Broughton, uomo molto spiritoso di età indefinibile, che aveva ambulatorio e abitazione in un palazzo di sei piani vicino a casa nostra, venne a trovarlo quando fu dimesso dopo una notte in ospedale. Fumarono un sigaro in giardino parlando della prognosi. «A mio parere, Henry, hai bisogno di un bravo fisioterapista per la riabilitazione. Purtroppo quelli che conosco io sono tutti antipaticissimi».

Risero. Poi mio padre disse: «Non saprei. Sono molto indeciso. Indeciso su tutto. Un tentativo lo farei, però. Proverei qualsiasi cosa per tornare come prima».

Birdie era nell'orto a curare le piantine di Justin. Faceva caldo, indossava un top molto sottile e le si vedevano i capezzoli. Si tolse il cappello di tela e si avvicinò a mio padre e al dottor Broughton.

«Ne conosco uno io» disse con le mani sui fianchi. «Uno bravissimo. Fa miracoli. Lavora sull'energia, muove il *qi* all'interno del corpo umano. Cura mal di schiena, emicrania... Lo chiamo, così ti visita».

Sentii che mio padre protestava, ma Birdie insistette: «Davvero, Henry. Mi sembra il minimo che posso fare per te. Sul serio. Gli telefono subito. Si chiama David Thomsen».

Ero in cucina con la mamma che preparava gli *scones* al formaggio, una mattina, quando suonò il campanello. Mia madre si pulì le mani nel grembiule, si sistemò velocemente i capelli, di media lunghezza e con la permanente, e disse: «Ah, già. Saranno i Thomsen».

«E chi sono i Thomsen?» domandai, non ricordando la proposta di Birdie della settimana prima.

«Amici» rispose la mamma. «Di Birdie e Justin. Lui è fisioterapista e seguirà tuo padre nella riabilitazione e lei è un'insegnante abilitata e darà lezioni private a te e a tua sorella. Sei contento?»

Non ebbi il tempo di chiederle di spiegarmi meglio quell'improvviso cambio di programma, perché andò ad aprire.

Li guardai entrare in casa uno dopo l'altro, sbalordito.

La prima era una bambina di nove o dieci anni, caschetto nero, salopette tagliata all'altezza delle ginocchia piene di graffi e sbucciature, sbaffo di cioccolato su una guancia, vivace e piena di energia. Si chiamava Clemency.

Poi fu la volta di un ragazzino della mia età, forse un po' più grande. Alto, biondo, ciglia scure e lunghissime, zigomi pronunciati, bermuda blu e mani in tasca, si scostava i capelli dagli occhi con naturalezza, ma anche con una buona dose di arroganza. Phineas, ma tutti lo chiamavano Phin.

La madre era di ossatura robusta, pallida, senza seno, con i capelli lunghi e biondi e l'aria nervosa. Sally Thomsen, come venni a sapere in seguito.

Per ultimo entrò il padre, alto, spalle larghe, fisico asciutto, abbronzato, capelli corti scuri, occhi azzurri e labbra carnose. David Thomsen. Mi prese la mano fra le sue. «Piacere di conoscerti» disse con una voce bassa e morbida.

Mi mollò la mano e aprì le braccia in un gesto solenne. Sorrise a ciascuno di noi dicendo: «Piacere di conoscervi».

David insistette per portarci fuori a cena, quella sera. Era giovedì e faceva ancora abbastanza caldo. Impiegai un po' più tempo del solito per prepararmi. Non mi limitai a controllare di avere indumenti puliti, polsini in ordine e di essere ben pettinato: volevo fare bella figura. Il ragazzino, Phineas, mi era sembrato non soltanto molto bello, ma anche molto trendy. Oltre ai bermuda casual, aveva una polo rossa con righine bianche sul colletto, Adidas bianche e calzini bianchi. Cercai nel guardaroba qualcosa di altrettanto *cool*. Avevo soltanto calzettoni. Mia sorella aveva anche qualche paio di calzini, ma io no. Avevo pantaloni corti esclusivamente di panno e non possedevo polo. Presi persino in considerazione di mettermi la roba che usavo per educazione fisica, ma poi mi venne in mente che non avevo mai disfatto la sacca dall'ultimo giorno di scuola. Alla fine optai per una T-shirt azzurra, jeans e scarpe di tela. Cercai di farmi scendere il ciuffo sulla fronte come Phineas, ma i miei capelli erano irremovibili. Mi guardai per venti secondi buoni prima di uscire dalla camera, arrabbiato con la mia faccia da scemo, la mia insulsa maglietta e il taglio patetico dei miei jeans John Lewis. Emisi un verso sconfortato, tirai un calcio contro il muro e scesi di sotto.

Phin era seduto su una delle due grandi sedie di legno ai piedi della scala a leggere un libro. Lo guardai dalla balaustra prima di fare la mia entrée. Era la creatura più bella che avessi mai visto. Arrossii osservando la sua bocca delicata che pareva modellata nell'argilla più morbida che esista, come se toccandola con un dito si potesse lasciarvi l'impronta, la pelle liscia e sottile tesa sugli zigomi e un emozionante accenno di baffetti.

Si scrollò via il ciuffo dagli occhi, alzò gli occhi verso di me che scendevo e, disinteressato, tornò al libro. Stavo per chiedergli che libro fosse, ma mi astenni. Mi sentivo a disagio, non sapevo dove mettermi, se sedermi o stare in piedi. Per fortuna arrivarono gli altri: prima i miei genitori, poi Clemency e mia sorella, che già sembravano aver fatto amicizia, Sally, Justin e Birdie. Per ultimo, come avvolto in un'aura celestiale, apparve in cima alle scale David Thomsen.

Che cosa posso dire di David Thomsen dal mio punto di vista di allora, ancora ragazzino? Be', per cominciare, era molto bello. Non aveva l'avvenenza quasi femminea di suo figlio, ma una bellezza più tradizionale. Un'ombra di barba che pareva dipinta, sopracciglia spesse, era pieno di energia, una forza della natura, e sovrastava chiunque avesse vicino, anche quelli che non erano affatto inferiori a lui. Da una parte mi faceva paura, dall'altra mi affascinava. In sua presenza mia madre si comportava in maniera bizzarra. Non che flirtasse con lui, ma era come se si trattenesse dal farlo, come se non si fidasse di se stessa. David Thomsen era pieno di sé e al tempo stesso con i piedi per terra, caloroso eppure gelido. Io non lo potevo sopportare, ma capivo perché gli altri pendessero dalle sue labbra. Ma tutto questo sarebbe successo poi. Quella sera stavamo andando a cena insieme per la prima volta e volevamo dare tutti il meglio di noi.

Ci sedemmo intorno a un tavolo al Chelsea Kitchen che, pur essendo lungo, sarebbe stato per otto. Noi bambini venimmo accalcati tutti a un'estremità e mi ritrovai gomito a gomito con Phineas. Ero così elettrizzato, così scombussolato, sconvolto da aneliti che ero troppo giovane per decodificare, che non potei fare a meno di dargli la schiena.

Mio padre era seduto a capotavola.

Nel vederlo, ebbi la sensazione che qualcosa dentro di me precipitasse, come un ascensore con i cavi recisi. Senza rendermene conto, vissi un momento di terrificante preveggenza. Intuii che mio padre stava di colpo rimpicciolendo in confronto all'eccezionale statura di David Thomsen e che il suo ruolo di capofamiglia, fino a quel momento chiaro e indiscusso, stava venendo meno. Anche senza i postumi dell'ictus, eravamo tutti più in gamba di lui, a quel tavolo. Persino io. Aveva i vestiti sbagliati: la giacca troppo stretta, il fazzoletto nel taschino di un rosa che faceva a pugni con il castano rossiccio dei suoi capelli. Lo vedevo a disagio, escluso dalla conversazione, che leggeva il menu più a lungo del necessario. A un certo punto David Thomsen si protese verso mia madre per spiegarle qualcosa e poi si ritrasse per vedere che effetto le aveva fatto.

Vidi tutto, notai tutto, e a livello subliminale capii che era incominciata una lotta di potere. Con mio grande raccapriccio, intuii anche che mio padre la stava già perdendo.

15.

Il lunedì mattina Libby arriva allo showroom con venti minuti di ritardo.

Dido la guarda sorpresa, perché di solito è puntualissima.

«Stavo per telefonarti» le dice. «Tutto okay?»

Libby annuisce, tira fuori dalla borsa cellulare, burro di cacao e golfino, sistema la borsa sotto la scrivania, si scioglie i capelli e si siede pesantemente. «Scusa» risponde dopo un po'. «Ho dormito malissimo».

«Stavo per dire che non hai una bella cera» replica Dido. «Colpa del caldo?»

Libby annuisce, ma non è stato tanto il caldo a tenerla sveglia, quanto i rovelli della sua mente.

«Ti porto un bel caffè forte, okay?»

Normalmente Libby direbbe di no e se lo andrebbe a prendere da sola. Ma stamattina ha le gambe pesanti e la testa annebbiata e così accetta, ringraziando. Osserva Dido mentre glielo prepara, rassicurata dai suoi capelli tinti di corvino, dalla sua postura rilassata, una mano nella tasca del lungo vestito nero e i piccoli piedi ben piantati a terra, calzati in scarpe da ginnastica di velluto verdone.

«Ecco qua» dice Dido posandole la tazza sulla scrivania. «Speriamo che serva».

Si conoscono da cinque anni. Libby sa diverse cose sul suo conto, per esempio che è figlia di una famosa poetessa e del direttore di un famoso giornale, è cresciuta in una delle case più prestigiose di St Albans e, invece di andare a scuola, aveva un'insegnante privata. Sa che il fratello minore è morto a vent'anni, che sono undici anni che non fa sesso, che abita in un cottage al limitare della tenuta di famiglia, dove c'è ancora il cavallo di quando faceva equitazione da ragazzina, Spangles. Libby sa anche che i genitori intendono lasciare la prestigiosa tenuta di famiglia al National Trust e che lei non se ne fa un problema.

Sa che a Dido piacciono il tè PG Tips, Benedict Cumberbatch, i cavalli, il gianduia, il latte di cocco, *Doctor Who*, i materassi ortopedici, Orange Blossom di Jo Malone, la cucina cinese, Nando's e andare dall'estetista, ma non è mai stata a casa sua e non ha mai incontrato amici o parenti. Non si sono mai frequentate al di fuori del lavoro, a parte la festa di Natale della ditta nel vicino hotel di lusso o i rinfreschi d'addio per qualche collega andato in pensione. Insomma, la conosce e non la conosce.

Ma ora che la guarda capisce di colpo che Dido è esattamente la persona di cui ha bisogno in questo momento. Sabato sera è andata da April e ha moderatamente flirtato con Danny, che in realtà tanto bello non era, avendo la faccia da bambino e mani incredibilmente piccole. Si è guardata intorno in cerca di qualcuno cui confidare le cose pazzesche che le stanno capitando, la casa ereditata, l'articolo di giornale, i genitori suicidi e lo sconosciuto che tossiva al piano di sopra, ma ha visto solo persone come lei, normali, che vivono ancora a casa con i genitori oppure in coabitazione, con un prestito studentesco da restituire, un lavoro ordinario, sogni ordinari, un'abbronzatura taroccata, un cagnolino, denti bianchi, capelli puliti. Si è sentita presa in mezzo fra due realtà completamente diverse e verso le undici se n'è andata, è tornata a casa, al computer e alle ricerche in rete sul mistero di Serenity Lamb.

Così facendo non ha trovato risposte, bensì ulteriori interrogativi e alla fine, verso le due di notte, ha chiuso il portatile ed è andata a letto. Ma ha dormito male e fatto sogni stranissimi.

«Mi serve un consiglio» dice a Dido. «Riguardo la storia di Chelsea».

«Che tipo di consiglio?» chiede Dido giocherellando con

il grosso ciondolo d'argento a forma di disco che porta appeso a una catena al collo.

«Be', ti volevo parlare della casa. Tu ti intendi di case, giusto?»

«Non particolarmente, in realtà. Comunque sì, conta su di me. Vuoi venire a cena?»

«Quando?»

«Stasera?»

«Grazie» risponde Libby. «Volentieri».

Il cottage di Dido è favoloso, con finestrelle a piombo e roselline rampicanti ai lati del portone. Parcheggiata fuori c'è una Fiat Spider nera decappottabile. L'automobile completa il cottage e il cottage completa l'automobile. Libby non riesce a trattenersi: prende lo smartphone e fa una foto da postare su Instagram. Dido le apre in calzoni a fiori e canottiera nera, scalza e con gli occhiali da sole rossi a mo' di cerchietto. Libby, che non l'ha mai vista senza scarpe, si meraviglia dei suoi piedini bianchi, curatissimi, con le unghie laccate di rosa.

«Che splendore!» esclama entrando nell'ingresso bianco con il pavimento in cotto. «Complimenti».

La casa di Dido è piena di oggetti che devono essere cimeli di famiglia. Di certo non vengono da TK Maxx. Ci sono quadri astratti e colorati alle pareti e a Libby viene in mente che la madre di Dido era anche pittrice. Attraverso una portafinestra sul retro della casa, entrano in un delizioso giardino all'inglese con arredi vintage Lloyd Loom, di vimini, con cuscini floreali. Libby è piena di ammirazione e pensa che forse Dido non ha bisogno di lavorare. Forse per lei progettare costosissime cucine è solo un hobby.

Dido mette sul tavolo un'insalata di quinoa e avocado, una scodella di patate al burro, una pagnotta integrale e due coppe per il Prosecco che ha portato Libby.

«Da quanto tempo abiti qui?» chiede Libby, imburrando una fettina di pane.

«Da quando avevo ventitré anni e sono tornata da Hong Kong. Il cottage era di mia madre e l'ha lasciato a me. La villa sarebbe dovuta andare a mio fratello, ma...»

Libby fa un sorriso con sguardo inespressivo. *La villa. Il cottage.* Un altro mondo, rispetto al suo. «Che tragedia».

«Già» concorda Dido. «Ma quella casa è una maledizione. Sono contenta di non averci niente a che fare».

Libby annuisce. Una settimana fa chiamare maledizione una casa di proprietà le avrebbe dato sui nervi, ma adesso comincia a capire.

«Parlami della tua casa, piuttosto! Raccontami bene».

Libby assaggia il Prosecco, posa la coppa sul tavolo e si appoggia allo schienale. «Ho trovato un articolo del *Guardian*» comincia. «Parla della casa. Dei miei genitori. Di me».

«Di te?»

«Sì» risponde Libby massaggiandosi i gomiti. «È una cosa strana. Sai, sono stata adottata quando avevo meno di un anno. La casa di Chelsea apparteneva ai miei genitori naturali e, secondo l'articolo, sono nata in una specie di setta».

Dette ad alta voce, quelle parole fanno ancora più impressione. È la prima volta che usa la parola "setta", che ci pensa in questi termini. È una realtà che fa a pugni con le fantasie che ha coltivato fino a quel momento. Vede che Dido è interessatissima.

«Una setta?»

«Sì. Secondo questo articolo, la casa di Chelsea ospitava una setta composta da diverse persone. Conducevano una vita spartana: dormivano per terra, si vestivano con abiti fatti in casa... E tuttavia...» Prende l'articolo dalla borsa. «Vedi? Questi sono mio padre e mia madre sei anni prima che nascessi io, a un ballo di beneficenza. Voglio dire: guardali!»

Dido prende il ritaglio e guarda la foto. «Elegantissimi».

«Appunto! Mia madre era una *socialite*, si occupava di pubbliche relazioni nel mondo della moda. Era stata fidanzata con un principe austriaco. È di una bellezza eccezionale».

Vedere la foto della madre le aveva procurato un'emozione incredibile. Mora, intensi occhi azzurri, aveva qualcosa di Priscilla Presley. Combaciava perfettamente con le sue fantasie infantili, compreso il lavoro nel campo della moda. Suo padre... be', era chic pure lui, ma più basso di come se lo era immaginato, più basso della moglie, aveva un'espressione un po' snob e al tempo stesso pareva sulla difensiva, quasi si aspettasse qualche brutto scherzo da parte del fotografo. Cingeva la vita della moglie, si vedevano spuntare le dita. Martina aveva uno scialle di seta sulle spalle, anelli alle dita e un abito da sera così fasciante che si vedevano sporgere le ossa del bacino. Secondo il giornalista, quella era l'ultima foto della coppia prima che scomparissero dalla *haute* londinese, sette anni prima di venire ritrovati morti sul pavimento della cucina.

«Avevo un fratello e una sorella» dice Libby sentendo che è lo shock a farle sputare quelle parole in fretta, senza pause fra una e l'altra.

Dido la guarda negli occhi. «Accipicchia!» esclama. «Che fine hanno fatto?»

«Nessuno lo sa. L'avvocato dice che potrebbero essere morti».

Ecco, l'ha detto. La cosa che le pesa di più, fra le tante che la opprimono da giorni, è stata esplicitata e resta lì, fra lei e Dido, come un macigno.

«Oddio» mormora Dido. «Ma... cioè, com'è possibile?»

Libby fa spallucce. «La polizia intervenne a seguito della segnalazione di un vicino e trovò i miei genitori morti in cucina, insieme con un terzo uomo. Suicidio collettivo. Io ero in una culla al piano di sopra. Avevo dieci mesi e stavo bene. Invece dei miei fratelli nessuna traccia».

Dido si appoggia allo schienale, a bocca aperta. Per un momento non dice nulla. «Capito». Si china in avanti, prendendosi la testa fra le mani. «I tuoi facevano parte di una setta e si suicidarono insieme con uno sconosciuto…»

Libby annuisce. «Si avvelenarono usando erbe che coltivavano in giardino».

Dido è di nuovo a bocca aperta. «Be', sì, certo» commenta ironica. «Ci sta. Cazzo, cos'altro c'è?»

«In casa abitavano tante persone, forse c'era un'altra famiglia con bambini. Ma quando arrivò la polizia non c'era più nessuno, a parte me e i cadaveri in cucina. I minori si erano *volatilizzati*. Nessuno ne ha mai più avuto notizie».

Dido rabbrividisce e si mette una mano sul petto. «Compresi tuo fratello e tua sorella?»

«Esatto» risponde Libby. «Nessuno li vedeva più da tempo, tanto che i vicini credevano che fossero in collegio. Ma non risultavano iscritti a nessuna scuola o collegio. Almeno uno rimase anche dopo la morte dei miei, per prendersi cura di me, perché pare avessi il pannolino pulito, quando la polizia mi trovò. E nella culla, accanto a me, c'era questa». Prende la zampa di coniglio dalla borsa e la porge a Dido.

«Un amuleto» è il suo commento.

«Possibile» ammette Libby.

«Chi era l'altro suicida?» domanda Dido.

«Non si sa. Non aveva documenti. Si sanno solo le iniziali con cui firmò la lettera d'addio. Nessuno ne denunciò la scomparsa, nessuno lo riconobbe negli identikit predisposti dalla polizia… Un'ipotesi è che fosse un vagabondo, magari uno zingaro. Spiegherebbe quella». Indica la zampa di coniglio che Dido tiene in mano.

«Uno zingaro?» Dido pronuncia la parola con un certo gusto. «Santo cielo».

«E la casa ha qualcosa di strano. È buia e… Ci sono andata sabato mattina e ho sentito qualcosa al piano di sopra».

«Qualcosa? In che senso?»

«Qualcuno. Rumore di qualcuno che si muoveva. A un certo punto ha tossito».

«Sicura che non fossero i vicini?»

«Sicurissima no, ma mi è parso che il rumore provenisse dal piano di sopra. Adesso ho paura a tornarci. Penso che la cosa migliore sia metterla in vendita, liberarmene, dimenticare tutto. Però...»

«Tuo fratello e tua sorella...?»

«Sì, loro. La verità. La mia storia. Se vendo la casa, non scoprirò mai cos'è successo».

Dido guarda l'articolo di giornale, poi alza gli occhi su Libby.

«Qui» dice, indicando le prime righe. «Lui. Il giornalista». Strizza gli occhi per leggere il nome. «Miller Roe. È lui che devi contattare. Pensa la sorpresa di vedersi arrivare una tua e-mail dopo anni di giornalismo d'inchiesta. Serenity Lamb in persona. Con tanto di zampa di coniglio».

Restano un attimo zitte a fissarla, posata sul tavolo, alla luce della sera.

Libby si fa restituire il ritaglio e guarda la firma dell'articolo: *Miller Roe*. Il nome è inconsueto: non dovrebbero essercene tanti in rete. Prende lo smartphone e prova. In meno di un minuto ha l'indirizzo di posta elettronica a cui contattarlo al *Guardian*. Mostra il display a Dido.

Dido annuisce. «Ottimo» dichiara. Poi solleva la coppa di Prosecco e la avvicina a Libby. «A Serenity Lamb» dice. «E a Miller Roe. Che insieme risolvano il mistero».

16.

L'indomani alle cinque e mezzo Lucy è già sveglia. Scende silenziosamente dal letto e il cane la segue saltellando nell'angolo cottura, ticchettando con le unghie sul linoleum. Giuseppe le ha lasciato sul bancone bustine di tè, un barattolo di caffè solubile e una confezione di *pain au chocolat*. E una bottiglia di latte nel frigo. Lucy mette a bollire l'acqua in un pentolino e si siede sulla seggiola di plastica nell'angolo a guardare la finestra nascosta da una tenda. Dopo un po' si alza e la scosta, si risiede e guarda il palazzo di fronte, le finestre scure che riflettono l'arancione dell'alba, la facciata grigia che si colora brevemente di rosa. Nel cielo, che è dell'azzurro dei detersivi, volano gli uccelli. Per strada non passano ancora macchine e l'unico rumore è il brontolio dell'acqua che bolle, insieme con il sussurro del fornello a gas.

Lucy guarda il cellulare. Niente. Il cane la fissa con intenzione. Libby gli apre prima la porta della camera e poi la porta di servizio e gli fa segno di uscire. Il cagnolino esce, alza la zampa contro il muro e mezzo minuto dopo è già rientrato.

Lucy apre la tasca interna dello zaino in cui tiene il passaporto. Lo sfoglia. Come sospettava, è scaduto da tre anni. L'ultima volta che lo ha usato è stato per andare a New York con Michael a conoscere i suoceri, quando Marco aveva due anni. Poco dopo si sono separati e Lucy non lo ha mai più adoperato.

Fu Michael a procurarglielo. Stava programmando il loro viaggio di nozze alle Maldive. «Mi dai il tuo passaporto, tesoro?» le chiese. «Mi serve il numero».

«Io non ho il passaporto» gli rispose Lucy.

«Be', sbrigati a rinnovarlo, allora. Altrimenti niente luna di miele».

Lucy sospirò e lo guardò. «Non ho il passaporto, punto. Non l'ho mai avuto».

Michael la guardò stupefatto. Muoveva le labbra interdetto e intanto cercava di trarre le sue conclusioni da quell'informazione. «Ma...»

«Mi hanno portato qui in macchina tanti anni fa. Nessuno mi ha chiesto i documenti».

«Chi ti ha portato?»

«Non so. Non mi ricordo».

«Nel senso che sei arrivata in autostop?»

«No, no».

«E se ti avessero chiesto i documenti? Come avresti fatto?»

«Non lo so».

«E come hai vissuto tutto questo tempo, senza...?»

«Come quando mi hai conosciuto» rispose Lucy tranquilla. «Suonando il violino per strada. Pagando l'alloggio ogni sera».

«Anche da ragazzina».

«Anche da ragazzina».

All'epoca Lucy si fidava di lui, dell'americano bonario, alto e con il sorriso irresistibile. All'epoca lo considerava il suo eroe. Era andato a sentirla suonare tutte le sere per un mese, le aveva detto che era la violinista più bella che avesse mai incontrato, l'aveva portata in quella splendida villa rosa, l'aveva avvolta in morbidi asciugamani dopo mezz'ora in una doccia con mosaici dorati, l'aveva pettinata e accarezzata sulle spalle nude con la punta delle dita facendole venire i brividi, aveva consegnato i vestiti sporchi alla cameriera, che glieli aveva lavati e stirati e fatti trovare elegantemente piegati sul letto della suite degli ospiti. All'epoca Michael era gentile, delicato, affettuoso. Naturale che Lucy si fidasse di lui.

Così gli raccontò tutto, l'intera storia, e lui alla fine la guardò con gli occhi lucidi e le disse: «Non ti preoccupare. Adesso sei al sicuro. Puoi stare tranquilla». E le procurò un passaporto, Lucy non sa come né attraverso quali giri. I dati non erano del tutto corretti: nome, data e luogo di nascita erano diversi da quelli veri. Ma era un buon passaporto e le aveva consentito di andare e tornare dalle Maldive e poi anche da Barbados, Italia, Spagna e New York, senza che nessuno le chiedesse mai niente.

Adesso però è scaduto e Lucy non ha modo di procurarsene un altro e quindi di tornare in Inghilterra. Per non parlare del fatto che né i bambini né il cane hanno documenti.

Chiude il passaporto e sospira. Ci sono due modi per aggirare l'ostacolo: uno è pericoloso e illegale, l'altro solo pericoloso. L'alternativa è rinunciare a partire.

Ripensa a quando è andata via dall'Inghilterra ventiquattro anni fa. Ricorda quegli ultimi momenti, come ha fatto innumerevoli altre volte nel frattempo. Il rumore della porta che si chiudeva e lei che sussurrava: «*Torno presto, te lo prometto, te lo prometto, te lo prometto*», correndo lungo Cheyne Walk nel cuore della notte, con il cuore che le batteva all'impazzata, senza fiato, segnando la fine di un incubo e l'inizio di un altro.

17.
Chelsea, 1988

Passarono quasi due settimane prima che Phineas Thomsen si degnasse di rivolgermi la parola. O forse fu il contrario, chissà. Con ogni probabilità lui lo ricorda diversamente, ma nella mia narrazione (e questa narrazione è totalmente mia) fu lui a prendere l'iniziativa.

Ero in cucina con mia madre, come sempre, e ascoltavo le sue conversazioni con le altre donne che a quanto pareva ormai si erano insediate a casa nostra. Ero giunto alla conclusione che l'unico modo per sapere veramente che cosa succedeva nel mondo era ascoltare i discorsi delle donne. Chi li ignora non sa cosa si perde.

Birdie e Justin a quel punto abitavano a casa nostra da cinque mesi e i Thomsen da quasi due settimane. Quel giorno in cucina la conversazione ruotava intorno a un argomento che veniva dibattuto con regolarità ogni quarantott'ore circa, ovvero dove si sarebbero trasferiti Sally e David. Scrivo così perché a quel punto mi aggrappavo ancora alla pietosa illusione che Sally e David fossero da noi soltanto temporaneamente. Un giorno sì e uno no si profilava all'orizzonte un'opportunità che veniva sviscerata da più punti di vista, e per un po' sembrava che Sally e David stessero davvero per andare via. Invariabilmente, però, l'opportunità si rivelava impraticabile per un motivo o per l'altro e si ricominciava daccapo. Quel giorno stavano valutando la possibilità di andare a stare su un battello a Chiswick. La proprietaria, una paziente di David, stava per prendere un anno sabbatico e fare il giro del mondo e aveva bisogno che qualcuno che accudisse i suoi draghi barbuti.

«Purtroppo c'è un'unica camera da letto» disse Sally a

mia madre e a Birdie. «Molto piccola, peraltro. Ovviamente io e David potremmo anche usare le cuccette nella zona giorno, dove però lo spazio è poco perché ci sono i terrari».

«Oh, Signore!» esclamò Birdie, che come al solito si staccava le cuticole lasciandole cadere addosso alla gatta. «Quanti ne ha?»

«Terrari?»

«Sì, quello che sono».

«Non ne ho idea. Sei o sette. Bisognerebbe trovare il modo di impilarli, forse».

«E i bambini starebbero nella stessa stanza?» si informò mia madre. «Con un unico letto, tra l'altro? Voglio dire, Phin è alle soglie della pubertà e...»

«Sarebbe una soluzione solo temporanea. In attesa di trovare qualcosa di definitivo».

Alzai la testa, intuendo che anche quel progetto stava per andare in malora. Non appena appariva chiaro che era un'idea imbecille, Sally diceva stoicamente che la soluzione era solo temporanea e subito mia madre ribatteva che allora non era il caso: «Abbiamo tanto spazio qui! Non dovete sentirvi obbligati a una decisione affrettata». Sally si tranquillizzava, sorrideva, posava la mano sul braccio di mia madre e diceva che non voleva approfittarne. E la mia bella mamma rispondeva con il suo bell'accento tedesco: «Sciocchezze, Sally. Prendetevi i vostri tempi e vedrai che salterà fuori qualcosa di meglio».

E così, quel pomeriggio di fine settembre, la prospettiva di andare a stare su un battello venne liquidata nel giro di otto minuti. Un record.

Devo ammettere che riguardo alla permanenza dei Thomsen ero combattuto. Occupavano i miei spazi non tanto materialmente, con oggetti, ma con la loro presenza, i rumori e gli odori che producevano, la loro estraneità. Mia sorella e Clemency erano affiatatissime e capaci di fare un baccano incredibile. Giocavano tutto il giorno correndo per casa e schiamazzando. Come se non bastasse, Birdie dava loro lezioni di violino, una vera tortura per le orecchie.

Poi, naturalmente, c'era David Thomsen, la cui carismatica presenza sembrava permeare ogni angolo. Oltre alla camera in mansarda, si era impadronito non so come anche della saletta sul davanti della casa, quella con il mobile bar di mio padre, e l'aveva adibita a palestra. Sbirciando dalla porta socchiusa, l'avevo visto cercare di sollevarsi in verticale reggendosi solo sulla punta delle dita.

D'altra parte, però, c'era Phin. Phin, che si rifiutava persino di guardarmi, lungi dal rivolgermi la parola. Phin, che si comportava come se io non esistessi. E, più lui mi snobbava, più io mi sentivo morire.

Fino a quel giorno. Ero uscito dalla cucina dopo aver capito che Sally e David non avrebbero tolto le tende manco quella volta e quasi gli finii addosso. Phin indossava una felpa sbiadita con una scritta e jeans strappati sulle ginocchia. Nel vedermi, si fermò e per la prima volta mi guardò negli occhi. Io rimasi senza fiato e cercai invano di farmi venire in mente qualcosa da dire. Mi spostai a sinistra per cedergli il passo, ma anche lui si spostò dalla stessa parte. Mi scusai e mi spostai a destra. Ero certo che sarebbe passato oltre senza una parola, invece mi disse: «Lo sai, vero, che non ce ne andremo più di qui?»

«Come, scusa?»

«Non starli a sentire: i miei dicono di voler cercare casa, ma non è vero» proseguì. «Siamo stati due anni in una casa in Bretagna dove sembrava ci dovessimo fermare soltanto per due settimane di vacanza. Capisci?» Inarcò un sopracciglio.

Si aspettava una replica, un commento, ma io ero sbigottito. Non ero mai stato così vicino a una creatura tanto meravigliosa. Aveva l'alito che profumava di menta.

Mi guardò e colsi la delusione sul suo viso. Forse non era tanto delusione, quanto rassegnazione, come se gli stessi dando conferma del fatto che aveva visto giusto, che ero un'ameba, un essere privo di qualsiasi interesse e indegno della sua attenzione.

«Come mai non avete una casa?» domandai dopo un po'.

«Perché mio padre non vuole scucire i soldi dell'affitto» rispose lui con un'alzata di spalle.

«Non avete mai avuto una casa vostra?»

«All'inizio sì. Poi mio padre l'ha venduta per poter viaggiare e abbiamo cominciato a vagabondare da un posto all'altro».

«E per la scuola come fate?»

«Per la scuola?»

«Dove vai a scuola?»

«Non ci vado. Mi insegna mia madre. Da quando avevo sei anni».

«Che roba! Niente compagni, quindi?»

Mi lanciò un'occhiataccia.

«Non ti manca non avere amici?»

Phin strinse gli occhi. «No» rispose. «Neanche un po'».

Sembrava sul punto di congedarsi e io invece volevo che rimanesse. Volevo continuare a sentire il profumo di menta del suo alito. Volevo che continuasse a parlarmi di sé. Mi cadde l'occhio sul libro che teneva in mano. «Che cosa leggi?» chiesi.

Phin abbassò la testa e girò il libro per mostrarmi la copertina. Era *L'uomo dei dadi*, di Luke Rhinehart. All'epoca non l'avevo mai sentito nominare, ma da allora credo di aver letto quel romanzo una trentina di volte. «Bello?»

«I libri sono tutti belli» rispose Phin.

«Non è vero» ribattei. «Io ne ho letti di orrendi». Stavo pensando ad *Anna dai capelli rossi*, che mi avevano costretto a leggere a scuola e che avevo trovato stupido e irritante.

«Non li puoi definire orrendi» mi corresse Phin con pazienza. «Semplicemente non ti sono piaciuti. È diverso. I libri orrendi sono quelli scritti talmente male da non trovare un editore che li pubblichi. Se un libro viene pubblicato è perché almeno a qualcuno è piaciuto».

Annuii. Non potevo che condividere la logica del suo ragionamento.

«L'ho quasi finito» disse abbassando gli occhi. «Se ti va, dopo te lo presto».

Annuii di nuovo. «Grazie» risposi. «Volentieri».

A quel punto se ne andò, ma io rimasi immobile, la testa che mi pulsava, le mani sudate, il cuore che traboccava di un sentimento totalmente nuovo, e straordinario.

18.

Miller Roe si alza, nel veder arrivare Libby. Lei lo riconosce dalla foto su internet, benché nel frattempo si sia fatto crescere la barba e sia leggermente ingrassato. Sta mangiando un tramezzino che cola da tutte le parti e ha uno sbaffo di maionese sulla barba. Si pulisce le dita nel tovagliolo prima di stringerle la mano. «Che piacere! Lieto di conoscerti. Davvero!» Ha l'accento londinese, gli occhi celesti e le mani grandi. «Prego, accomodati. Che cosa gradisci? I panini qui sono buonissimi».

Libby guarda il disastro di tramezzino e declina. «Ho appena fatto colazione».

«Un caffè? Un tè?»

«Un cappuccino. Grazie».

Libby lo osserva al banco del caffè modaiolo in West End Lane dove le ha dato appuntamento, a metà strada fra St Albans e South Norwood. Indossa jeans a vita bassa, maglietta sbiadita, giacca di cotone verde e scarponcini da trekking. Ha una pancia enorme e una gran testa di capelli scuri e folti. Sembra un orso, tanto è grosso, ma non è brutto.

Le porta il cappuccino. «Grazie di essere venuta. Viaggiato bene?» Sposta il tramezzino da una parte, come se non ne volesse più.

«Assolutamente sì» risponde Libby. «Un quarto d'ora. Tutto tranquillo».

«Da St Albans, giusto?»

«Sì».

«Bel posto».

«Sì, io mi ci trovo bene».

«E così» dice Miller Roe facendo una pausa e guardandola intensamente, «tu sei la bambina della culla».

Libby scoppia in una risatina nervosa. «Pare di sì».

«E hai ereditato la casa?»

«Esatto».

«Però» mormora Miller Roe. «La svolta della vita».

«Già».

«Ci sei stata?»

«Nella casa?»

«Sì».

«Sì, ci sono andata due volte».

«Dio mio». Miller Roe si appoggia allo schienale. «Ho tentato in tutti i modi di convincerli a lasciarmela visitare. Avrei dato in cambio il mio primogenito. Una notte ho persino provato a forzare la porta».

«Quindi non l'hai mai vista?»

«No, purtroppo no». Miller Roe ridacchia. «Ho sbirciato dalle finestre. Ho impietosito i vicini perché mi lasciassero guardare dalle loro finestre. Ma in casa non ho mai messo piede. Com'è?»

«Buia» risponde Libby. «Legno dappertutto. Strana».

«La vuoi vendere, immagino».

«La venderò, sì. Ma prima...» Libby passa i polpastrelli sul bordo della tazza. «Prima voglio capire cosa accadde».

Miller Roe emette un sommesso verso gutturale e si gratta la barba, facendo sparire lo sbaffo giallo. «Per la miseria, anch'io. Ci ho lavorato due interi anni della mia vita. Quella storia mi ossessionava, mi faceva impazzire, non riuscivo a togliermela dalla testa. Ho mandato a monte un matrimonio e non sono riuscito a scoprire un accidente».

Le sorride. Ha un bel viso. Libby cerca di dargli un'età, ma non ci riesce. Potrebbe avere venticinque anni come quaranta.

Prende le chiavi di Cheyne Walk dalla borsa e gliele posa davanti.

Miller Roe abbassa lo sguardo. Libby capisce che è incuriosito. Il giornalista allunga la mano. «Santo Dio. Posso?»

«Certo» risponde Libby. «Prego».

Miller Roe guarda le chiavi, accarezza il portachiavi. «Una Jaguar?» domanda, guardando Libby stupito.

«Pare».

«Sai, Henry Lamb, tuo padre, faceva la bella vita. Nel weekend andava a caccia, durante la settimana bazzicava Annabel's...»

«Lo so» risponde Libby con foga. «Ho letto il tuo articolo».

«Be', sì, certo».

Breve silenzio. Miller stacca un pezzo di tramezzino con le mani e se lo mette in bocca. Libby beve un sorso.

«Come intendi muoverti?» chiede Miller.

«Voglio ritrovare mio fratello e mia sorella» risponde Libby.

«Hanno mai provato a contattarti?»

«No, mai. Perché, secondo te? Hai una teoria?»

«Più d'una. La domanda da un milione di dollari però è: sanno del trust e della casa? E, se ne sono al corrente, sanno che adesso tu l'hai ereditata?»

Libby sospira. «Non ne ho idea. L'avvocato dice che il trust risale a un sacco di anni fa, quando è nato mio fratello. Avrebbe dovuto ereditare lui al compimento del venticinquesimo anno di età, ma non si è mai presentato. A quel punto avrebbe dovuto ereditare la sorella, ma non si è fatta avanti nemmeno lei. Lo studio legale ovviamente non ha modo di contattarli. È verosimile che sappiano che alla fine sarebbe andata a me. Ammesso che...» Si morde la lingua per non aggiungere: *siano ancora vivi*. «E il terzo uomo?» chiede. «Quello che si è suicidato insieme ai miei genitori. Ho letto che hai provato in tutti i modi a identificarlo, ma non sei mai riuscito a capire chi fosse».

«Purtroppo no». Miller si gratta di nuovo la barba. «Un nome saltò fuori, però. A un certo punto ho dovuto abbandonare le ricerche, ma mi tormenta ancora. David Thomsen».

Libby lo guarda perplessa.

«Ti ricordi le iniziali sullo scritto trovato accanto ai corpi? ML, HL, DT. Chiesi alla polizia l'elenco degli scomparsi con quelle iniziali e David Thomsen era uno dei trentotto nomi che mi diedero. Erano scomparsi trentotto individui con le iniziali DT, di cui dieci di età corrispondente. Piano piano, li eliminai tutti. Ma questo era il più intrigante. Non so. Aveva una storia che in qualche modo combaciava. Quarantadue anni, dello Hampshire, famiglia normale. Scompare da qualsiasi archivio dopo essere tornato dalla Francia nel 1988, con una moglie che si chiamava Sally e due figli, Phineas e Clemency. Arrivarono via mare da St Malo, a Portsmouth, nel...» Controlla su un bloc-notes. «Settembre 1988. Ecco, da lì in poi non risulta più nulla: cartella clinica, dichiarazione dei redditi, iscrizioni a scuola, ricoveri ospedalieri... niente di niente. I familiari li definirono "tipi solitari". C'erano state beghe, problemi, litigi legati a un'eredità. Insomma, per anni e anni nessuno si curò di sapere dove fossero. Finché la madre di David Thomsen, ormai vicina alla fine, non decide di riconciliarsi con il figlio sul letto di morte e denuncia la scomparsa di tutta la famiglia. La polizia fa qualche ricerca, senza metterci troppo impegno, non trova traccia né di David né degli altri, la madre di David muore e nessuno ci pensa più. Poi, tre anni fa, arrivo io». Miller sospira. «Ho fatto di tutto per trovarne almeno uno: Phineas e Clemency non sono nomi comuni. Eppure non li ho trovati. Nessuna traccia. Non potevo continuare a cercarli in eterno: dovevo chiudere l'articolo, farmi pagare, a un certo punto mi sono dovuto arrendere». Scuote la testa. «Capisci, adesso? Capisci come mai ci ho lavorato due anni, perdendoci la salute? Mia moglie mi ha lasciato per questa storia, sai? Ero diventato uno zombie, non facevo altro, non parlavo d'altro». Sospira e accarezza le chiavi. «Ma sì, proviamoci. Cerchiamo di scoprire che cosa è successo a loro, a te. Ai tuoi fratelli». Le stringe la mano. «Affare fatto, Serenity Lamb».

«Affare fatto».

Dopo l'incontro con Miller Roe, Libby va direttamente allo showroom. Sono soltanto le nove e mezzo e Dido neppure si accorge che è in ritardo. Poi si rende conto, fa un salto sulla sedia ed esclama sottovoce: «Ah, già! Il giornalista! Com'è andata?»

«Benissimo» risponde Libby. «Andiamo a vedere la casa stasera. Cominciamo le indagini».

«Tu e lui?» chiede Dido arricciando lievemente il naso. «Da soli?»

«Sì».

«Sicura che sia prudente?»

«In che senso?»

«Non so. Non lo conosci». Dido la guarda preoccupata. «Meglio che venga anch'io».

Libby sbatte le palpebre e sorride. «Potevi chiederlo direttamente».

«Non capisco». Dido torna a guardare lo schermo del computer. «Voglio semplicemente accertarmi che non ti succeda niente».

«Okay» replica Libby. «Grazie. Abbiamo appuntamento alle sette, perciò dobbiamo prendere il treno delle sei e undici. Va bene?»

«Perfetto» risponde Dido, sempre guardando lo schermo. «A proposito» aggiunge voltandosi verso di lei, «ho letto tutti i romanzi di Agatha Christie. Più volte. Posso dare il mio contributo».

19.

Lucy esce quando i bambini dormono ancora, e lascia sul comodino un biglietto per Marco che dice: *Vado a informarmi per i passaporti. Torno fra un paio d'ore. Prepara la colazione a tua sorella. Il cane è con Giuseppe.*

Sono le otto. Imbocca la lunga via che attraversa la città. Si ferma un momento su una panchina a godersi il sole sulla pelle. Alle nove meno un quarto, prende il treno per Antibes.

Poco dopo le nove è davanti alla villa di Michael. Sulla cacca che ha fatto Fitz ieri c'è un nugolo di mosche. Lucy sorride con maligna soddisfazione. Poi suona il campanello, con lo stomaco stretto.

Le apre la domestica, che sorride nel riconoscerla e dice: «Buongiorno! Lei è la moglie di Michael. La ex. La madre di suo figlio. Sa che non lo sapevo che Michael aveva un figlio?» Tiene le mani sul cuore e la sua gioia sembra assolutamente sincera. «Un ragazzino delizioso. Prego, si accomodi».

In casa c'è silenzio. Lucy chiede: «Michael c'è?»

«Sì, sì. È sotto la doccia. Lo può aspettare in terrazza. Va bene?»

Joy la accompagna, le indica dove sedersi e insiste per portarle un caffè con degli amaretti sul piattino, benché Lucy le abbia detto che le basta un bicchier d'acqua. Michael non merita una domestica così. Michael non merita niente.

Infila una mano nella borsa ed estrae il vecchio passaporto e il portafoglio con le foto di Stella e di Marco. Beve il caffè, ma non tocca gli amaretti. Le viene la nausea al solo pensiero. Un coloratissimo gruccione dall'alto del suo ramo scandaglia il giardino in cerca di spuntini. Lucy spezza i biscottini e glieli sbriciola per terra. L'uccello non se ne accorge e vola via. Lucy ha voglia di vomitare. Sono le nove e mezzo.

Finalmente Michael la raggiunge, in pantaloncini verde pisello e maglietta immacolata. Ha i capelli radi ancora bagnati e i piedi nudi.

«Che sorpresa!» esclama, dandole un bacino su ogni guancia. «Due volte in due giorni. Cos'è, il mio compleanno? I bambini?»

«Li ho lasciati a casa. Dormivano. Siamo andati a letto tardi, ieri sera».

«Peccato. Sarà per la prossima volta». Le fa uno dei suoi sorrisi smaglianti e si siede con le gambe accavallate. «A cosa devo il piacere?»

«Be'...» Lucy posa una mano sul passaporto e Michael la segue con lo sguardo. «Devo tornare a casa» spiega. «Ho un'amica molto malata. Sta morendo e vorrei andare a trovarla, prima che...» Le cade una lacrima sul passaporto. Lucy la asciuga. Non era sua intenzione, ma meglio così.

«Oh, cara». Michael le posa una mano sulla mano.

Lucy accenna un sorriso, cercando di mostrarsi grata per la solidarietà.

«Mi dispiace. Cancro?»

Lucy annuisce. «Alle ovaie». Libera la mano da quella di Michael e se la porta alla bocca come a soffocare un singhiozzo. «Vorrei partire la settimana prossima, ma il passaporto che mi avevi procurato tu è scaduto...» dice. «E i bambini non lo hanno. Mi dispiace chiederti questo favore, sei stato già tanto generoso ieri a darmi i soldi per il violino... Non te lo chiederei, se potessi fare diversamente. Tu sei ancora in contatto con quelli che ti avevano procurato questo?» Si passa l'indice sotto gli occhi e lo guarda supplichevole, sperando di essere anche affascinante.

«Veramente no» risponde Michael. «Ma vedo che cosa posso fare» aggiunge prendendo il passaporto.

«Tieni, ho portato le foto. E senti, ti sembrerò esagerata, ma mi servono i documenti di espatrio anche per il cane.

Siccome sono indietro con le vaccinazioni, non posso chiederli per vie normali. E comunque chissà quanto tempo ci vorrebbe...»

«Ti porti appresso il cane? Dall'amica in fin di vita?»

«Non so dove lasciarlo».

«Posso tenerlo io».

Lucy cerca di mascherare lo sgomento all'idea che il suo adorato cagnolino vada a vivere con quel mostro. «Non ti impegnerebbe troppo?»

«Be', non so. Immagino basti portarlo a spasso, dargli da mangiare, giocarci un po'...»

«È un grosso impegno, te l'assicuro. Ti devi alzare presto la mattina perché altrimenti sporca in casa, devi raccogliere le cacche...»

Michael alza gli occhi al cielo. «Joy adora i cani. Sarebbe felice di tenerlo per il tempo che ti serve. E anche a me farebbe piacere».

Certo, pensa Lucy. *Mica le raccoglie lui le cacche: le fa raccogliere agli altri.*

«Ti ringrazio ma, se possibile, preferirei portarlo con me. I bambini sono affezionati e anch'io non...»

«Vedo che cosa riesco a fare» taglia corto Michael. «Penso che chiedere il passaporto anche per il cane sia un filo esagerato, ma ci proverò».

«Oh, grazie!» esclama Lucy ostentando gratitudine. «Ti ringrazio tantissimo, Michael. Non sai il sollievo... Ho saputo della mia amica ieri sera e non ho dormito tutta la notte al pensiero di come fare per andare da lei. Grazie di cuore».

«Non ho ancora fatto niente».

«Lo so» risponde Lucy. «Ma ti sono comunque grata».

Lo vede cambiare espressione, da cordiale a viscida. «Grata grata grata?»

Lucy si sforza di sorridere. Aveva messo in conto che Michael ne avrebbe approfittato. «Grata grata grata».

«Bene» replica lui appoggiandosi allo schienale. «Mi fa piacere».

Lucy ricambia il sorriso e si passa una mano fra i capelli. Vede che Michael alza gli occhi verso la finestra al piano di sopra, con le persiane chiuse. È quella della sua camera da letto, teatro di ripetute violenze. Poi Michael posa lo sguardo su di lei, che rabbrividisce ma cerca di non farsene accorgere e risponde: «La prossima volta, magari» dice Lucy.

Lui inarca un sopracciglio e posa il braccio sullo schienale della sedia alla sua destra. «È un incoraggiamento?»

«Chissà».

«Mi piace il tuo stile».

Lucy sorride. Poi drizza la schiena e afferra la tracolla della borsa. «Adesso però devo tornare dai miei figli, prima che si sveglino».

Si alzano insieme. «Quando pensi che...?» domanda Lucy titubante.

«Mi ci metto subito» risponde Michael. «Lasciami il tuo numero di cellulare: appena so qualcosa, ti chiamo».

«Non ho il cellulare» risponde Lucy.

Michael fa una smorfia. «Non mi hai appena detto che hai ricevuto un messaggio ieri sera, riguardo la tua amica malata?»

Chi dorme in spiaggia per una settimana di fila impara se non altro a reagire con prontezza. «Mi hanno chiamato sul fisso, all'ostello. Mi hanno lasciato un messaggio, sì, ma su un foglietto di carta».

«Okay. Come ti contatto? Ti chiamo anch'io all'ostello?»

«No» risponde Lucy con nonchalance. «Lasciami il tuo numero. Ti chiamo io. Venerdì va bene?»

Michael le scrive il numero su un pezzo di carta e glielo porge. «Sì, venerdì va bene. Tieni...» Infila una mano in tasca e tira fuori una mazzetta di banconote. Prende alcuni biglietti da venti euro e li dà a Lucy. «Comprati un cellulare, per l'amor di Dio».

Lucy accetta e ringrazia. Non ha più nulla da perdere. Ha appena venduto l'anima al diavolo per un passaporto.

20.
Chelsea, 1989

Passarono i mesi. Phineas compì tredici anni e gli spuntarono i baffi e il pomo d'Adamo. Io guadagnai un paio di centimetri di statura e finalmente mi crebbero i capelli quanto bastava per avere il ciuffo sugli occhi. Mia sorella e Clemency erano sempre più affiatate: parlavano una lingua tutta loro e passavano ore in una casetta che avevano costruito con lenzuoli tesi su sedie rovesciate nella stanza che nessuno usava in mansarda. Birdie e il suo gruppo musicale uscirono con un single che non superò il quarantottesimo posto in classifica; lei litigò con gli altri membri della band e se ne andò senza che i giornali nemmeno lo notassero. Cominciò a dare lezioni di violino nella stanza della musica.

Nel frattempo Justin aveva trasformato il giardino di mio padre in un'attività commerciale e vendeva rimedi naturali a base di erbe attraverso annunci sul giornale. Sally ci faceva scuola quattro ore al giorno, in cucina, e David teneva un corso di medicina alternativa in una chiesa a World's End. Con tre lezioni alla settimana, tirava su un sacco di soldi.

Le previsioni di Phin si rivelarono corrette.

I Thomsen non avevano nessuna intenzione di trasferirsi altrove.

Se ripercorro quegli anni nella casa di Cheyne Walk con i Thomsen, riesco a isolare i momenti clou, le svolte fatali di quella sinistra vicenda. Ricordo la cena al Chelsea Kitchen, in cui mi resi conto della debolezza di mio padre, già perdente in una lotta di potere di cui non era neppure consapevole, e ricordo mia madre che si teneva a distanza da David, costantemente trattenuta per la paura di suscitare desiderio in lui. Ricordo come incominciò, ma non come da lì arrivammo ad avere, nove mesi più tardi, la casa invasa da estranei, che si allargavano sempre di più con il beneplacito dei miei genitori.

Mio padre si fingeva interessato alle attività della casa. Gironzolava per il giardino con Justin, simulando ammirazione per erbe e piante varie, e ogni sera alle sette versava un dito di whiskey in due bicchieri e intavolava con David goffe discussioni di politica e questioni internazionali, nelle quali si arrampicava palesemente sugli specchi per non fare la figura del cretino. Per lui era tutto bianco o nero, giusto o sbagliato, senza sfumature: era imbarazzante. A volte assisteva alle nostre lezioni in cucina e rimaneva impressionato dalla nostra bravura. Non so cosa gli fosse successo, ma sembrava che Henry Lamb non ci fosse più, che se ne fosse andato lasciandosi dietro soltanto il suo corpo.

Avrei voluto disperatamente parlargli della situazione, spiegargli che la mia vita era stata sovvertita, ma avevo paura che sarebbe servito solo a togliergli anche l'ultima parvenza di autostima. Sembrava così fragile, così vulnerabile... Un giorno, a inizio maggio, lo vidi prendere cappotto e cappello e guardare nel portafoglio prima di uscire di casa. Era ora di pranzo, le lezioni erano terminate e mi annoiavo.

«Dove vai?» gli chiesi.

«Al club» rispose.

Ah, il club. Salette fumose vicino a Piccadilly. Mi ci aveva portato una volta che mia madre non c'era e la baby-sitter non si era presentata. Piuttosto che rimanere in casa con due marmocchi, ci aveva caricato su un taxi e ci aveva portato al club con lui. Io e Lucy eravamo stati a guardare, con una gassosa e una ciotola di arachidi, mentre lui fumava il sigaro e beveva whiskey con uomini che noi non avevamo mai visto. Mi ero divertito tantissimo e da lì in poi avevo sperato che le baby-sitter ci dessero buca sistematicamente per poterci ritornare.

«Posso venire con te?»

Mi guardò disorientato, come se gli avessi chiesto di risolvere un'equazione di secondo grado.

«Ti prego. Giuro che sto bravo e zitto».

Lanciò un'occhiata alla scala, come se la risposta dovesse arrivare da lì. «Non hai più lezioni?»

«Finito tutto».

«Va bene».

Aspettò che mi mettessi la giacca e andammo a prendere il taxi.

Al club non c'era nessuno che conosceva e, mentre aspettavamo che ci portassero da bere, mi guardò in faccia e mi chiese: «Allora, tutto bene?»

«Mi sento confuso» cominciai.

«Confuso?»

«Sì. Ci è cambiata completamente la vita». Trattenni il fiato. Avevo usato il tono impudente che in passato lo avrebbe fatto arrabbiare e voltare verso mia madre, per chiederle con aria truce se secondo lei una simile sfacciataggine era tollerabile da parte di un ragazzino.

Quel giorno invece mi guardò con gli occhi lucidi e rispose semplicemente: «Sì».

Abbassò subito la testa.

«Anche tu sei confuso?»

«No, nessuna confusione. Sono perfettamente cosciente di ciò che sta accadendo».

Non capii se volesse dire che aveva la situazione sotto controllo o che si rendeva conto ma non poteva farci niente.

«E quindi?» chiesi. «Che cosa si fa?»

Arrivarono la mia gassosa e il suo whiskey e acqua. Siccome stava zitto, pensai che non volesse rispondermi. Invece dopo un po' fece un sospiro. «A volte, figlio mio, nella vita si arriva a un bivio. Tua madre voleva andare da una parte e io volevo andare dall'altra. Ha vinto lei».

Rimasi stupefatto. «Vuoi dire che alla mamma fa piacere avere tutta quella gente per casa? Che è stata una sua decisione?»

«Una sua decisione?» ripeté cupo, come se la mia fosse una domanda ridicola. Non lo era per niente, secondo me. «È la mamma che vuole che stiano da noi?»

«Cristo santo, non lo so! Non so più che cosa vuole tua madre. Senti, ti do un consiglio: non ti sposare mai con una donna. Le donne sono belle, ma ti portano alla rovina».

Non aveva senso. Che collegamento poteva mai esserci fra lo sposare una donna – cosa che non avevo la minima intenzione di fare, ma che mi pareva inevitabile perché, se non sposi una donna, chi sposi? – e la famiglia del piano di sopra?

Lo fissai, sperando che si spiegasse, che aggiungesse qualcosa di illuminante, ma a mio padre mancava l'intelligenza emotiva, o forse dopo l'ictus gli mancavano proprio le parole per spiegarsi. Tirò fuori un sigaro dal taschino e lo preparò con cura prima di accenderlo. «Non ti stanno simpatici, quindi» disse dopo un po'.

«No» risposi. «Non se ne andranno più?»

«Stesse a me...»

«Papà, è casa tua! Certo che sta a te!»

Mi fermai, temendo di aver esagerato.

Ma lui fece un sospiro. «Dovrebbe, vero?»

La sua ottusità mi mandava in bestia. Avrei voluto mettermi a urlare. «Non puoi dirgli di andare via? Che rivogliamo indietro i nostri spazi, che vogliamo tornare a scuola, che non li vogliamo più per casa?»

«No, non posso».

«E perché?»

Avevo alzato la voce di un'ottava e mio padre si irritò.

«Te l'ho detto!» sbottò. «Tua madre ha bisogno di loro. Ha bisogno di lui».

«Lui chi?» chiesi. «David?»

«Sì, David. Pare che la faccia sentire in pace con la sua inutile esistenza, che abbia la capacità di dare un senso alla sua vita. Comunque» ringhiò poi, aprendo il giornale, «non avevi promessi di startene bravo e zitto?»

21.

Miller Roe è davanti alla casa di Cheyne Walk e guarda lo smartphone. È ancora più sciatto di stamattina al caffè di West End Lane. Nel veder arrivare Libby e Dido, alza la testa e sorride.

«Miller, ti presento Dido, la mia collega...» Si corregge subito. «La mia *amica*. Lui è Miller Roe».

I due si stringono la mano. Poi si voltano tutti verso la casa. Le finestre sono illuminate dalla luce dorata del sole al tramonto.

«Santo cielo, Libby Jones!» esclama Dido. «Sei proprietaria di una dimora principesca!»

Libby sorride e apre il lucchetto. Non si sente la proprietaria, quando entrano nell'ingresso e si guardano intorno. Una parte di lei si aspetta che spunti fuori l'avvocato a far visitare loro la casa con piglio autorevole.

«Hai ragione sul fatto che c'è legno dappertutto» dice Miller. «Una volta alle pareti erano appesi coltelli da caccia e trofei. Pare che qui ci fossero due troni...» Indica i due lati della scala. «Uno per lei e uno per lui» aggiunge ironico.

«Come fai a sapere che c'erano due troni?» domanda Dido.

«Me l'hanno detto vecchi amici di Henry e Martina, ospiti fissi delle loro feste negli anni Settanta e primi anni Ottanta, quando i bambini erano piccoli e i Lamb erano *socialites*. Pare fossero ricevimenti molto chic».

«Dov'erano questi vecchi amici, quando la situazione cominciò a degenerare?» continua Dido.

«Be', non erano proprio amici amici: erano genitori di compagni di scuola dei figli, vicini temporanei, gente che frequentava il jet set. Non gliene fregava niente di loro. Si ricordavano le loro feste, tutto qui».

«E i due troni» osserva Libby.

«Esatto». Miller sorride.

«E i parenti?» domanda Dido. «Dov'erano i parenti?»

«Henry non ne aveva. I genitori erano morti ed era figlio unico. Il padre di Martina se n'era andato e la madre si era rifatta una vita e abitava in Germania con la nuova famiglia. Pare che avesse cercato ripetutamente di venire a trovare Martina e che questa trovasse sempre delle scuse. Nel 1992 mandò uno dei figli, che bussò invano alla porta della sorellastra per cinque giorni di fila. In casa qualcuno c'era, perché sentì rumori all'interno e vide muovere le tende alle finestre. Il telefono era staccato. La madre di Martina si fece mille sensi di colpa, recriminando di non aver insistito di più per vedere la figlia. Non se ne è mai fatta una ragione. Posso…?» Indica a sinistra, verso la cucina.

Libby e Dido lo seguono.

«Qui i bambini facevano scuola» spiega. «I cassetti erano pieni di fogli, libri e quaderni».

«E chi erano i loro insegnanti?»

«Non lo sappiamo. Escludiamo Henry Lamb, che non era neppure diplomato. E verosimilmente anche Martina, che non era madrelingua inglese. Uno dei misteriosi "altri", quindi. Con ogni probabilità una delle donne».

«Che fine hanno fatto i libri di testo?» domanda Libby.

«Non ne ho la più pallida idea» risponde Miller. «Magari sono ancora qui».

Libby guarda il grande tavolo di legno al centro della stanza, che ha due cassetti laterali per parte. Li apre trattenendo il fiato. Vuoti. Sospira.

«Materiale probatorio» osserva Miller. «Che nel frattempo potrebbe essere stato mandato al macero».

«Cos'altro sequestrò la polizia?» chiede Dido.

«Vestiti. Lenzuola. Tutta l'attrezzatura farmaceutica, flaconi, vaschette e quant'altro. Detersivi, saponette, asciugamani. Fibre, tracce, roba così. In realtà non c'era molto altro. Niente quadri alle pareti, niente giocattoli, niente scarpe».

«Non c'erano scarpe?» Dido è stupita.

Libby annuisce. È uno dei particolari che l'ha colpita di più, quando ha letto l'articolo di Miller sul *Guardian*. Una casa piena di persone e nemmeno un paio di scarpe.

Dido si guarda intorno. «Questa cucina negli anni Settanta doveva essere il massimo dello chic» dice.

«Sì, vero?» Miller è d'accordo. «Qualità eccelsa, peraltro. Prima che vendessero tutto, la casa era piena di oggetti comprati da Harrods. Sono stato nei loro archivi e ho controllato le fatture emesse a nome di Henry Lamb dalla data di acquisto della casa: elettrodomestici, letti, lampade, divani, vestiti, fiori recisi ogni settimana, parrucchieri, articoli da toeletta, asciugamani, cibarie... Di tutto».

«Compresa la mia culla».

«Esatto. Se non erro, venne comprata nel 1977, alla nascita del piccolo Henry».

«Quindi io ero la terza a usarla?»

«Penso di sì».

Si dirigono verso una saletta sul davanti della casa. Dido domanda: «Secondo te cos'è successo? Qual è la tua teoria?»

«In sintesi? Nella casa di due ricchi signori si trasferiscono strani personaggi. Succedono strane cose e alla fine muoiono tutti, tranne alcuni adolescenti che svaniscono nel nulla e una bambina, Serenity. Diversi elementi indicano che qui abitassero in pianta stabile altre persone, oltre ai legittimi proprietari. Fra queste, qualcuno che coltivava piante officinali. Ho sprecato un mese intero a contattare tutti quelli che commercializzavano da Londra rimedi naturali di fabbricazione propria negli anni Ottanta-inizio Novanta, sul mercato interno ed estero. Ma non ho scoperto un bel niente».

La stanza ha il parquet e boiserie alle pareti, un grande caminetto di pietra e le vestigia di un mobile bar di mogano.

«Qui vennero ritrovate bizzarre attrezzature» continua Miller grave. «In un primo momento la polizia ipotizzò che si trattasse di strumenti di tortura, ma in realtà erano attrezzi di fabbricazione artigianale per l'allenamento callistenico. Due dei tre suicidi avevano fisici asciutti e tonici. Forse usavano questa stanza a mo' di palestra. Probabilmente era un modo per compensare il fatto che non uscivano mai di casa. Ho sprecato un mese anche a parlare con vari istruttori per cercare di capire se la callistenia fosse praticata a Chelsea negli anni Ottanta-inizio Novanta, ma è stato un altro buco nell'acqua». Sospira, poi si volta verso Libby. «Hai trovato la scala segreta, quella che porta all'ultimo piano?»

«Me l'ha fatta vedere l'avvocato, quando siamo venuti insieme».

«Hai notato che le camere dei ragazzi avevano il lucchetto sulla porta?»

Libby si sente percorrere da un brivido. «La prima volta non avevo ancora letto il tuo articolo» risponde. «E la seconda...» Si interrompe. «Quando sono tornata per conto mio ho avuto l'impressione che di sopra ci fosse qualcuno, ho dato di matto e sono scappata».

«Saliamo a dare un'occhiata?»

Libby fa sì con la testa. «Okay».

«Anche in casa dei miei genitori c'era una scala segreta» dice Dido tenendosi alla ringhiera mentre salgono. «Da piccola mi faceva venire la pelle d'oca. Avevo paura che un fantasma arrabbiato mi ci chiudesse dentro per l'eternità».

Libby accelera e arriva sul pianerottolo della mansarda con il fiatone.

«Tutto a posto?» le chiede Miller gentile.

«Più o meno» risponde lei sottovoce.

Miller si porta una mano all'orecchio. «Avete sentito?»

«Cosa?»

«Il cigolio».

Libby annuisce con gli occhi sgranati.

«Succede, nelle vecchie case. Dipende dalla temperatura esterna. Se fa troppo caldo, o troppo freddo, protestano. Penso sia questo che hai sentito l'altro giorno: la casa che protestava per il caldo».

Libby sta per chiedergli se le proteste delle case vecchie comprendono anche colpi di tosse, ma decide di non fare polemiche.

Miller prende lo smartphone e comincia a filmare. «Oddio» mormora. «Ci siamo».

Punta l'obiettivo verso la prima camera sulla sinistra. «Guardate!»

Libby e Dido ubbidiscono: la porta è dotata di un lucchetto. Seguono Miller verso la stanza accanto: c'è un lucchetto anche lì. E su altre due porte.

«Quattro camere che non potevano essere aperte dall'interno. Secondo la polizia, ci dormivano i ragazzi. C'erano tracce di sangue e diversi segni sui muri. Vedete? Persino il bagno ha il lucchetto esterno. Guardiamo anche qui?»

Ha già la mano posata su una maniglia.

Libby annuisce.

La prima volta che ha letto l'articolo di Miller, ha saltato il pezzo sulle stanze dell'ultimo piano perché le faceva impressione. E adesso vuole solo farla finita.

La prima camera è grande, bianca con rifiniture gialle, parquet grezzo, lacere tende bianche alle finestre, sottili materassi negli angoli e nient'altro. La seconda è uguale. E anche la terza. Quando aprono la porta della quarta, Libby trattiene il fiato, convinta di trovarci un intruso. Invece non c'è nessuno. Una camera come le altre, pareti bianche, tende bianche e pavimento di legno. Stanno per andar via, quando Miller si blocca e va a riprendere l'angolo in fondo, dove è steso un materasso.

«Cos'hai visto?»

Miller sposta il materasso e filma un oggetto rimasto incastrato fra questo e il muro.

«Hai visto qualcosa?»

Miller mostra prima all'obiettivo del suo smartphone e poi alle due donne una calza.

«Una calza?»

«Sì. Da uomo».

Rossa e blu, unica macchia di colore in quell'ambiente chiaro.

«Che strano…» commenta Libby.

«Stranissimo» replica Miller. «Al limite dell'impossibile. Perché, vedete qui?» Volta la calza e la fa vedere a Libby e a Dido.

La calza ha il marchio di Gap.

«Non capisco» dice Dido.

«È il nuovo marchio di Gap» spiega Miller. «Introdotto soltanto un paio di anni fa». Guarda Libby negli occhi. «Questa è una calza nuova».

22.

Lucy chiama Michael dal telefono di un bar venerdì pomeriggio alle cinque. Michael risponde subito. «Me lo sentivo che eri tu». Lucy riconosce una nota lasciva nel tono di voce.

«Come stai?» gli domanda allegra.

«Bene. E tu?»

«Bene, grazie».

«Ti sei comprata il cellulare? Come mai stai chiamando da un fisso?»

«Me ne dovrebbero dare uno ricondizionato domani» mente spudoratamente Lucy.

«Ottimo» replica Michael. «Immagino che tu mi abbia telefonato per avere notizie sull'andamento della tua richiesta».

Lucy fa una risatina. «Be', sì» risponde con leggerezza.

«Sarai felice, Lucy Lou, perché ti ho fatto un servizio completo» dice Michael. «Passaporto per te, per Marco, per la bambina e persino per il cane. Pensa che i passaporti mi sono venuti a costare talmente tanto che i documenti per il cane me li hanno dati in omaggio».

Lucy prova un senso di nausea. Non vuole pensare a quanto abbia speso Michael e a cosa le chiederà in cambio. Si sforza di ridere. «Che generosi!»

«Generosi un cazzo» ribatte Michael. E, subito dopo: «Vuoi passare a prenderli?»

«Certo!» risponde Lucy. «Oggi non posso. Preferisci domani o domenica?»

«Domenica» risponde Michael. «Pranziamo insieme. È il giorno libero di Joy e quindi abbiamo la casa tutta per noi».

A Lucy viene da vomitare. Si sforza di controllare la voce e chiede con nonchalance: «A che ora?»

«L'una? Grigliamo due bistecche. Hai voglia di preparare quell'insalata che facevi, con il pane e i pomodori?»

«La panzanella?»

«Esatto. La tua era speciale...»

«Grazie» risponde Lucy. «Speriamo di avere ancora il tocco magico».

«Ecco, sì. Mi manca, il tuo tocco magico».

Lucy ride e si congeda, confermando l'appuntamento per domenica all'una. Poi posa la cornetta e corre in bagno a vomitare.

23.
Chelsea, 1990

Un pomeriggio dell'estate del 1990, quando avevo appena compiuto tredici anni, sorpresi mia madre a piegare il bucato da riporre nell'armadio. Un tempo, una volta alla settimana veniva un furgoncino con la scritta dorata a ritirare la roba da lavare e ce la riportava dopo qualche giorno pulita e stirata, legata con un nastro oppure appesa a grucce di legno in buste di cellophane.

«Niente più lavanderia?» chiesi.

«In che senso?»

Si era lasciata crescere i capelli. Erano due anni che non andava dal parrucchiere, due anni che non se li tagliava: da quando erano venute a stare con noi quelle persone. Birdie e Sally avevano i capelli lunghi. Mia madre, che aveva sempre avuto il caschetto, adesso li portava con la riga in mezzo, lunghi fino alle scapole. Chissà se voleva assomigliare alle altre due come io volevo assomigliare a Phin.

«Non veniva un vecchietto a prendere la nostra roba da lavare con un furgone bianco? Ti ricordi che era così piccino che temevi che non ce la facesse?»

Mia madre si voltò lentamente, come ricordando un sogno. Poi disse: «Ah, già. Me l'ero scordato».

«Com'è che adesso non viene più?»

Lei si fregò brevemente i polpastrelli di pollice e indice e io mi allarmai perché sapevo che cosa voleva dire quel gesto. I miei sospetti divennero certezza: eravamo poveri.

«Dove sono andati a finire tutti i soldi di papà?»

«Stt!»

«Non capisco».

«Stt!» ripeté. Mi prese per un braccio e mi trascinò dolcemente in camera sua. Si sedette sul letto vicino a me, mi prese una mano e mi guardò negli occhi. Notai che non era truccata e mi domandai quando avesse perso l'abitudine. Erano cambiate così tante cose, e così lentamente, che a volte faticavo a rendermi conto delle trasformazioni.

«Mi devi promettere di tenertelo per te, però» disse. «Non devi dire niente a tua sorella, agli altri bambini o a nessun altro, okay?»

Annuii solennemente.

«A te lo dico perché penso di potermi fidare, perché sei un ragazzo di buon senso e capisci. Non mi deludere, per favore».

Annuii ancor più solennemente.

«I soldi di papà sono finiti da un pezzo».

Deglutii.

«Non abbiamo più niente?»

«Poco».

«Con cosa viviamo, quindi?»

«Papà sta vendendo il suo portafoglio azionario, abbiamo ancora un paio di conti di risparmio… Se riusciamo a stare dentro le trenta sterline a settimana, dovremmo tirare avanti un paio di anni».

«Trenta sterline a settimana?» Avevo gli occhi fuori dalle orbite. Mia madre un tempo spendeva trenta sterline a settimana solo dal fioraio. «E come facciamo a starci dentro?»

«Non è impossibile. David ha fatto un po' di conti con noi e ha stabilito un piano».

«David? Ma cosa ne sa lui di denaro? Non ha manco una casa!»

«Stt!» Mi fece segno di abbassare la voce e guardò verso la porta con aria impaurita. «Ti devi fidare di noi, Henry. Gli adulti siamo noi. Birdie contribuisce dando lezioni di violino, David tenendo i suoi corsi e Justin guadagna bene».

«Okay. E dividono i loro guadagni con noi?»

«Ma sì, certo. Ognuno dà il proprio contributo. Stiamo ingranando».

Ecco, lo capii soltanto in quel momento. Forte e chiaro.

«Siamo una comune?» Ero inorridito.

Mia madre scoppiò a ridere, come se la mia fosse un'assurdità. «Ma cosa dici!» esclamò. «No, no».

«Perché papà non vende la casa e andiamo a stare in un posto più piccolo?» chiesi disperato. «Sarebbe bello. E ci rimarrebbe un bel po' di soldi a disposizione».

«Non ci sono solo i soldi, lo sai, vero?»

«In che senso?»

Lei sospirò e mi massaggiò la mano con i pollici. «Be', anch'io sono importante, no? Come mi sento con me stessa... Sono stata depressa tanto tempo e nulla di tutto questo mi aiutava». Indicò la grande camera da letto, i ricchi tendaggi e il lampadario di cristallo. «Poi è arrivato David e mi ha fatto capire che si può vivere in maniera diversa, meno egoistica. Abbiamo troppo, Henry, non vedi? Troppo, troppo. Un peso che ti opprime e non ti lascia vivere. Adesso che i soldi sono praticamente finiti, è venuto il momento di cambiare, di stare attenti a quello che mangiamo, a quello che consumiamo, ai soldi che spendiamo, a come investiamo il nostro tempo. Dobbiamo incominciare a dare al mondo, anziché continuare a prendere. Vedi, David...» La sua voce tintinnava come un cucchiaio contro una coppa di cristallo, quando pronunciava quel nome. «David devolve quasi tutti i suoi soldi in beneficenza. Anche noi adesso lo facciamo, seguendo le sue indicazioni. Donare ai poveri fa bene all'anima. La nostra era una vita di sprechi, una vita sbagliata. Non capisci? Adesso che abbiamo David a guidarci, possiamo rimediare a tanti errori del passato».

Mi ci volle un momento per digerire quello che mi aveva detto.

«Quindi restano» conclusi. «Per sempre».

«Lo spero» fu la sua risposta, accompagnata da un breve sorriso.

«Siamo poveri, mamma?»

«No, tesoro. Siamo liberi. Ci siamo liberati di un peso».

24.

Libby, Miller e Dido controllano la casa da cima a fondo per capire da dove può essere entrato il misterioso uomo della calza. Sul retro c'è una grande portafinestra che si apre su una scala di pietra che scende nel giardino. È sbarrata dall'interno con un catenaccio e, quando lo tirano, vedono che è anche chiusa a chiave. Fra la porta e gli stipiti si sono insinuati rami di glicine, a indicare che non viene aperta da molto tempo.

Provano invano ad aprire le finestre impolverate. Scrutano negli angoli bui in cerca di passaggi segreti, ma non trovano nulla.

Provano tutte le chiavi del mazzo di Libby e riescono ad aprire una delle serrature della portafinestra. Ma ancora non si apre. Miller sbircia fuori attraverso il vetro e dice: «È stata chiusa con un lucchetto da fuori. Nel mazzo hai una chiave piccola?»

Libby trova la più piccola e la porge a Miller.

«E se togliessi di mezzo un vetro?» le chiede Miller.

«E con cosa?» domanda lei.

Miller le mostra il gomito.

Libby fa una smorfia. «Prova».

Lui si protegge con la tenda di chintz, che è tutta sbrindellata. Il vetro si crepa e Miller rimuove le due metà, infila il braccio nell'apertura e apre il lucchetto con la chiavetta. Finalmente la porta cede, cigolando, e i rami di glicine si spezzano.

«Ecco» dice Miller indicando un'ampia parte di giardino. «È lì che coltivavano le piante officinali».

«Quelle con cui si sono avvelenati i genitori di Libby?» domanda Dido.

«Sì. Usarono la belladonna. *Atropa belladonna*, per l'esattezza. La polizia constatò che la coltivavano in abbondanza».

Si avviano verso un'alta acacia, sotto le cui fronde c'è una panchina curva, in ombra, rivolta verso il retro della villa. Benché a Londra quella sia l'estate più calda degli ultimi vent'anni, la panchina è umida e macchiata di muffa. Libby posa la punta delle dita sul bracciolo e immagina Martina Lamb seduta lì in una mattina d'estate, con una tazza di tè posata proprio dove adesso ha lei la mano, a guardare gli uccelli che volano in cielo e ad accarezzarsi il pancione sentendo i calcetti della sua bambina.

Poi la immagina l'anno dopo che prende il veleno e si corica per terra in cucina ad aspettare una morte immotivata, lasciando la piccola sola nella culla.

Ritira di scatto la mano e si volta verso la casa.

Osserva le tre grandi finestre del salotto. Sopra ci sono altre quattro finestre più piccole, due per ogni camera, più una al centro, in corrispondenza delle scale. Sopra ancora c'è una fila di otto abbaini, due per ciascuna delle camere da letto in mansarda, più la finestra del bagno, di forma circolare. Il tetto è piatto, con tre comignoli che si stagliano contro il cielo azzurro.

«Guardate!» esclama Dido alzandosi in punta di piedi e indicando. «Non è una scala a pioli, quella? O è la scala antincendio?»

«Dove?»

«Là, dietro quel comignolo rosso!»

Libby la vede, coglie il riflesso del sole sul metallo. Il suo sguardo la segue fino al cornicione sottostante, poi continua oltre il bordo, lungo un pluviale fissato a un'altra sporgenza sul lato della casa, quindi salta sul muro del giardino, scende su una specie di piccolo bunker di cemento e arriva a terra.

Si volta di scatto. La vegetazione lì dietro è fitta, cintata da un vecchio muro di mattoni. L'erba alta è stata calpestata e Libby segue le impronte. Vecchie ragnatele le si attaccano ai vestiti e ai capelli, ma non demorde. Sa che cosa cerca e lo trova: un cancelletto di legno verde scuro, che penzola storto sui cardini e dà sul giardino dietro la casa dei vicini.

Miller e Dido sono alle sue spalle e sbirciano. Libby apre il cancello a fatica e allunga il collo per vedere dentro il giardino confinante.

È in disordine, incolto. In mezzo al prato c'è una meridiana obliqua da cui si dipartono vari sentieri. Non ci sono arredi né giochi per bambini. E lungo il lato della casa c'è un passaggio che potrebbe portare alla strada.

«Guardate» dice Libby toccando il lucchetto che è stato tagliato con un tronchese. «L'uomo della calza passa di qua, attraversa il giardino, sale su quel coso di cemento per arrivare in cima al muro del giardino...» Segue il percorso dell'intruso, spiegando. «Si arrampica su per il tubo, raggiunge quella specie di piattaforma lì, poi va sul cornicione, sale sul tetto e usa la scala a pioli. Resta soltanto da scoprire dove sbuca».

Guarda Miller, che fa una faccia perplessa. «Non sono granché agile» dice.

Allora Libby guarda Dido, che gonfia le guance e sbuffa: «E dai!»

Tornano in casa e salgono all'ultimo piano. Sul soffitto del corridoio c'è una piccola botola. Libby sale sulle spalle di Miller e prova ad aprirla.

«Che cosa vedi?»

«Una specie di tunnel pieno di polvere. E un'altra botola. Aiutami a salire più in alto».

Miller la solleva con un grugnito e Libby si aggrappa a un'asse di legno e si tira su. Nella soffitta il calore è soffocante e lei si ritrova con i vestiti appiccicati alla pelle. Striscia lungo il cunicolo, spinge l'altra botola e viene investita dal sole abbagliante. È sul tetto piatto, dove ci sono vasi con piante rinsecchite, due seggiole di plastica e un posacenere pieno di mozziconi.

Libby si mette le mani sui fianchi e lascia scorrere lo sguardo: appena sotto c'è la vegetazione degli Embankment Gardens illuminata dal sole; oltre, la fascia scura del fiume, e più in là un dedalo di stradine che si estende fino a King's Road, un patchwork di tavoli gremiti di gente fuori da un pub, giardini privati e auto parcheggiate.

«Che cosa vedi?» chiede Dido da sotto.

«Tutto» risponde Libby. «Da quassù si vede tutto».

25.

Marco guarda Lucy con aria diffidente. «E perché non possiamo venire anche noi?» chiede. «Non capisco».

Lucy sospira, finisce di darsi l'eyeliner guardandosi nello specchietto da trucco e risponde: «Perché no. Senti, mi ha fatto un enorme favore: se mi chiede di andare da sola, vado da sola. Okay?»

«E se ti picchia?»

Lucy cerca di mantenere il sangue freddo. «Non mi picchia, sta' tranquillo. È stato un matrimonio difficile, ma adesso siamo divorziati, okay? Cambiano le cose e cambiamo anche noi».

Non riesce a guardarlo negli occhi, quando gli mente. Sa che Marco intuirebbe la sua paura e cosa sta per fare e sa che non capirebbe, perché lui non ha idea di che cosa ha vissuto da piccola, da che cosa è scappata ventiquattro anni fa.

«Mettiamoci d'accordo» propone Marco deciso. «Io ti chiamo e se tu hai paura mi chiedi come sta Fitz. Okay?»

Lucy annuisce e sorride. «Va bene» risponde. Lo abbraccia e gli dà un bacino dietro l'orecchio. Marco la lascia fare.

Pochi minuti dopo Stella e Marco la accompagnano alla porta.

«Come sei bella, mamma!» dice Stella.

Lucy si sente morire. «Grazie, tesoro mio» replica. «Torno verso le quattro con i passaporti e incominciamo a programmare il nostro viaggio a Londra». Sorride. Stella le abbraccia le gambe. Dopo un attimo Lucy la stacca ed esce senza voltarsi indietro.

La cacca di Fitz è ancora lì. Le mosche sono raddoppiate. La cosa, chissà perché, la rassicura.

Michael le apre con gli occhiali scuri sulla testa, pantaloncini corti e maglietta bianca. Si fa dare il sacchetto con i pomodori, il pane e le acciughe che Lucy ha comprato lungo la strada e la bacia su una guancia e poi sull'altra. Ha l'alito che sa di birra.

«Ma come sei carina!» esclama. «Vieni, entra».

Lucy lo segue in cucina. Ci sono due bistecche ancora nella carta del macellaio e una bottiglia di vino in un cestello d'argento. Michael ascolta Ed Sheeran da un diffusore Sonos e sembra di ottimo umore.

«Ti porto da bere» dichiara. «Che cosa preferisci? Gin tonic, Bloody Mary, vino, birra…?»

«Una birra, grazie» risponde Lucy.

Le passa una Peroni e Lucy la assaggia. Avrebbe dovuto mangiare di più a colazione, pensa, sentendosi già girare un po' la testa.

«Cincin» dice Michael avvicinando la bottiglia alla sua.

«Cincin» risponde Lucy. C'è una ciotola con le patatine preferite da lui, le rustiche. Lei ne prende una manciata. Deve trovare il giusto equilibrio: abbastanza sobria per mantenere la situazione sotto controllo, ma abbastanza brilla per sopportare quello che la aspetta.

«Allora» dice, prendendo il tagliere da un cassetto e il coltello da un altro. «Come va il libro?» Tira fuori i pomodori dal sacchetto.

«Non hai una domanda di riserva?» replica Michael alzando gli occhi al cielo. «Diciamo che non è stata una settimana granché produttiva, va'».

«Immagino che scrivere sia così. Bisogna essere nello stato d'animo giusto».

«Infatti» risponde Michael passandole un piatto da portata. «È anche vero che i bravi scrittori hanno una grande autodisciplina. È un po' come quando decidi di non andare a correre perché piove: lo sai anche tu che è una scusa. Devo impegnarmi di più». Sorride e per un attimo sembra addirittura umile, una persona normale, e Lucy si illude che la giornata possa andare anche in un altro modo: magari pranzano assieme, chiacchierano del più e del meno, poi lui le dà i passaporti e la lascia andare via pretendendo un semplice abbraccio affettuoso quando si salutano.

«Capisco» risponde Lucy, sentendo la lama affilatissima affondare nei pomodori come fossero burro. «Alla fine è un lavoro come tutti gli altri: prima o dopo lo devi fare».

«Esatto» dice Michael. «È proprio così». Finisce la bottiglia e la getta nel bidone del vetro. Ne prende un'altra e guarda Lucy per chiederle se ne vuole una anche lei. Lucy fa no con la testa e gli mostra la bottiglia ancora piena.

«Bevi, su» le dice Michael. «Ho in fresco un Sancerre favoloso. Il tuo preferito».

«Scusa» dice Lucy portandosi la bottiglia alle labbra. «È che ultimamente bevo poco o nulla».

«Davvero?»

«Perché non ho soldi, mica per altro» chiarisce Lucy.

«Be', oggi vediamo di rimediare, okay? Su, finisci quella birra».

Lucy riconosce il tono: scherzoso ma con una punta di aggressività. La sua non è un'allegra esortazione, ma un ordine. Lucy sorride e beve una lunga sorsata.

Michael la osserva con attenzione. «Brava, così si fa» commenta. «E ora il resto».

Lucy sorride cupa e finisce la bottiglia. La birra le va di traverso.

Michael la guarda con un sorriso da squalo. «Bravissima».

Le toglie di mano il vuoto e si volta a prendere due bicchieri dalla credenza. «Usciamo?» propone, indicando la porta del giardino.

«Finisco qui» risponde Lucy indicando i pomodori sul tagliere.

«Finisci dopo» ordina Michael. «Prima brindiamo».

Lucy lo segue nel patio con le patatine e la borsa in mano.

Michael riempie i bicchieri e gliene porge uno. Fanno un altro brindisi e lui la guarda negli occhi. «Allora, Lucy Lou, raccontami un po' cos'hai fatto in questi ultimi dieci anni. Raccontami tutto».

«Da dove vuoi che cominci?» domanda lei allegra.

«Dall'uomo che ti ha dato una figlia, per esempio?»

Le si stringe lo stomaco. Era inevitabile che Michael, vedendo Stella, pensasse subito a lei a letto con un altro.

«Non c'è molto da dire» risponde. «Un disastro. Ma almeno mi ha dato Stella e quindi, sai...»

Michael si avvicina e le pianta addosso gli occhi castani. Sorride, ma senza un briciolo di affetto. «No, non so» risponde. «Chi è? Dove vi siete conosciuti?»

Lucy pensa ai passaporti che si trovano da qualche parte nella casa. Non può permettersi di farlo arrabbiare. Non può dirgli che il padre di Stella è stato il grande amore della sua vita, l'uomo più bello che abbia mai conosciuto, un pianista di una bravura straordinaria, che le ha spezzato il cuore e che dopo tre anni pensa ancora a lui.

«Uno stronzo» risponde. Beve un sorso di vino. «Bello, ma stupido. Un delinquente senza cervello. Mi fa pena. Non mi meritava, e di certo non meritava Stella». Lo dice con convinzione e Michael, pur guardandola negli occhi, non capisce che in realtà Lucy sta parlando di lui.

Quella risposta sembra placarlo momentaneamente. Il sorriso si ammorbidisce, è meno falso di prima.

«Che fine ha fatto?»

«È scappato. È tornato in Algeria, abbandonando noi e sua madre. La quale, naturalmente, dà la colpa a me». Lucy si stringe nelle spalle. «È uno così. Un egoista, che se ne frega di tutto e di tutti».

Michael si avvicina ulteriormente. «Lo amavi?»

Lucy sbuffa e accenna un sorriso. «Figurati!» risponde, sempre pensando a Michael. «No».

Michael annuisce, dandole la sua approvazione. «Hai avuto altre storie oltre a lui?»

Lucy scuote la testa. È una bugia anche questa, ma più facile da dire. «No» risponde. «Nella mia situazione, con due bambini, è un po' difficile. Anche se avessi trovato qualcuno che mi piaceva, sarebbe stato complicato dal punto di vista logistico». Si stringe nelle spalle.

«Be', capisco. Però, Lucy...» La guarda con aria sincera. «Se avevi bisogno, potevi chiedere. Ti avrei aiutato volentieri. Bastava che mi chiamassi».

Lucy scuote tristemente la testa.

Michael risponde per lei. «Sei troppo orgogliosa, lo so».

È talmente lontano dalla verità che quasi le scappa da ridere, invece annuisce e risponde: «Mi conosci troppo bene». E lui ride.

«Per certi aspetti io e te eravamo la coppia peggio assortita che ci potesse essere, ti ricordi? Voglio dire, abbiamo passato momenti tremendi. Cristo santo, matti da legare! Per altri aspetti, invece, eravamo una coppia straordinaria. Non pensi?»

Lucy si sforza di sorridere e di annuire, ma non riesce a dire *sì*.

«Forse avremmo dovuto metterci più impegno» recrimina Michael, versandosi un altro bicchiere di vino. Rabbocca anche quello di Lucy, che ne ha bevuto soltanto due sorsi.

«È andata com'è andata» replica banalmente Lucy.

«Giusto» concorda Michael, come di fronte a una perla di saggezza. Beve un gran sorso e dice: «Parlami di mio figlio. Va bene a scuola? E nello sport?»

È un bravo bambino? Ha bei modi? Va d'accordo con sua sorella? Mi vuole bene? Profuma di buono? È intonato? Disegna bene? Merita più di quello che gli ho dato finora? Lucy vorrebbe che fossero queste le sue domande.

«A scuola va bene» risponde. «Sufficienza in matematica e scienze, ottimo in inglese, disegno e lingue straniere. Per lo sport non è portato, no».

Lo guarda negli occhi per vedere se è deluso. La risposta è pragmatica: «Non si può essere bravi in tutto» dice Michael. «È proprio bello, peraltro. Si interessa già alle femmine?»

«Ha dodici anni!» ribatte Lucy un po' brusca.

«È a quell'età che si comincia» osserva Michael. «Non sarà gay, vero?»

Le viene voglia di lanciargli il vino in faccia e mollarlo lì, ma si trattiene. «Non mi pare, ma non si può dire. Ripeto: non è ancora interessato. Senti...» Lucy cambia argomento. «Vado a finire la panzanella, così riposa un po', prima che mangiamo».

Si alza. Anche Michael si alza e annuncia: «Preparo il barbecue». Lucy si volta verso la cucina e fa per andare, ma lui le afferra le mani e la costringe a guardarlo in faccia. Lucy nota lo sguardo ebbro già all'una e mezzo. Le mette le mani sui fianchi e la stringe a sé, le scosta i capelli dall'orecchio e sussurra: «Non avrei mai dovuto lasciarti andare via».

La bacia leggermente sulla bocca, le dà una pacca sul sedere e la guarda entrare in cucina.

26.
Chelsea, 1990

Poco tempo dopo aver appreso da mia madre che David ci stava facendo dare in beneficenza tutti i nostri soldi e che avrebbe vissuto con noi in pianta stabile, vidi David e Birdie che si baciavano.

Lo trovai nauseante, e per diversi motivi.

Prima di tutto, trovavo Birdie repellente. Pensare alle sue labbra sottili premute sulla bocca carnosa di David, alle mani di lui che le accarezzavano i fianchi ossuti, alle lingue attorcigliate, mi provocava i conati.

In secondo luogo, nel mio essere un po' tradizionalista, l'adulterio mi scioccava.

Terzo... Be', di questo mi resi conto soltanto dopo un po'. Non avrebbe potuto essere diversamente, perché le ripercussioni di quell'inatteso spettacolo non erano prevedibili nell'immediato. Di sicuro vedere che David e Birdie stavano insieme mi provocò un'inquietudine profonda, come se intuissi che avrebbero scatenato il peggio l'uno nell'altra.

Accadde un sabato mattina. Sally era andata a fare fotografie su un set cinematografico non so dove e Justin a un mercatino per vendere i suoi rimedi naturali. Mia madre e mio padre erano in giardino, ancora in vestaglia, a bere il tè e a leggere i giornali. Avevo dormito fino alle otto e mezzo, che per me era piuttosto tardi. Sono sempre stato mattiniero e anche da adolescente solo di rado mi svegliavo dopo le nove. Quando li vidi, ero ancora mezzo addormentato. Erano avvinghiati sulla porta della camera di Birdie. Lei aveva una camicia da notte di mussolina, lui un accappatoio di cotone nero. Erano pube contro pube, una gamba di Birdie fra le ginocchia di David, che le teneva una mano sul collo bianco e pieno di nei. Lei aveva una mano sulla chiappa sinistra di lui.

Tornai subito in camera mia, con il batticuore e lo stomaco in subbuglio. Mi portai le mani al collo cercando di placare la nausea e l'orrore. Imprecai a mezza voce, poi a voce più alta. Un momento dopo aprii la porta: non c'erano più. Non sapevo che cosa fare. Dovevo dirlo a qualcuno. Dovevo dirlo a Phin.

Phin si scostò il ciuffo biondo dal viso. Era sempre più bello, quanto più diventava grande. Aveva soltanto quattordici anni ed era già un metro e ottanta. Mai un brufolo in tutta la pubertà. Posso affermarlo con certezza, perché me ne sarei accorto, dal momento che guardarlo era il mio hobby preferito.

«Ti devo dire una cosa» gli sussurrai con una certa agitazione. «Una cosa importantissima».

Andammo a sederci sulla panchina curva in fondo al giardino, che a quell'ora del mattino era al sole. Con gli alberi fioriti e pieni di foglie, dalla casa non ci avrebbero visto. Ci guardammo in faccia.

«Ho appena visto una cosa terribile» esordii.

Phin mi fissò perplesso. Capii che si aspettava gli raccontassi che avevo visto la gatta leccare il piattino del burro o qualcosa di banale e infantile. Mi accorsi che non mi riteneva capace di dargli notizie veramente sensazionali.

«Ho visto tuo padre e Birdie che...»

Smise subito di fare il superiore e mi scrutò allarmato.

«Stavano uscendo dalla camera di Birdie e Justin. E si baciavano».

Phin ebbe un piccolo sussulto. Ero riuscito a impressionarlo. Mi stava considerando per la prima volta da due anni a quella parte. Finalmente.

Contrasse un muscolo della guancia. «Mi pigli per il culo?» chiese arrabbiato.

Scossi la testa. «Te lo giuro» risposi. «Li ho appena visti. Venti minuti fa. Giuro».

Vidi che gli si riempivano gli occhi di lacrime e che faceva un grosso sforzo per non piangere. Dicono che io manchi di empatia e forse è vero: non avevo messo in conto neppure per un attimo che per Phin potesse essere un brutto colpo. Mi aspettavo che rimanesse scioccato, questo sì. Scandalizzato. Disgustato. Ma che ci rimanesse male no.

«Mi spiace» balbettai. «Credevo...»

Phin scosse la testa. I capelli gli scesero sugli occhi e poi si divisero nuovamente, lasciando in vista il suo sgomento e il suo tentativo di farsi coraggio. «Non ti preoccupare» disse dopo un po'. «Hai fatto bene a dirmelo».

Silenzio. Non sapevo cosa fare. Phil mi stava finalmente concedendo la sua attenzione, ma gli avevo dato un dispiacere. Gli guardai le mani, grandi e abbronzate, le dita intrecciate in grembo, e mi venne voglia di prenderle e accarezzarle, di baciargliele per consolarlo. Sentii montare dentro di me un desiderio fisico intensissimo, che nasceva dal mio intimo. Spostai lo sguardo dalle mani di Phin all'erba fra i miei piedi.

«Lo dirai a tua madre?» chiesi dopo un po'.

Phin fece no con la testa e di nuovo i capelli gli nascosero il viso.

«Ne morirebbe» spiegò semplicemente.

Annuii, come se sapessi di che cosa stavamo parlando. In realtà non capivo niente. Avevo tredici anni e per giunta ero immaturo per la mia età. A me vedere Birdie e David avvinghiati in pigiama aveva fatto schifo e sapevo che un uomo sposato non avrebbe dovuto baciare un'altra donna, ma non contemplavo che un'altra persona avrebbe potuto provare emozioni diverse. Non riuscivo a immedesimarmi. Non potevo capire perché Sally sarebbe morta, venendo a sapere che suo marito aveva baciato Birdie.

«E a tua sorella?»

«Non lo dico a nessuno» sbottò Phin. «Cristo santo. E

neanche tu, mi raccomando. Sul serio, tienitelo per te. E non fare niente senza che te lo dica io, okay?»

Annuii. Trovavo rassicurante che Phin mi facesse da guida.

Stava per allontanarsi, lo sentivo. Stava per alzarsi e rientrare in casa da solo, lo sapevo. Senza invitarmi a seguirlo. Mi avrebbe lasciato lì sulla panchina a guardare la casa, solo con il mio subbuglio interiore, con il mio desiderio lancinante. E sapevo che, nonostante la pregnanza del momento che avevamo appena vissuto, saremmo tornati alla normalità, all'educato riserbo reciproco.

«Usciamo» proposi d'un fiato. «Facciamo qualcosa».

Phin si voltò e mi chiese: «Hai dei soldi?»

«No, ma me li posso procurare».

«Vedo di trovare qualcosa anch'io» mi disse. «Ci vediamo nell'atrio alle dieci».

Si alzò e se ne andò. Lo osservai mentre si allontanava, la schiena flessuosa sotto la maglietta, le spalle larghe, i lunghi piedi, l'inclinazione tragica della sua bellissima testa.

Trovai qualche moneta nelle tasche del Barbour di mio padre e presi due biglietti da una sterlina dal portafoglio di mia madre. Mi pettinai la frangia e mi misi il giubbotto di jersey che mi aveva comprato mia madre in un negoziaccio di Oxford Street qualche settimana prima e che era cento volte più bello degli altri maglioni che avevo, benché fossero di Harrods o Peter Jones.

Phin era seduto sul trono ai piedi della scala e leggeva un tascabile. Ancora oggi, quando penso a lui, lo rivedo lì. Solo che nelle mie fantasie abbassa il libro e, nel vedermi, si illumina e sorride. In realtà quel giorno non mi degnò di uno sguardo.

Si alzò lentamente e diede un'occhiata furtiva in giro. «Via libera». Mi fece cenno di seguirlo e aprì la porta di casa.

«Dove andiamo?» gli chiesi senza fiato quando fummo fuori.

Lo vidi alzare un braccio e fare il saluto militare, allungando il passo verso la strada. Un taxi si fermò e ci fece salire.

«Ho solo due sterline e cinquanta pence. Non mi posso permettere il taxi» chiarii.

«Non ti preoccupare» rispose Phin tranquillo. E mi mostrò il rotolo di banconote da dieci sterline che teneva in tasca, inarcando un sopracciglio.

«Gesù! E dove li hai presi?»

«Dal nascondiglio di mio padre».

«Tuo padre tiene i soldi in un nascondiglio?»

«Già. Pensa che nessuno lo sappia, ma io so tutto».

«Dici che non se ne accorge?»

«Non lo so» rispose. «Magari no. Comunque, se anche se ne accorge, non potrà mai dimostrare che glieli ho presi io».

Il taxi ci lasciò in Kensington High Street. Guardai il palazzo di fronte, che aveva una lunga facciata con una fila di finestre ad arco e la scritta KENSINGTON MARKET in lettere cromate. Dall'ingresso principale si sentiva arrivare una musica metallica, ritmata, inquietante. Seguii Phin dentro l'edificio e mi ritrovai in un terrificante labirinto di negozietti popolato da uomini e donne dai capelli di tutti i colori e l'espressione spenta, occhi truccati pesantemente di nero, labbra bianche, abiti strappati di pelle nera, chiffon, calze a rete, scarpe con la zeppa, piercing in faccia, collari tipo cane, creste sulla testa, mantelle, top di rete, teste ossigenate e cotonate, gonnelline scozzesi rosa, stivaloni in PVC, scarponcini, giubbotti da baseball, basettoni, gonne lunghe fino ai piedi, labbra nere, labbra rosse, chewing gum, tutti che mangiavano panini con il bacon e bevevano tè da tazze floreali sollevando l'unghia del mignolo laccata di nero, un furetto al guinzaglio di cuoio con le borchie.

Ogni negozio suonava la sua musica e camminando sembrava di passare da un canale all'altro della radio. Phin toccava le cose: un giubbotto da baseball vintage, una camicia da bowling lucida con la scritta *Billy* ricamata sulla schiena, un espositore di LP, una cintura di pelle con le borchie.

Io non toccavo niente. Ero terrorizzato. Molti bruciavano incensi. Una donna seduta su uno sgabello fuori dal suo negozio, pelle bianca e capelli bianchi, mi puntò brevemente addosso gli occhi di un azzurro gelido, e mi sentii mancare.

Nel negozio vicino c'era una donna con un bambino in braccio. Mi sembrava un luogo inadatto ai bambini.

Gironzolammo fra le corsie di quel mercato stravagante per un'ora. Ci sedemmo a un caffè stravagante al primo piano e mangiammo panini con il bacon accompagnati da un tè fortissimo, guardando la gente. Phin si comprò uno di quei foulard stampati bianchi e neri che usavano gli uomini nel Sahara e un certo numero di 45 giri di band che non avevo mai sentito nominare. Tentò di regalarmi una maglietta con un motivo di serpenti e spade, ma io glielo impedii. In realtà non mi sarebbe dispiaciuto accettare quel dono. Phin si provò un paio di scarpe blu scamosciate con la suola di gomma che definì *brothel creepers*. Si guardò allo specchio, si scostò il ciuffo dagli occhi con le mani e lo trasformò in una sorta di pompadour, dandosi così l'aspetto da idolo anni Cinquanta, una splendida via di mezzo fra Montgomery Clift e James Dean.

Mi comprai un cravattino texano con una testa di ariete argentata. Costava due sterline. Il cowboy punk del negozio me lo mise in un sacchetto di carta.

Riemergemmo nella normalità del sabato mattina, tra famiglie che facevano spese e gente che saliva e scendeva dai bus.

Andammo a piedi a Hyde Park e ci sedemmo su una panchina.

«Guarda» disse Phin allargando la mano destra.

Vidi che teneva nel palmo un sacchetto trasparente mezzo accartocciato, che conteneva due specie di francobolli.

«Cos'è?» domandai.

«Acido» rispose.

Non capii.

«LSD» precisò.

Ne avevo sentito parlare. Sapevo che era una droga usata dagli hippy, che dava le allucinazioni.

Sgranai gli occhi. «Che cosa? Ma come? Perché?»

«Il tipo nel negozio di dischi. Me l'ha praticamente detto lui, che spacciava. Non gliel'ho chiesto io. Si vede che gli sono sembrato più grande».

Guardai i due pezzettini di carta dentro il sacchetto, in preda a mille pensieri. «Non vorrai...?»

«No. Non ora, comunque. Magari più tardi, a casa. Cosa ne dici?»

Annuii. Pur di stare con lui avrei fatto qualsiasi cosa.

Phin volle andare a mangiare un sandwich in un bell'hotel con vista sul parco. Ce li servirono su un piatto bordato d'argento, con tanto di coltello e forchetta. Eravamo seduti in vetrina e io mi chiesi che cosa pensasse la gente vedendo un bel ragazzo seduto a tavola con un ragazzetto malvestito.

«Che cosa staranno facendo i nostri genitori, secondo te?» chiesi.

«Non me ne potrebbe importare di meno» fu la sua risposta.

«Avranno chiamato la polizia?»

«Gli ho lasciato un biglietto».

«Ah». Ero sorpreso da quel gesto così conformista. «Cosa ci hai scritto?»

«Io e Henry usciamo. Ci vediamo più tardi».

Io e Henry... Mi balzò il cuore in gola per l'emozione.

«Raccontami cos'è successo in Bretagna» cominciai. «Perché ve ne siete andati?»

Phin scosse la testa. «Meglio che tu non lo sappia».

«Mi interessa, davvero».

Phin sospirò. «Mio padre si è preso una cosa che non era sua, sostenendo che si doveva condividere tutto. Era un oggetto di valore, ereditato da qualche antenato. Lui se l'è venduto per un migliaio di sterline, ha nascosto i soldi e poi ha detto di aver visto un ladro che entrava dalla finestra. Il padrone di casa è venuto a sapere la verità, si è infuriato e il giorno dopo ci ha sbattuto in mezzo a una strada». Si strinse nelle spalle. «Non solo per questo motivo, in realtà. Per tante cose».

Di colpo capii perché non si faceva scrupoli a rubare i soldi a suo padre.

David sosteneva di guadagnare bene con i corsi che teneva, ma quanto possono fruttare due lezioni alla settimana a un branco di hippy nel salone parrocchiale? Forse rubava anche a noi. Aveva convinto mia madre a lasciare a lui la gestione delle nostre finanze, quindi magari prelevava direttamente dal nostro conto corrente. Oppure si intascava le nostre donazioni invece di darle in beneficenza.

I dubbi e le perplessità che avevo avuto sin dal primo momento su David Thomsen incominciavano a diventare concreti.

«Vai d'accordo con tuo padre?» chiesi a Phin giocherellando con le foglie di crescione che guarnivano il sandwich.

«Per niente» mi rispose. «Lo disprezzo».

Annuii, rassicurato.

«E tu?» mi domandò. «Vai d'accordo con tuo padre?»

«È un debole» risposi. Bruciava ammetterlo, ma era la verità.

«Gli uomini sono tutti deboli» decretò Phin. «Il problema è questo. I maschi sono troppo deboli per amare come si deve. Troppo deboli per sbagliare».

Quell'affermazione mi lasciò senza fiato: non avevo mai sentito parole più vere. Alla radice di ogni male del mondo c'era la debolezza degli uomini.

Guardai Phin tirare fuori due biglietti da dieci sterline per pagare i sandwich. «Grazie. Mi dispiace di non potermi sdebitare» dissi.

Phin scosse la testa. «Mio padre vi porterà via tutto quello che possedete e manderà in vacca la vostra vita. È il minimo che io possa fare».

27.

Libby, Dido e Miller escono dalla villa, chiudono tutto e vanno al pub che Libby ha visto dal tetto. È molto affollato, ma riescono a trovare un tavolo fuori e spostano tre sgabelli da altri tavoli.

«Chi è, secondo voi?» chiede Dido mescolando il gin tonic con la cannuccia.

Miller risponde: «Non è un senzatetto, perché non c'è abbastanza roba. Nel senso che, se si fosse accampato lì, avrebbe portato le sue cose».

«Quindi secondo te è uno che ci viene ogni tanto?» chiede Libby.

«Probabile».

«E la settimana scorsa era in casa mentre c'ero anch'io?»

«Probabile».

Libby ha la pelle d'oca.

«Senti» dice Miller, «tu sei nata nel giugno del 1993, giusto?»

«Il 19» conferma Libby. Mentre lo dice, le vengono i brividi. Come fa a esserne sicura? E se quella data fosse un'invenzione degli assistenti sociali o della madre adottiva? La coglie l'incertezza e si sente franare il terreno sotto i piedi.

«Okay. Tuo fratello e tua sorella conoscono la tua data di nascita perché quando sei venuta al mondo erano adolescenti. Se fossero anche al corrente degli accordi testamentari che prevedono il tuo subentro al compimento dei venticinque anni d'età, potrebbero avere tutto l'interesse a tornare. Sia per vedere te sia…»

Libby è senza fiato. «Credi che sia mio fratello?»

«Potrebbe essere Henry, sì».

«Ma se era lì in casa e sapeva che ero io, perché non è sceso? Perché non si è fatto riconoscere?»

«Questo non te lo so dire».

Libby prende il bicchiere, se lo porta alle labbra e lo posa di nuovo. «No, non ha senso».

«Magari non voleva spaventarti» azzarda Dido.

«Poteva lasciarmi un biglietto» ribatte Libby. «Contattare l'avvocato, organizzare un incontro. Che senso ha che si nasconda in soffitta come uno squilibrato?»

«Magari è squilibrato» fa notare Dido.

«Che cosa hai scoperto su di lui?» chiede Libby a Miller. «A parte che è mio fratello».

«Quasi niente» risponde Miller. «Che frequentò la Portman House School dai tre agli undici anni, che andava bene a scuola, ma gli insegnanti lo giudicavano un tantino saccente. Non aveva amici. Nel 1988 avrebbe dovuto incominciare il St Xavier's College a Kensington, ma non si presentò. E nessuno seppe più niente di lui».

«Non capisco» dice Libby. «Perché starebbe nascosto, si intrufolerebbe passando per i tetti e si rintanerebbe in soffitta sapendo che sono in casa? Come fai a dire che è Henry?»

«La mia è solo un'ipotesi. Ma chi altro poteva sapere che saresti andata lì? E come entrare in casa senza passare dalla porta?»

«Tutti quelli che ci abitavano» risponde Libby. «Potrebbe essere uno qualsiasi di loro».

28.

Michael è distratto da una vespa che gli ronza sul piatto. La allontana con il tovagliolo, ma quella continua a tornare. Lucy ne approfitta per controllare l'ora sul telefono.

Sono quasi le tre. Vorrebbe essere a casa per le quattro, con i passaporti. Anche se chiederli a Michael accelererà l'inevitabile viaggio verso il suo letto.

Comincia a sparecchiare. «Porto dentro questi, così la tua amica smetterà di ronzarti intorno» dice.

Michael ha gli occhi vitrei. Le sorride con gratitudine. «Ottima idea» replica. «Io preparo il caffè».

Lucy va in cucina e inizia a caricare la lavastoviglie. Michael la osserva, mentre la macchina dell'espresso macina il caffè. «Non hai preso un grammo, eh, Lucy?» dice. «Non sei affatto male, per avere quarant'anni e due figli».

«Trentanove». Lucy sorride a denti stretti e lascia cadere due forchette nel cestello delle posate. «Grazie, comunque».

L'atmosfera è pesante, sgradevole. Hanno temporeggiato troppo. Sono rimasti troppo a lungo in giardino, hanno mangiato e bevuto eccessivamente. Lucy aggiunge: «Fra poco devo tornare da loro».

«Oh!» esclama Michael. «Marco è grande, ormai: può stare dietro lui alla sorellina».

«Sì, ma Stella dopo un po' si agita, se non ci sono io».

Michael fa una smorfia, una specie di tic. Non gli piacciono le debolezze altrui. Michael aborre la debolezza. «Immagino tu voglia i passaporti, quindi» dice con un sospiro.

«Sì, grazie».

Le batte il cuore talmente forte che il rumore la assorda.

Michael piega la testa di lato e sorride. «Non scapperai subito dopo, vero?»

Va nello studio. Lucy lo sente aprire e chiudere cassetti. Dopo qualche minuto torna con i passaporti dentro un sacchetto di stoffa chiuso con la coulisse e glielo sventola sotto il naso.

«Sono un uomo di parola» dichiara, e si avvicina guardandola negli occhi e facendo dondolare il sacchetto.

Lucy è indecisa: Michael si aspetta che lei lo afferri, glielo strappi di mano? Che cos'è, un gioco?

Sorride nervosamente. «Grazie» dice.

E poi se lo trova addosso. Michael la spinge contro il mobile della cucina, il sacchetto con i passaporti ancora in mano, le labbra sul collo. Lucy lo sente gemere di piacere.

«Oh, Lucy, Lucy» dice. «Che buon profumo hai. Sei così...» Si struscia contro di lei. «Così bella, così...» Altro gemito. La bacia sulla bocca. Lucy risponde al bacio. È venuta qui per questo, no? Per scopare con Michael. È venuta per lasciarsi scopare e questo fa. Lo ha già fatto tante volte, una più o una meno farà poca differenza. Ci può riuscire, specie se finge di essere con Ahmed, o con uno sconosciuto. Sì, certo che ci può riuscire.

Si lascia infilare la lingua in bocca e chiude gli occhi. Li strizza, addirittura. Sente le mani di Michael sul didietro, che la spingono sul bancone della cucina e le aprono le gambe afferrandola per le caviglie con tale forza che lei fa una smorfia, ma lascia correre, subisce. È venuta qui per questo, no? La macchina dell'espresso gorgoglia e sbuffa. Lucy urta un bicchiere vuoto, che rotola sul bancone e sbatte contro il bollitore, spaccandosi. Cerca di spostare la mano per non ferirsi sui cocci, ma Michael la spinge proprio in quella direzione, alzandole la gonna, cercando l'elastico degli slip per abbassarglieli. Lucy continua a tentare di allontanarsi dai cocci ma senza interrompere Michael, in maniera da finire il più presto possibile per potersi rivestire, prendere i passaporti e tornare dai figli. Si sforza di assecondarlo, ma sente un vetro che le graffia la schiena e cerca di scostarsi. Michael si interrompe e protesta: «E che cazzo!

La smetti di divincolarti?» La spinge giù e il vetro le si pianta nella schiena. Lucy fa un salto e urla di dolore.

«Cosa cazzo ti prende, adesso?»

Lucy vede la mano di Michael avvicinarsi alla guancia come al rallentatore e sente lo schiaffone che le fa battere i denti e sbatacchiare il cervello nella scatola cranica.

Poi sente il sangue. Un rivolo di sangue caldo che le corre sulla schiena. «Si è rotto un bicchiere e un vetro mi...»

Michael però non la ascolta. La sbatte di nuovo giù e il vetro le si pianta di nuovo nella schiena, in un altro punto. Le tappa la bocca con una mano e la penetra. Non doveva andare così. Doveva essere consensuale. Lucy era disposta a farsi scopare, ma lui le sta facendo male, è furioso. Lucy sanguina, il palmo di Michael che le preme sulle labbra, puzzolente del fumo del barbecue, e vuole i passaporti, sì, ma c'è un limite a tutto. La sua mano trova il coltello con cui ha tagliato i pomodori, quello con la lama affilata che sembrava affondare nel burro, e glielo conficca nel fianco, appena sotto l'orlo della maglietta, in quella zona tenera, morbida e bianca come la pelle di un bambino. Penetra così facilmente che Lucy quasi non se ne accorge.

Lo sguardo di Michael si offusca per un momento di assoluta confusione, poi si snebbia: ha capito. Si stacca da lei e indietreggia barcollando, guarda il sangue che sgorga a fiotti dalla ferita e la copre con le mani. L'emorragia non si ferma. «Cristo santo, Lucy! Che cazzo hai fatto?» La guarda incredulo, con gli occhi spalancati. «Cazzo, dammi una mano».

Lucy prende degli strofinacci e glieli porge. «Premi forte» gli consiglia con un filo di voce. «Comprimi la ferita».

Michael esegue, ma gli cedono le gambe e si accascia. Lucy cerca di aiutarlo, ma lui la scaccia con una mano. Lei si rende conto di colpo che Michael sta per morire. Immagina di chiamare l'ambulanza, l'arrivo dei paramedici, le loro domande. Dirà che la stava violentando. Il pezzo di vetro che ha ancora piantato nella schiena ne è la prova. E il fatto che Michael ha le brache calate. Le crederanno. Certo che le crederanno.

«Chiamo un'ambulanza» dice a Michael, che ha lo sguardo perso nel vuoto. «Concentrati sul respiro. Non smettere di respirare. Adesso arrivano i soccorsi».

Tira fuori il cellulare con mani tremanti, lo accende e fa per comporre il numero quando si rende conto che finirà nei pasticci comunque, anche se le credono. Verrà trattenuta in Francia e sottoposta a chissà quanti interrogatori, dovrà ammettere di non avere il permesso di soggiorno, di non avere un'identità anagrafica. Le porteranno via i figli e verrà fuori tutto. Sarà un incubo.

Resta con il dito sullo schermo del cellulare e abbassa gli occhi su Michael, che trema e continua a perdere sangue. Lucy ha un conato e si volta verso il lavello. Inspira profondamente.

«Oddio, oddio, oddio. Oddio, oddio, oddio».

Si volta, guarda il telefono, guarda Michael. Non sa cosa fare. Poi, sotto i suoi occhi, Michael smette di respirare. Non è la prima volta che vede spegnersi una vita e ne è certa: Michael è morto.

«Oddio, oddio, oddio». Si accuccia e gli tasta il polso. Non c'è battito.

Comincia a parlare da sola.

«Okay» dice. Si alza. «Okay. Chi sa che venivi qui? Joy. Magari Michael a Joy l'ha detto. Ma cosa può averle detto? Che veniva Lucy Smith... Ma Lucy Smith non è il mio vero nome e comunque adesso non lo sono più. Adesso sono...» Prende il sacchetto dei passaporti con mani tremanti, apre il proprio e legge: «Marie Valerie Caron. Bene. Benissimo. Io sono Marie Caron, sì. E Lucy Smith non esiste. Joy non sa dove abito...» Poi esclama: «Però Michael sapeva in che scuola va Marco. L'avrà detto a Joy? No, non credo. Perché avrebbe dovuto dirglielo? E comunque, ammesso che glielo abbia detto, a scuola conoscono Lucy

Smith, non Marie Caron. E Stella va in una scuola diversa, e solo io e Samia sappiamo dov'è. Quelli dei passaporti? No, nessun pericolo. Sono malavitosi, a nessuno verrà in mente di andare a cercarli. I bambini. Sì, i bambini sanno che sono venuta qui, ma non lo diranno a nessuno. Bene. Tutto a posto».

Mentre parla, cammina avanti e indietro. Poi guarda Michael. Che cosa è meglio fare? Lasciarlo lì? Lasciare che lo trovi Joy domani mattina? Oppure spostarlo e pulire tutto? Occultamento di cadavere. Michael è grande e grosso: dove lo può occultare? Non riuscirà a nasconderlo per sempre, ma se lo trovassero quando lei e i bambini sono già a Londra…

Sì, meglio occultare il cadavere. Pulirà tutto. Lo trascinerà giù in cantina. Domani Joy non lo troverà in casa e penserà che sia andato da qualche parte. Comincerà a sospettare qualcosa quando sentirà la puzza, ma a quel punto lei e i bambini saranno già lontani. I sospetti si concentreranno sui personaggi loschi che Michael bazzicava.

Apre lo sportello sotto il lavandino, prende la candeggina e un rotolo di carta da cucina superassorbente.

Comincia a pulire.

29.
Chelsea, 1990

Io e Phin andammo a sederci sulla terrazza sul tetto della casa. L'aveva scoperta lui: io non sapevo neppure che ci fosse. Ci si arrivava attraverso una botola nel soffitto del corridoio della mansarda, grazie a una scaletta a scomparsa con cui si raggiungeva una specie di cunicolo che portava a un'altra botola che si apriva sul tetto. Il panorama sul fiume era straordinario.

Non eravamo i primi ad aver scoperto quella terrazza: c'erano un tavolino e due seggiole di plastica e alcuni vasi con piante rinsecchite.

Mi sembrava inverosimile che mio padre non ne conoscesse l'esistenza. Si lamentava sempre che il giardino era esposto a nord e non ci si poteva godere il tramonto, ma quella piccola oasi prendeva il sole tutto il giorno.

I pezzettini di carta che Phin aveva preso a Kensington Market una settimana prima risultarono consistere in due quadratini più piccoli, su ciascuno dei quali c'era una faccina sorridente.

«E se ci prende male?» domandai. Parlare in quel modo mi faceva sentire stupido.

«Cominciamo con metà per uno» propose Phin.

Annuii. In realtà avrei preferito non prenderne nemmeno mezzo. Non ero tipo da trip. Ma avrei seguito Phin in capo al mondo, come si dice.

Lo guardai mentre ingoiava il francobollo e lui guardò me mentre facevo lo stesso. Il cielo era azzurro pastello. Il sole era pallido, ma lassù era tiepido sulla pelle. Per un po' non sentimmo niente. Parlammo di quello che vedevamo dall'alto: la gente seduta nei giardini, le barche portate dalla corrente lungo il Tamigi, la centrale di Battersea sull'altra sponda del fiume. Dopo una mezz'oretta mi tranquillizzai, ormai abbastanza sicuro che l'acido fosse un bidone e che non ci avrebbe fatto niente. Speravo di essermela cavata con poco. Poi però mi sentii scaldare dentro, guardai il cielo e vidi che era percorso da venature bianche e pulsanti, che a furia di fissarle si illuminavano e acquistavano tonalità madreperlacee. Il cielo non era azzurro, in realtà: era un mix di milioni di sfumature di colore che cospiravano per ottenere quella tonalità cilestrina. Il cielo era falso e bugiardo, molto più astuto di noi. Forse tutte le cose che credevamo inanimate in verità erano molto più astute di noi e ridevano alle nostre spalle. Guardai le foglie sugli alberi e ne misi in dubbio il colore verde: lo siete o fate finta? Non è che siete un insieme di puntini viola e rossi e gialli e dorati che si danno alla pazza gioia e ridono, ridono, ridono? Guardai Phin. Chiesi: «La tua pelle è veramente bianca?»

Lui si guardò le mani. «No» rispose. «È...» Mi guardò e scoppiò a ridere. «Sono coperto di scaglie! Guarda! Ho le scaglie. E tu?» Mi indicò, in preda alla ridarella. «Tu hai le piume! Oddio, che cosa siamo diventati?» domandò. «Animali?»

Ci rincorremmo per la terrazza facendo i versi degli animali. Io mi arruffavo le piume, Phin tirava fuori la lingua. Rimanemmo sbalorditi da quanto era lunga. «Non ho mai visto una lingua così lunga» gli dissi.

«È perché sono una lucertola». Phin tirò dentro la lingua, poi fece un'altra boccaccia. Io lo guardavo ammirato. Quando la tirò di nuovo fuori, mi protesi verso di lui e la afferrai fra i denti.

«Ahia!» esclamò Phin toccandosela e ridendo.

«Scusa» dissi. «Sono uno stupido uccello e ti ho preso per un verme».

A un certo punto finimmo di ridere e ci mettemmo seduti sulle seggiole di plastica a guardare le aurore boreali che vorticavano nel cielo, le mani che penzolavano di lato e ogni tanto si sfioravano. Ogni volta che la pelle di Phin toccava la mia, sentivo parte della sua essenza entrare dentro di me e diffondersi nella mia, e mi scioglievo. Era una sensazione che mi dava un piacere irresistibile. Dovevo entrare dentro di lui e catturare la sua essenza e le mie dita strinsero le sue e lui non mi respinse, si lasciò tenere per mano, e lo sentii riversarsi dentro di me come quella volta che eravamo andati a navigare in un canale e l'uomo aveva aperto le chiuse e l'acqua si riversava da una parte all'altra.

«Ecco» dissi voltandomi verso Phin. «Io e te siamo la stessa persona, adesso».

«La stessa persona?» Phin mi guardò con gli occhi spalancati.

«Sì, guarda». Indicai le nostre mani. «Siamo una cosa sola».

Phin annuì e restammo lì, così, per non so quanto tempo, forse cinque minuti, forse un'ora, mano nella mano a guardare il cielo, perduti nelle nostre allucinazioni.

«Non ci ha preso male, vero?» osservai dopo un po'.

«No» disse Phin. «Ci ha preso benissimo».

«Un trip favoloso» dissi.

«Sì» concordò Phin. «Favoloso».

«Dovremmo venire a stare quassù» dissi. «Ci portiamo su i letti e dormiamo in terrazza».

«Dovremmo, sì. Lo facciamo? Adesso?»

Saltammo su e ci infilammo dalla botola nel cunicolo sopra la mansarda. Le pareti pulsavano, come se fossimo dentro un corpo umano, nella trachea o nell'esofago. Per un pelo non ruzzolammo giù dall'altra botola. Quando fummo nel corridoio della mansarda, di colpo ci sentimmo nel posto sbagliato, come quando il dottor Who apre le porte del Tardis e non sa dove si trova.

«Dove siamo?» domandai.

«Nel sottomondo» rispose Phin.

«Voglio tornare su».

«Pigliamo i cuscini» disse Phin. «Svelto». Mi prese per mano e mi portò in camera sua. Stavamo per risalire la scaletta con i guanciali sottobraccio quando davanti a noi si palesò David.

Era appena uscito dalla doccia, ancora bagnato, con un asciugamano in vita, a torso nudo. Gli guardai i capezzoli. Erano scuri e spessi come cuoio.

«Cosa state combinando, voi due?» chiese con voce tonante, guardando prima Phin e poi me con aria sospettosa. Era alto e massiccio come una statua. Mi sentii gelare.

«Siamo venuti a prendere i cuscini» rispose Phin. «Da portare su».

«Su?»

«Esatto» rispose Phin. «Da giù a su».

«Da giù a su».

«Esatto».

«Voi due non state mica bene» sentenziò David. «Guardami negli occhi». Fece voltare Phin prendendogli il mento con la mano e lo scrutò. «Di cosa vi siete fatti?» chiese rivolto a me. «Siete strafatti, tutti e due! Avete fumato? Vi siete calati un acido? Che cosa avete preso?»

Ci ordinò di scendere di sotto, convocò sua moglie e i miei genitori, ma era sempre mezzo nudo e io non riuscivo a staccare gli occhi dai suoi capezzoli e avevo lo stomaco in subbuglio. Eravamo nel salotto, guardati a vista da ritratti a olio e teste di animali, e sottoposti al fuoco di fila delle domande di quattro adulti.

Come? Cosa? Dove ve lo siete procurato? Quanto l'avete pagato? E con che soldi? Non hanno visto l'età che avete? E che diamine! Avete rischiato di morire. Siete troppo piccoli per queste cose. Che cosa vi è venuto in mente?

In quel preciso momento entrò Birdie.

«Che cosa succede?» chiese.

«Non ti riguarda» rispose Phin. «Tornatene di là».

«Non ti azzardare a usare questi toni con un adulto» lo sgridò David.

«Ma che adulto e adulto...» ribatté Phin guardando Birdie.

«Phin!»

«Quella manco è umana, altro che adulta. È una maiala. Vedi che ha la pelle rosa e gli occhi piccoli? È una scrofa!»

Rimanemmo tutti esterrefatti. Guardai Birdie, ma a me più che una scrofa sembrava una vecchia gatta, ossuta e spelacchiata, con gli occhi cisposi.

Poi guardai Phin e vidi che fissava suo padre, spalancava la bocca e scoppiava in una risata. «E quindi tu hai baciato una scrofa!» esclamò.

Gli venne un attacco di ridarella.

«Lei è una scrofa e tu l'hai baciata. Lo sapevi, quando l'hai baciata, che era una scrofa?»

«Phin!» Sally fece una smorfia.

«Henry ha beccato papà che baciava Birdie. La settimana scorsa. Per questo abbiamo preso i soldi di papà e siamo usciti senza permesso. Perché ero arrabbiato con papà. Adesso però ho capito perché l'ha baciata. Voleva capire che cosa si prova a baciare una scrofa».

Rideva talmente che non riusciva quasi a parlare. Avrei voluto ridere anch'io, visto che io e Phin ormai eravamo una cosa sola, ma non ci riuscivo. L'intensità del legame fra noi era svanita. In quel momento provavo solo un gelido orrore.

Sally uscì di corsa dalla stanza, Phin la seguì, e pure David, sempre mezzo nudo e con l'asciugamano in vita. Guardai Birdie, imbarazzato.

«Scusa» le dissi, non so perché.

Mi lanciò una lunga occhiata e se ne andò pure lei.

Rimasi solo con i miei genitori.

Mio padre si alzò in piedi. «Di chi è stata l'idea?» chiese. «Di drogarvi, intendo».

Alzai le spalle. Il trip stava finendo e mi sentivo ritornare alla realtà. «Non lo so».

«È stato lui, vero?»

«Non lo so» ripetei.

Mio padre sospirò. «La cosa non finisce qui» mi avvertì

burbero. «Dovremo riparlarne. Ma ora beviti un bel bicchiere d'acqua e mangia qualcosa. Una cosa semplice, tipo pane tostato. Martina?»

Mia madre annuì e andò in cucina a prepararmelo. La seguii docilmente.

Sentii voci alterate al piano di sopra: le vocali vetrose di Sally, i bassi sonori di David, il tono stridulo e lamentoso di Birdie. Sentii anche rumore di passi e di porte che si aprivano e si chiudevano. Scambiai un'occhiata con mia madre mentre infilava le due fette nel tostapane. «È vero?» mi chiese. «Quello che diceva Phin a proposito di David e Birdie».

Annuii.

Lei si schiarì la voce, ma non disse nulla.

Un momento dopo sentimmo sbattere il portone. Sbirciai nell'ingresso e vidi che Justin era appena tornato dal mercatino con i suoi sacchi di iuta. La sua voce andò presto ad aggiungersi al litigio.

Mia madre mi diede il pane tostato e io lo mangiai in silenzio. Ricordai la brutta sensazione che avevo provato quando avevo visto Birdie e David che si baciavano, come di fronte a uno sversamento tossico, all'inizio di una catastrofe. Ripensai alla mano di Phin nella mia e decisi che anche il nostro sulla terrazza era stato un nuovo inizio, ma di qualcosa di bello e di buono.

«Che cosa succederà adesso?» chiesi.

«Non ne ho la minima idea» rispose mia madre. «Ma non va bene. Non va bene per niente».

30.

Michael è in cantina e Lucy ha pulito per più di un'ora. Raccoglie il sacco della spazzatura che ha posato vicino al portone. Contiene carta da cucina zuppa di sangue, un paio di guanti di lattice di Joy, gli avanzi del pranzo, i vuoti del vino e della birra, tovaglioli, il resto della panzanella. Si è medicata i tagli sulla schiena con cerotti che ha trovato nel bagno della camera di Michael e nella borsa ha tremila euro che ha prelevato dal cassetto del comodino.

Passa accanto alla Maserati e la guarda. Prova un moto di tristezza inaspettata: Michael non guiderà mai più auto di lusso. Non prenoterà più d'impulso viaggi per la Martinica, non stapperà più costosissime bottiglie di champagne, non finirà di scrivere il suo stupido libro, non si tufferà più in piscina vestito, non regalerà più a nessuna donna cento rose rosse, non scoperà più, non bacerà più nessuno…

Non farà più del male a nessuno.

La tristezza svanisce. Butta il sacco della spazzatura in un cassonetto vicino alla spiaggia. Si sente adrenalinica, lucida e concentrata. Compra merendine e bevande per i figli. Alle cinque Marco le manda un messaggio: *Dove sei?*

Al supermercato, risponde. *Fra poco arrivo.*

Stella e Marco sono collaborativi. Quando aprono il sacchetto delle merendine rimangono sbigottiti. «Andiamo in Inghilterra» dice loro Lucy, ostentando leggerezza e allegria. «Andiamo a trovare la figlia della mia amica, a festeggiare il suo compleanno».

«La piccola!» esclama Marco.

«Esatto» replica Lucy. «La piccola. Andremo a stare nella

casa in cui abitavo da bambina. Prima, però, un'altra avventura! Andiamo a Parigi! In treno! Da Parigi prendiamo un altro treno per Cherbourg e poi un traghetto piccolo piccolo per andare su un'isola che si chiama Guernsey. Affitteremo un cottage per una notte o due. Poi traghetto fino in Inghilterra e quindi Londra!»

«Tutti?» domanda Stella. «Anche Fitz?»

«Anche Fitz. Ma adesso dobbiamo fare i bagagli. E stasera si va a letto presto perché domani mattina il treno parte alle cinque. Okay. Mangiamo qualcosa, ci diamo una pulita, prepariamo le valigie e andiamo a nanna».

Lascia un momento soli i figli e va da Giuseppe. Il cane saltella e Lucy si lascia leccare la faccia. Guarda Giuseppe e si chiede che cosa dirgli. È un amico, ma è anziano e a volte si confonde. Decide di raccontargli una bugia.

«Domani porto i bambini in vacanza» annuncia. «Andiamo a Malta a trovare degli amici».

«Bel posto, Malta» replica Giuseppe. «Magico».

«Sì» gli risponde. Ma le dispiace mentire a una delle persone che sono state più gentili con lei.

«Però c'è un caldo boia» aggiunge Giuseppe. «In questo periodo dell'anno, specialmente». Guarda il cane. «Vuoi che te lo tenga io, mentre siete là?»

Il cane! Lucy non ci aveva pensato. La coglie il panico, poi riflette e risponde: «No, lo porto con me. È un cane d'assistenza. Per la mia ansia».

«Soffri d'ansia?»

«Veramente no. Ma ho detto così perché me lo lasciassero portare».

Giuseppe non discute. Non sa bene come funzioni il mondo moderno. È rimasto al 1987.

«Bene» osserva accarezzando il cane. «Così te ne vai in vacanza, eh, cucciolotto? Beato te! Quanto tempo starete via?»

«Due settimane» risponde Lucy. «Forse tre. Se hai bisogno, affitta pure la nostra stanza».

Giuseppe sorride. «Farò in modo che sia libera per quando tornate».

Lucy gli prende la mano. «Grazie» dice. «Di cuore». Lo abbraccia. Chissà se lo rivedrà mai più. Esce dalla stanza prima che lui si accorga che le viene da piangere.

31.

«Passerei la notte nella casa, se non ti dispiace» propone Miller finendo la sua pinta e posando il bicchiere sul tavolo.

«E dove dormi?»

«Non dormo».

Sembra molto deciso.

Libby annuisce. «Okay» dice. «Va bene».

Tornano in Cheyne Walk, Libby apre il lucchetto, sposta la paratia e spalanca il portone. Rimangono un attimo fermi nell'atrio con le orecchie tese a sentire eventuali movimenti, ma il silenzio è assoluto.

«Bene» dice Libby guardando Dido. «Noi andiamo».

Dido annuisce e Libby fa per uscire. «Non hai paura a stare qui da solo?» domanda. «Tutta la notte?»

«Guardami bene» risponde Miller. «Ti sembro uno che si lascia spaventare da una vecchia casa abbandonata in cui morirono suicidi tre membri di una setta vestiti con un saio nero?»

«Preferisci che resti anch'io?»

«No, no. Vai pure a dormire nel tuo lettuccio». Miller si accarezza la barba e la guarda con occhioni imploranti da cucciolo.

Libby sorride. «Se resto è meglio, vero?»

«No, no, no».

Libby scoppia a ridere e guarda Dido. «Ti spiace?» domanda. «Ci vediamo domattina allo showroom».

«Non preoccuparti» risponde Dido. «Vieni pure all'ora che vuoi. Senza fretta».

È l'imbrunire quando Libby torna alla casa dopo aver accompagnato Dido alla stazione della metropolitana. Assapora l'atmosfera di Chelsea in quella calda sera d'estate, i gruppi di adolescenti biondi in jeans strappati e scarpe da ginnastica gigantesche, gli scorci di ambienti raffinati dietro le finestre a ghigliottina. Per un momento immagina di vivere lì, di far parte di quel mondo rarefatto, di diventare una *Chelsea girl*. Immagina la casa di Cheyne Walk arredata con mobili di antiquariato, lampadari di cristallo con le gocce e quadri di arte moderna.

Ma non appena apre la porta del civico numero 16, la fantasia svanisce. Quella villa è tetra, contaminata.

Miller è seduto al tavolo di legno in cucina e alza gli occhi nel sentirla entrare. «Vieni a vedere!»

Usa la torcia dello smartphone per illuminare l'interno di un cassetto. Libby guarda.

«Vedi?» domanda Miller.

Proprio in fondo, a matita, è scritto: IO SONO PHIN.

32.
Chelsea, 1990

Sally se ne andò qualche settimana dopo. Birdie aspettò un paio di giorni e si trasferì in camera di David. Justin invece non se ne andò e si tenne la camera che fino a poco prima aveva diviso con Birdie.

Non ci furono castighi per il trip con l'acido, né per me né per Phin, ma era evidente che Phin pativa l'assenza della madre più di qualsiasi altra punizione avesse potuto comminargli suo padre. Dava la colpa soprattutto a se stesso, e poi a Birdie, che disprezzava profondamente. Quindi incolpava suo padre e purtroppo anche me, sebbene in larga parte a livello subliminale. In fondo ero stato io a dargli la ferale notizia con la quale aveva inavvertitamente distrutto il matrimonio dei suoi genitori. Se fossi stato zitto, non sarebbe successo niente: non saremmo usciti senza permesso, non ci saremmo calati l'acido e lui non avrebbe straparlato di baci e di maiali. E così il legame che si era instaurato tra di noi sulla terrazza svanì completamente. E non piano piano, ma di colpo, lasciandosi dietro una nube tossica.

Facevo fatica a non sentirmi responsabile di tutto. Se penso al motivo per cui gli avevo riferito del bacio, al mio bisogno di farmi notare e di scandalizzarlo, all'assenza di empatia e di considerazione per l'effetto che quella rivelazione poteva avere su di lui… sì, mi sento ancora responsabile. Ma ho pagato la mia colpa, l'ho pagata cara. Perché nel contribuire inconsapevolmente a distruggere il matrimonio dei genitori di Phin, mi rovinai inconsapevolmente la vita.

Un giorno, poco tempo dopo che Sally era andata via, trovai Justin in giardino, seduto al tavolo, intento a smistare mucchi di erbe e fiori. Il fatto che fosse rimasto sotto il nostro tetto insieme con l'ex fidanzata e il suo amante mi pareva triste e vagamente sovversivo. Justin si comportava esattamente come prima, coltivava le sue piante e preparava polveri e tinture che confezionava in sacchettini di stoffa e fialette di vetro con l'etichetta *The Chelsea Apothecary*. Continuava a vestirsi come prima, a fare tutto come prima, senza dare mostra di sofferenze o sconvolgimenti interiori. Avrei voluto sapere come faceva, dato che io invece soffrivo enormemente per il raffreddamento dei rapporti con Phin. Da quando Sally non c'era più e Birdie e David stavano insieme, con i miei che parevano l'ombra di se stessi, sempre più ai margini, Justin mi sembrava la persona più normale della casa.

Mi sedetti di fronte a lui. Mi guardò con cordialità.

«Ciao. Come va?»

«Tutto...» Stavo per aggiungere "bene", ma mi resi conto che non andava bene per niente e quindi rettificai. «Un po' strano».

Justin mi scrutò. «Questo è sicuro» replicò.

Rimanemmo in silenzio. Lo guardai mentre staccava con delicatezza le infiorescenze dai rametti e le posava su un vassoio.

«Perché continui ad abitare qui?» chiesi dopo un po'. «Dopo che con Birdie...»

«Bella domanda» mi interruppe, senza guardarmi in faccia. Finì di togliere le infiorescenze a un rametto, si fregò i polpastrelli e posò le mani in grembo. «Forse perché, anche se non stiamo più insieme, Birdie continua a fare parte di me? Quella parte dell'amore che non è legata al sesso sopravvive più a lungo, capisci? E non deve per forza morire».

Annuii. Era vero anche per me. Sebbene le probabilità che io e Phin ci tenessimo di nuovo per mano o parlassimo con la confidenza di quel giorno sul tetto fossero praticamente pari a zero, i miei sentimenti nei suoi confronti erano immutati.

«Pensi che tornerete insieme?»

Justin sospirò. «Sì, forse» rispose. «O forse invece no».

«Che opinione hai di David?»

«Ah».

Cambiò impercettibilmente atteggiamento. Contrasse le spalle, intrecciò le dita.

«Non so. Per certi aspetti lo trovo una persona straordinaria» rispose. «Per altri inquietante».

«Sì» risposi con più trasporto di quanto avrei voluto. «Sì, anch'io lo trovo inquietante».

«Perché?»

«Be', è una persona...» Alzai gli occhi al cielo cercando di trovare l'aggettivo adatto. «Sinistra».

Justin accennò una risatina. «Giusto» disse. «È proprio così. David è sinistro. Tieni». Mi passò una manciata di fiorellini gialli simili a margherite e un rotolo di spago. «Fanne tanti mazzettini».

«Cos'è?»

«Calendula. Ottima per le irritazioni cutanee».

«E quella, invece?» Indicai le infiorescenze gialle sul vassoio.

«Camomilla. Senti l'odore». Mi passò un'infiorescenza e me la avvicinai al naso. «Non ha un profumo buonissimo?»

Annuii e cominciai a fare un mazzetto di calendule, annodando lo spago con un fiocchetto. «Così va bene?»

«Perfetto. Be', ho saputo di te e Phin» iniziò. «Ho sentito che la settimana scorsa vi siete calati un acido».

Arrossii.

«Accipicchia!» esclamò. «Io la prima esperienza con le droghe l'ho fatta che avevo quasi diciott'anni! Tu quanti ne hai? Dodici?»

«Tredici» risposi con fermezza. «Compiuti».

«Chapeau!» si complimentò. «Giovanissimo».

Non capivo: sembrava quasi che non la considerasse un'azione da sanzionare. Sorrisi comunque.

«Sai» sussurrò con fare cospiratorio, «qui io posso coltivare qualsiasi cosa. In teoria. Capisci cosa intendo?»

Scossi la testa.

«Non coltivo soltanto piante curative, ma anche di diverso tipo. Tutto quello che vuoi».

Ero disorientato. Avevo la sensazione che mi avesse preso per qualcun altro. Annuii serio e chiesi: «Anche piante velenose?»

Justin fece un'altra risatina. «Sì, certo. Sia veleni buoni sia veleni cattivi».

In quel momento si aprì la porta di servizio e ci voltammo a vedere chi era.

Birdie e David, abbracciati. Lanciarono un'occhiata nella nostra direzione e andarono a sedersi dall'altra parte del giardino. L'atmosfera cambiò di colpo. Fu come se una nuvola avesse coperto il sole.

«Tutto okay?» chiesi sottovoce a Justin.

Annuì. «Tutto okay».

Rimanemmo ancora un po' lì a parlare di piante e di erbe e dei loro effetti, ma la presenza di quei due ci opprimeva. Justin mi raccontò della *Atropa belladonna*, che la leggenda vuole fosse stata usata dai soldati di Macbeth per avvelenare gli invasori inglesi, e della cicuta, *Conium maculatum*, usata per la condanna a morte di Socrate. Mi parlò di erbe magiche, capaci di sortire incantesimi, e afrodisiache, come il *Ginkgo biloba*.

«Dove hai imparato tutte queste cose?» domandai.

Justin si strinse nelle spalle. «Sui libri, principalmente. Mia madre adora il giardinaggio e quindi sono cresciuto in mezzo alle piante. L'erboristeria mi ha sempre interessato».

Nessuno mi aveva più fatto scuola, da quando Sally era andata via. Noi bambini giravamo per casa irrequieti e annoiati tutto il santo giorno. «Leggiti un libro» era la risposta standard a chi osava lamentarsi. «Fai un po' di aritmetica».

Ero maturo per apprendere qualcosa di nuovo, che non fossero gli stupidi esercizi di David o le lezioni di violino di Birdie.

«Esistono erbe con cui indurre gli altri a fare cose che non vorrebbero fare?»

«Ci sono gli allucinogeni. I funghetti magici, per esempio».

«Si possono coltivare?» chiesi. «In un giardino come il nostro?»

«Io sono in grado di coltivare qualsiasi cosa, figliolo. In qualsiasi posto».

«Ti posso aiutare?» mi offrii. «Posso imparare anch'io?»

«Certamente» rispose Justin. «Sarai il mio giovane apprendista. Bella idea».

Non so di che cosa parlassero David e Birdie quando erano da soli e non volevo pensare a cosa facessero quando si chiudevano in camera. Certi rumori che provenivano da dietro quella porta mi fanno rabbrividire ancora oggi, a quasi trent'anni di distanza. Dormivo con il cuscino sulle orecchie per non sentirli.

La mattina scendevano insieme con l'aria compiaciuta e altezzosa. David era ossessionato dai capelli di Birdie, che le arrivavano praticamente al sedere. Glieli toccava di continuo, se li arrotolava intorno alle dita, ci giocava, li pettinava con la mano, glieli intrecciava mentre chiacchieravano. Una volta lo vidi che ne prendeva una ciocca fra le dita, se la portava al naso e la annusava con aria rapita.

«Non trovate che Birdie abbia capelli meravigliosi?» chiese un giorno a Clemency e a mia sorella, che avevano i capelli lunghi fino alle spalle. «Non vorreste averli così anche voi?»

«In molte religioni portare i capelli lunghi per le donne è una questione spirituale» sentenziò Birdie.

Né lei né David erano religiosi, ma parlavano comunque tantissimo di religione, nei primi tempi della loro relazione. Discutevano sul senso della vita, gli attaccamenti alle cose materiali, il minimalismo e il Feng Shui. Chiesero a mia madre il permesso di ripitturare di bianco la loro stanza e di spostare altrove l'antico letto di metallo per poter posare il materasso direttamente sul pavimento. Erano contrari a bombolette spray e fast food, farmaci e tessuti sintetici, plastica, automobili e aerei. Già allora temevano gli effetti devastanti del riscaldamento globale e della nostra impronta ecologica. A ripensarci in questa torrida estate del 2018, in cui gli oceani sono pieni di creature marine soffocate dalla plastica e la calotta polare si scioglie sotto le zampe degli orsi bianchi, erano molto avanti. Negli anni Novanta, però, in un mondo che muoveva i primi passi nella tecnologia moderna e nella cultura dell'usa-e-getta, erano un'aberrazione.

Avrei anche potuto provare un certo rispetto per David e Birdie e il loro impegno ambientalista, se David non fosse stato così prepotente da pretendere che vivessimo tutti secondo i suoi dettami. Non si accontentava di dormire su un materasso posato per terra insieme con Birdie: voleva che dormissimo tutti per terra. Lui e Birdie erano contrari ad autoveicoli, aspirina e bastoncini di pesce? Nessuno di noi poteva farne uso. Il brutto presentimento che avevo avuto quando li avevo sorpresi a baciarsi trovava sempre più conferme: Birdie aveva tirato fuori il peggio di David e adesso voleva che David fosse il nostro signore e padrone.

Il libero arbitrio era andato a farsi benedire.

33.

È chiaro fino quasi alle dieci. Libby e Miller chiacchierano seduti in giardino e si accorgono che è buio soltanto quando non riescono più a vedersi il bianco degli occhi. Accendono candele le cui fiammelle danzano nella brezza. Hanno passato l'ultima ora di luce a perquisire la casa e di questo stanno parlando: di ciò che hanno trovato.

Oltre che dentro il cassetto del tavolo della cucina, la scritta IO SONO PHIN era anche sotto la vasca da bagno in mansarda, sullo zoccolo vicino alla porta di una delle camere da letto e dentro un armadio a muro in una camera del primo piano. In una credenza c'erano una manciata di corde per violino e un leggio da musica, e negli armadi dello stanzino con la culla di Libby c'erano ciripà, spille da balia, creme da bebè e tutine da neonato. In un corridoio sul retro della casa hanno scovato un baule pieno di libri ingrigiti e pieni di muffa, testi di erboristeria e fitoterapia, saggi sulla stregoneria nel Medioevo, almanacchi di incantesimi. Erano avvolti in un vecchio plaid, sotto un set di cuscini che dovevano essere per mobili da esterno.

Fra il parquet e lo zoccolo era incastrato un sottile anello d'oro con un marchio che Miller ha fotografato. Poi ha ingrandito l'immagine e cercando su Google ha scoperto che risaliva al 1975, l'anno delle nozze di Henry e Martina. Chissà come aveva fatto quel piccolo oggetto a rimanere nascosto alla polizia e a tutti quanti per venticinque anni, se non di più.

Libby se lo misura all'anulare della sinistra. *L'anello di mia madre*... Le calza perfettamente. Mentre parla con Miller, ci giocherella.

Ogni due o tre minuti si zittiscono e tendono le orecchie

per captare eventuali passi sull'erba e Miller a intervalli regolari va a controllare che non sia entrato nessuno dal cancello sul retro. Portano fuori i cuscini da esterno che hanno trovato nel baule, si sistemano nell'angolo del giardino più lontano dalla porta di servizio e spengono le candele. Stanno chiacchierando sottovoce quando di colpo Miller fissa Libby con gli occhi spalancati e l'indice davanti alla bocca. «Stt!» Ruota lo sguardo verso il fondo del giardino. C'è qualcosa. Libby si mette dritta e vede un'ombra che cammina sull'erba. È un uomo alto e magro, capelli corti, occhiali che riflettono la luce lunare, scarpe da ginnastica bianche e una sacca a tracolla. Lo sconosciuto lancia la sacca sul bunker di cemento e vi sale sopra, poi si arrampica su per il pluviale fino al cornicione del primo piano. Libby e Miller avanzano senza fare rumore e lo guardano scomparire sul tetto.

Libby ha il batticuore. «Ossignore!» esclama sottovoce. «Ossignore. E adesso che cosa facciamo?»

«Boh?» Anche Miller sussurra.

«Gli andiamo a parlare?»

«Non saprei. Tu cosa dici?»

Libby fa no con la testa. Da una parte avrebbe voglia di affrontare lo sconosciuto faccia a faccia, dall'altra è terrorizzata. Guarda Miller. La proteggerà lui. O comunque darà questa impressione. Lo sconosciuto sembrava mingherlino e portava gli occhiali. Così annuisce e risponde: «Sì, entriamo in casa. Vediamo cos'ha da dire».

Miller sembra spaventato. Si riprende subito, però, e mormora: «Va bene. Okay».

La casa è buia e l'unica luce viene dai lampioni lungo la strada e dal riflesso argentato della luna sul fiume. Libby segue Miller, rassicurata dalla sua stazza. Si fermano ai piedi della scala, poi salgono lentamente al primo piano. Lì c'è più luce e dalla grande finestra che dà sulla strada si vede la luna. Alzano tutti e due la testa e poi si guardano.

«Okay?» bisbiglia Miller.

«Okay» risponde Libby.

La botola sul soffitto del corridoio della mansarda è aperta, la porta del bagno è chiusa e si sente uno scroscio di urina nel water. Poi un colpetto di tosse. La porta si apre, esce un uomo. Il primo pensiero di Libby è: *Niente male*. È effettivamente un bell'uomo, giovanile, capelli chiari, rasato, braccia muscolose, maglietta grigia, jeans attillati neri, occhiali alla moda, scarpe trendy.

Nel vederseli davanti, fa un salto per la sorpresa e si porta le mani al petto. «Porco zio» impreca.

Anche Libby e Miller fanno un salto.

Si fissano tutti e tre reciprocamente.

«Ma tu sei...?» chiede lo sconosciuto dopo un momento, e Libby contemporaneamente: «Ma tu sei...?»

Si indicano a vicenda, poi si voltano verso Miller, come se dovesse dare lui una risposta. Alla fine lo sconosciuto guarda Libby e le chiede: «Sei Serenity?»

Libby annuisce. «E tu sei Henry?»

L'uomo resta un attimo confuso, poi capisce e risponde: «No, io sono Phin».

Parte seconda

34.
Chelsea, 1990

Mia madre, da brava tedesca, festeggiava il Natale come si deve. Era la sua specialità. Cominciava a addobbare la casa all'inizio di dicembre: confezionava lei stessa le decorazioni con arance candite, passamanerie colorate e pigne verniciate, e nelle stanze aleggiava profumo di pan di zenzero, *Stollen* e vin brûlé. Niente ghirlande di carta o nastri d'oro e d'argento e neppure cioccolatini ordinari tipo Quality Street o Cadbury.

Le feste piacevano anche a mio padre. Quando eravamo piccoli la vigilia si mascherava da Babbo Natale e mi ricordo ancora che una parte di me sapeva benissimo che era lui, ma un'altra ci credeva veramente. Se ci ripenso, mi sembra che sia avvenuto lo stesso fenomeno di autoinganno con David Thomsen: in casa sapevano tutti che era un uomo come gli altri, ma al tempo stesso lo credevano un dio capace di risolvere ogni loro problema.

Quell'anno mio padre non si vestì da Babbo Natale. Sosteneva che ormai eravamo troppo grandi, e forse aveva ragione. Ma disse anche che non si sentiva bene. Mia madre organizzò lo stesso una festa la sera della vigilia. Seduti intorno a un abete (un po' più dimesso del solito), scartammo i regali (meno numerosi del solito) ascoltando canti di Natale alla radio, con il camino acceso. Dopo una mezz'oretta, appena prima di cena, mio padre si scusò e disse che doveva andare a coricarsi: aveva un mal di testa lancinante.

Trenta secondi dopo stramazzò a terra: aveva avuto un ictus.

In quel momento non lo sapevamo ancora: credevamo

fosse svenuto, o avesse avuto un infarto. Chiamammo il suo medico, il dottor Broughton, che lo visitò, ancora con il maglione di lana rosso e il papillon con l'agrifoglio. Ricordo la faccia che fece quando mio padre lo avvertì che aveva disdetto l'assicurazione sanitaria, la velocità con cui se ne andò, smettendo di colpo i viscidi modi di sempre. Lo mandò in ospedale in ambulanza, a carico del servizio sanitario nazionale, e sparì senza quasi salutare.

Mio padre venne dimesso il giorno di Santo Stefano.

Dissero che stava bene, che per un po' avrebbe avuto qualche difficoltà a livello cognitivo e motorio, ma piano piano avrebbe recuperato completamente. Sarebbe tornato quello di prima nel giro di qualche settimana. Forse anche meno.

Invece, come dopo il primo ictus, non si riprese del tutto. E questa volta gli strascichi furono più gravi: non gli venivano le parole, diceva una cosa per un'altra, restava giorni interi in camera sua seduto in poltrona a mangiare lentamente un biscotto dietro l'altro. A volte rideva al momento sbagliato, in altri casi non capiva la battuta.

Si muoveva con grande lentezza, faticava a salire e scendere le scale. Smise di uscire di casa.

E più mio padre si indeboliva, più David Thomsen si allargava.

Quando, nel maggio 1991, compii quattordici anni, avevamo già ferrei regolamenti da seguire alla lettera. Non si trattava di regole normali, tipo non posare i piedi sul divano o non guardare la TV se prima non hai finito i compiti. Non erano le regole che seguivamo da una vita.

Erano regole dispotiche, folli, scritte con il pennarello nero su un grande foglio appeso in cucina con lo scotch. Me le ricordo ancora adesso:

È VIETATO:
– tagliarsi i capelli SENZA L'AUTORIZZAZIONE di David e/o Birdie

– guardare la TV
– ricevere visite SENZA L'AUTORIZZAZIONE di David e/o Birdie
– essere vanitosi
– essere ingordi
– uscire SENZA L'AUTORIZZAZIONE di David e/o Birdie
– mangiare carne
– produrre più di quattro unità di rifiuti solidi urbani a persona, organico compreso
– fare uso di:
prodotti ricavati da animali (cuoio, camoscio, lana, piume)
contenitori di plastica
tessuti colorati artificialmente
prodotti farmaceutici
prodotti chimici.

È CONSENTITO lavarsi UNA sola volta AL GIORNO e usare lo shampoo UNA sola volta A SETTIMANA.

Sono obbligatorie per TUTTI minimo due ore di palestra al giorno con David.

Sono obbligatorie per TUTTI I BAMBINI minimo due ore di sala musica al giorno con Birdie.

Sono ammessi ESCLUSIVAMENTE cibi fatti in casa con ingredienti biologici.

È proibita qualsiasi forma di riscaldamento (elettrico o a gas).

È proibito alzare la voce.

È proibito il turpiloquio.

È proibito correre.

All'inizio l'elenco di divieti era breve, ma quanto più David assumeva il controllo, tanto più si fece lungo e variegato.

In quel periodo Sally veniva ancora una o due volte alla settimana per vedere i figli e portarli fuori a cena. Dormiva sul divano di un'amica a Brixton, ma stava affannosamente cercando una sistemazione per sé e per loro. Ogni volta che vedeva sua madre, Phin tornava di pessimo umore, si chiudeva in camera sua e non scendeva neanche per mangiare. In realtà molte delle regole erano state stabilite a causa sua, perché David trovava che Phin si comportasse in maniera inqualificabile. Non sopportava lo spreco di cibo e la porta chiusa a chiave. Non sopportava comportamenti diversi da quelli previsti nella sua visione del mondo. Non sopportava gli adolescenti.

Vennero pertanto aggiunti altri due divieti:

È VIETATO CHIUDERE A CHIAVE LE PORTE.
È VIETATO NON PRESENTARSI A TAVOLA ALL'ORA DEI PASTI COMUNITARI.

Era la quinta volta che Phil si chiudeva in camera dopo essere stato con sua madre, violando il divieto. La mattina mi svegliò il rumore di un trapano. David stava rimuovendo la serratura dalla porta di Phil. Aveva la faccia rabbiosa e stringeva con forza l'avvitatore elettrico.

Phin stava a guardare, seduto sul letto a braccia conserte.

All'ora di cena era ancora lì, nella stessa posizione, muto e con la faccia tetra. David lo trascinò giù di peso e lo fece sedere su una sedia, mentre Phin continuava a incrociare le braccia.

David avvicinò la sedia al tavolo e mise sotto il naso di Phin una fondina piena di riso al curry con la zucca. Phin non si mosse e David prese un cucchiaio di riso e cercò di infilarglielo in bocca, ma Phin serrò le labbra. Sentii il rumore del cucchiaio che batteva sui denti. Fu una scena allucinante. Phin aveva solo quindici anni e mezzo, ma sembrava più grande, era alto e muscoloso. La situazione rischiava di degenerare in violenza da un momento all'altro. Phin però non si mosse, gli occhi fissi sulla parete di fronte, la faccia contratta per la collera e la determinazione.

Alla fine David smise di provare a imboccare il figlio e lanciò il cucchiaio dalla parte opposta della stanza, disegnando sul muro uno schifoso arco giallastro. Il cucchiaio toccò terra producendo un brutto rumore metallico.

«Va' in camera tua!» urlò David. «Subito!» Gli pulsava una vena sulla tempia, era paonazzo e aveva il collo rigido. Non avevo mai visto nessuno così furibondo.

«Con molto piacere» sibilò Phin.

La mano di David si materializzò quasi al rallentatore e colpì Phin dietro la testa, mentre gli passava accanto. Il ragazzo si girò di scatto e scambiò con il padre uno sguardo pieno di odio.

Poi se ne andò. Sentimmo i suoi passi su per la scala. Qualcuno tossicchiò nervoso. Birdie e David si lanciarono un'occhiata. Era come se lei gli dicesse che stava perdendo il controllo e doveva fare qualcosa e lui, cupo e rabbioso, le rispondesse che sì, certo che avrebbe fatto qualcosa.

Finito di cenare salii subito da Phin.

Era seduto sul letto e si abbracciava le ginocchia. Mi guardò. «Cosa c'è?»

«Stai bene?»

«Secondo te?»

Feci un passo avanti e aspettai di vedere se mi mandava via. Non lo fece.

«Ti ha fatto male?» chiesi. «Quando ti ha picchiato».

I miei genitori erano strambi, ma non mi avevano mai picchiato. Per me, era inimmaginabile.

«No».

Mi avvicinai di un altro passo.

Phin alzò la testa di scatto e fu come l'altra volta: mi guardò veramente. Mi vide veramente.

«Non posso restare qui» dichiarò scuotendo la testa. «Devo andare via».

Mi si fermò il cuore. Phin era l'unica cosa che dava un senso al mio futuro.

«Dove andrai?»

«Non lo so. Da mia madre».

«Ma non...»

Stavo per dirgli: *Ma non dorme sul divano di un'amica a Brixton?* Lui mi prevenne: «Non lo so, okay? So solo che me ne devo andare da qui. Non ce la faccio più».

«Quando pensi di andartene?»

«Ora».

Mi guardò sbattendo le ciglia lunghissime e io cercai di interpretare la sua espressione. Sfida, forse.

«Vuoi mica che… Non dovrei… venire con te?»

«No, figuriamoci! E che cazzo».

Mi ritrassi. No, certo che no.

«Che cosa dico, se me lo chiedono?»

«Niente» rispose. «Non dire niente».

Annuii spalancando gli occhi. Phin stava infilando le sue cose in un sacchetto chiuso con la coulisse: mutande, calze, una maglietta, un libro, lo spazzolino da denti. Si voltò e vide che lo guardavo.

«Va' via, per favore».

Uscii dalla sua camera e mi avviai lentamente verso la scala sul retro. Mi sedetti sul terzo gradino lasciando la porta socchiusa. Fu così che lo vidi sparire nella botola con il sacchetto in mano. Non avevo idea di cosa volesse fare, di dove volesse andare. Magari aveva intenzione di dormire in terrazza. No, riflettei subito dopo: era maggio ma faceva ancora troppo freddo. Sentii dei rumori strani e corsi in camera di Phin a guardare dalla finestra. Premetti il naso contro il vetro e lo vidi correre nel giardino verso le ombre scure degli alberi, per poi sparire nel buio.

Mi voltai a guardare la stanza vuota. Presi il cuscino e me lo premetti sul viso aspirando il suo odore.

35.

La mattina dell'indomani Lucy esce da Casa Celeste quando è ancora buio. I bambini sono assonnati e silenziosi. Lucy paga i biglietti del treno trattenendo il fiato perché ha l'impressione che la cassiera conosca i suoi segreti più reconditi. Trattiene il fiato anche salendo sul treno e quando arriva il controllore e chiede di vedere i biglietti. Trattiene il fiato ogni volta che il treno rallenta, guarda se fuori lampeggiano auto della *gendarmerie*, se ci sono poliziotti in giro. A Parigi si siede con il cane e i figli nell'angolo più tranquillo del caffè più tranquillo che trova, in attesa del treno per Cherbourg. Ricomincia la paura: la paralizza a ogni tappa del percorso, ogni volta che c'è qualche operazione da compiere. A mezzogiorno, mentre salgono sul treno, Lucy immagina Joy nella villa di Michael chiedersi dove sia andato, e le monta l'adrenalina al punto che si sente morire. Passa mentalmente in rassegna ogni angolo di quella casa alla ricerca di indizi dimenticati che possano mettere in allarme Joy e farla scendere subito in cantina. Ma no, è certa di non aver dimenticato nulla. Certissima. Si è assicurata un vantaggio di almeno ventiquattr'ore, forse addirittura tre o quattro giorni. E, a quel punto, anche se Joy parlerà con la polizia della bella signora di nome Lucy, madre del figlio di Michael, ciò li indurrà a sospettare di lei? È probabile che Joy riferisca piuttosto dei loschi figuri che a volte vanno da Michael a parlare di non meglio precisati affari, che li instradi nella direzione sbagliata. E c'è da sperare che, quando gli investigatori si renderanno conto di essere in un vicolo cieco, Lucy sia ormai irreperibile.

Quando, la sera, il treno entra nella stazione di Cherbourg, il battito le è tornato quasi normale e ha abbastanza appetito da mangiare il croissant che ha comprato a Parigi.

Vanno al posteggio dei taxi e salgono su una Renault Scénic un po' malconcia. Lucy chiede al tassista di portarli a Diélette. Il cane sulle sue gambe posa il muso sul finestrino aperto a metà. È tardi. I figli si appisolano.

Diélette è un paesino fra il verde e le colline con un porto piccolissimo. A imbarcarsi sul traghetto per Guernsey sono soprattutto inglesi, perlopiù famiglie con bambini. Lucy stringe i passaporti con le mani sudate. Sono francesi, ma lei è inglese. I bambini hanno cognomi diversi da quello sul suo passaporto. Stella ha la pelle di un altro colore. Hanno zaini enormi e sono talmente esausti che possono sembrare malati. E comunque viaggiano con documenti fasulli. Lucy è convinta che li fermeranno, li prenderanno da parte e le rivolgeranno mille domande. Ha pianificato questo lungo e tortuoso viaggio di ritorno a Londra per far perdere le sue tracce, eppure, quando porge i passaporti all'imbarco, il cuore le batte talmente forte che teme che il doganiere se ne accorga. L'uomo sfoglia i passaporti, controlla le foto e i loro visi, restituisce i documenti e fa cenno di proseguire.

Finalmente salpano e si ritrovano nelle acque burrascose della Manica, con la Francia che si allontana alle loro spalle.

Lucy, a poppa, tiene Stella sulle ginocchia per farle guardare il Paese in cui è nata, l'unico in cui abbia mai vissuto, svanire all'orizzonte.

«Bye-bye, Francia» dice la bambina facendo ciao con la mano. «Bye-bye».

36.

Libby guarda l'uomo che si è appena presentato come Phin.

Anche lui la guarda. «Un tempo vivevo qui» dichiara, benché nessuno gli abbia chiesto spiegazioni. Poi, prima che Libby possa ribattere alcunché, si affretta ad aggiungere: «Sei molto carina».

Libby mormora: «Grazie».

Poi l'uomo guarda Miller e chiede: «E tu chi sei?»

«Piacere». Miller gli tende la mano grande, da orso. «Miller Roe».

Phin lo scruta. «Il nome non mi è nuovo».

Miller emette un verso sommesso e alza le spalle.

«Sei il giornalista?»

«Sì».

«Era un articolo di merda. Tutto sbagliato».

«Sì» replica Miller. «Adesso me ne rendo conto».

«Non riesco a credere che tu sia così bella» ripete l'uomo rivolto a Libby. «Assomigli un casino a…»

«Mia madre?»

«Sì, a tua madre».

Libby pensa alle foto di sua madre con i capelli tinti di nero stile Priscilla Presley, gli occhi pesantemente truccati di nero. È lusingata.

Gli chiede: «Che cosa vieni a fare qui?»

Phin risponde: «Aspettavo te».

«L'altro giorno sono venuta e ti ho sentito muovere di sopra. Come mai non sei sceso?»

Phin si stringe nelle spalle. «Sono sceso, ma quando sono arrivato al pianterreno, tu non c'eri già più».

«Ah».

«Vogliamo…?» Phin indica le scale.

Lo seguono di sotto, fino in cucina.

Phin si siede a un lato del tavolo, Miller e Libby di fronte. Libby studia il volto di Phin: dovrebbe avere una quarantina d'anni, ma ne dimostra meno. Ha ciglia lunghissime.

«Adesso questo è tutto tuo» dice allargando le braccia.

Libby annuisce. «In realtà dovrebbe essere anche dei miei fratelli, no?»

«Peggio per loro. A proposito: buon compleanno. Auguri in ritardo».

«Grazie» risponde Libby. «Da quanto tempo non vivi più qui?»

«Decenni».

Il silenzio che segue è lungo e fragile. È Phin a spezzarlo. «Immagino avrai un sacco di domande da farmi».

Miller e Libby si scambiano una breve occhiata. Libby annuisce.

«Andiamo da qualche altra parte?» propone Phin. «Io abito di là del fiume. Ho una terrazza, vino bianco in frigo e gatti morbidi come cuscini».

Altro scambio di occhiate fra Libby e Miller.

«Non vi ammazzo, tranquilli» aggiunge Phin. «Né io né i gatti. Andiamo, su. Vi racconterò tutta la storia».

Venti minuti dopo, Libby e Miller escono da uno stretto ascensore e seguono Phin in un corridoio con il pavimento di marmo.

Lui abita nell'appartamento in fondo.

Le luci si accendono automaticamente al loro passaggio. Entrano in un soggiorno con la vetrata che si apre su una terrazza vista fiume.

Colori chiari. Un divano lunghissimo color panna con una grande pelle di montone bianca sopra. Una bizzarra composizione di rose e gigli in un vaso che potrebbe stare nello showroom di Northbone Kitchens.

Phin prende un piccolo telecomando per aprire la portafinestra e li invita ad accomodarsi in terrazza, dove ci sono due divanetti con un tavolino in mezzo. Mentre va a prendere il vino, Miller e Libby si guardano.

«Questo posto varrà un paio di milioni di sterline» dice Miller.

«Come minimo» conferma Libby. Si alza e va ad ammirare il panorama. «Guarda!» esclama. «La casa è proprio di fronte».

Miller la raggiunge. «Be', non penso sia un caso fortuito» osserva ironico.

«Secondo te ci spiava?»

«Sicuramente sì. Perché è venuto a stare qui, sennò?»

«Che impressione ti ha fatto?» chiede Libby sottovoce.

Miller alza le spalle. «Mah, forse è un po'...»

«Un po' strano?»

«Sì. E anche...»

Ma in quel momento Phin torna con una bottiglia di vino e tre bicchieri in un cestello pieno di ghiaccio in una mano, e un gatto nell'altra. Posa il cestello, ma tiene in braccio il gatto. «Vi presento Mindy» dice, muovendo la zampetta del felino a mimare un saluto militare. «Mindy, ti presento Libby e Miller».

La gatta li ignora e cerca di divincolarsi. «Oh» si lamenta Phin quando salta giù e se ne va. «Okay. Fa' pure la scorbutica, io non mi offendo».

Si volta verso i due ospiti e dice: «Mindy è la mia preferita. Ho la tendenza ad amare non corrisposto. Motivo per cui sono single».

Stappa la bottiglia e riempie i bicchieri.

«Cincin» dice. «Alla gioia di ritrovarsi».

Brindano e assaggiano il vino. Il silenzio è più pesante, ora.

«Che vista incredibile!» dice Miller. «Vivi qui da tanto tempo?»

«No. Hanno finito di costruire soltanto l'anno scorso».

«Straordinario, eh? Proprio di fronte a Cheyne Walk».

Phin annuisce. «L'ho scelto apposta» dice a Libby. «In previsione del tuo ritorno».

Compare un altro gatto persiano, grassissimo, con gli occhi fuori dalle orbite. «Ah, eccoti qua!» dice Phin. «Sei venuto in cerca di attenzioni? Hai sentito che avevo ospiti e ti sei ingelosito?» Solleva l'enorme felino e se lo posa in grembo. «Lui è Dick. Un bel maschione. Almeno così sono sicuro di poterne abbracciare uno, quando mi sento solo».

Libby ride e beve un sorso di vino. In un altro contesto potrebbe essere una serata bellissima, a bere vino bianco insieme a due uomini interessanti, su una splendida terrazza vista Tamigi in una tiepida notte d'estate. In questo contesto, invece, la serata ha qualcosa di vagamente morboso e inquietante. Persino i gatti le incutono timore.

«Allora» dice Miller. «Sono qui in veste di giornalista o di privato cittadino? Se ci racconti la storia di Cheyne Walk, poi la posso pubblicare?»

«Decidi tu...»

«È un problema se ti registro?» chiede Miller, cercando lo smartphone nella tasca posteriore dei calzoni.

«No, no» risponde Phin, pettinando il manto del gatto con le dita. «Non ho più nulla da perdere. Fa' pure».

Miller traffica brevemente con il telefono. Libby nota che gli tremano un po' le mani: è emozionato. Anche lei lo è, e beve una lunga sorsata di vino per calmarsi. Miller posa lo smartphone sul tavolo e dice: «Okay. Poco fa dicevi che la ricostruzione dei fatti che ho esposto nel mio articolo era sbagliata. Cominciamo da qui?»

«Certo». Il gattone salta giù e Phin distrattamente si toglie i peli che gli sono rimasti attaccati ai vestiti.

«Nel mio lavoro di ricerca, avevo individuato un certo David Thomsen. Thomsen con la E».

«Sì» risponde Phin. «Mio padre».

Libby vede l'espressione di Miller, che espira soddisfatto e sollevato e dice: «E tua madre... Sally?»

«Sì, mia madre si chiama Sally».

«E Clemency?»

«Mia sorella».

«E il terzo morto...»

«Era mio padre». Phin annuisce. «Peccato che tu ci sia arrivato solo dopo aver pubblicato l'articolo».

«In realtà il sospetto l'ho sempre avuto, ma non sono mai riuscito a rintracciare nessuno di voi. Dove eravate finiti?»

«Io ti posso raccontare dove sono finito io. Non ho la più pallida idea di dove siano mia madre e Clemency».

«Non siete rimasti in contatto?»

«No, per niente. L'ultima volta che ho visto mia madre ero un adolescente. So che abita in Cornovaglia e forse anche Clemency sta lì». Fa spallucce e prende il bicchiere. «A Pentreath» specifica.

Miller gli lancia un'occhiata perplessa.

«Sì, penso che viva a Pentreath».

«Capito» risponde Miller. «Grazie».

«Prego» replica Phin. Poi si frega le mani e dice: «Altre domande? Non volete sapere che cosa successe la sera in cui morirono tutti?»

Miller fa un sorriso cupo e risponde: «Sì, certo. Che cosa successe?»

Phin li guarda con aria birichina, poi avvicina la bocca allo smartphone di Miller e dichiara: «Tanto per cominciare, non fu suicidio, ma omicidio».

37.
Chelsea, 1991

Phin era andato via da una settimana. Senza di lui era tutto insensato e insopportabile. Finché c'era Phin, ogni volta che entravo in cucina avevo l'opportunità di vederlo e ogni giornata era gravida di possibili incontri. Senza di lui, vivevo in una casa buia e in mezzo a sconosciuti.

Una settimana dopo sentii sbattere il portone e poi voci alterate nell'ingresso. Era tornato Phin. Era con Sally, la quale parlava animatamente con David, che ascoltava a braccia conserte.

«Non gli ho chiesto io di venire, santo cielo! Non l'avrei mai fatto. Per Toni è già un disagio ospitare me, figurati se le imporrei pure mio figlio!»

«Perché non hai chiamato?» le chiese David.

«Perché mi ha detto che tu eri al corrente. Come facevo a saperlo? E comunque alla fine ti ho chiamato, no?»

«Credevo che fosse morto! Eravamo preoccupatissimi».

«A chi cazzo ti riferisci usando il plurale maiestatis?»

«A noi tutti» rispose David. «E ti prego di evitare il turpiloquio in casa nostra».

«Phin mi ha detto che lo hai picchiato».

«Gli ho mollato una sberla. Non l'ho *picchiato*».

«Una sberla?»

«Tu non sai cosa vuol dire avere a che fare con Phin tutti i santi giorni. È maleducato, ruba, si droga, manca di rispetto agli adulti...»

Sally alzò una mano. «Basta così» lo interruppe. «È l'età. Phin è un bravo ragazzo, ma è un adolescente. Gli adolescenti sono così».

«Nella tua patetica visione del mondo, forse. Ma la stragrande maggioranza delle persone non la pensa come te. Phin non ha scusanti. Io non mi sognavo neanche di comportarmi così, alla sua età. È diabolico».

Vidi che Sally stringeva la spalla di Phin. Era affranta. Disse: «Domani vado a vedere un appartamento a Hammersmith. Con due camere da letto. Così possiamo cominciare a tenere i figli un po' per uno».

David la guardò scettico. «Come pensi di pagare l'affitto?»

«Lavoro, ho messo da parte dei soldi...»

«Be', vedremo. Comunque, seriamente, credo che a Phin non faccia bene vivere con te. Sei troppo indulgente con lui».

«Non sono indulgente, David: cerco di essere comprensiva. Dovresti provarci anche tu, qualche volta».

Sally si trattenne un paio d'ore. L'atmosfera era tossica. Birdie non scese dalla sua stanza, ma la sentivo tossire e sospirare e camminare avanti e indietro in maniera ostentata. Quando alla fine Sally si congedò, Birdie scese di corsa e si gettò fra le braccia di David. «Stai bene, amore mio?» gli chiese in tono melodrammatico.

David annuì, stoico. «Sì, sto bene».

Poi guardò Phin, strinse gli occhi a fessura e pronunciò le parole che segnarono l'inizio del vero incubo.

«D'ora in avanti cambieranno un bel po' di cose in questa casa. Tenetelo bene a mente».

La prima cosa che cambiò fu che Phin doveva essere guardato a vista da David o Birdie, oppure stare chiuso in camera. Non so come, ma gli altri adulti in qualche modo si persuasero che era la cosa più giusta, sana e razionale da fare e cercarono di convincere anche noi. *È per il suo bene*, ripetevano come fosse un mantra.

A Phin era consentito uscire dalla sua cella esclusivamente per lavarsi, lavorare in giardino, aiutare in cucina, studiare il violino, mangiare e allenarsi.

All'inizio non ci sembrò così terribile, perché eravamo abituati a trascorrere gran parte del tempo libero ciascuno nella propria camera. A ripensarci, trovo assolutamente straordinaria la capacità di adattamento dei bambini. Ma metterlo nero su bianco adesso, a distanza di tempo, mi fa venire i brividi.

Un giorno ero seduto a gambe incrociate sul letto di camera mia. Phin era tornato a casa da poco, dopo la fuga dalla madre. Leggevo un libro che mi aveva prestato lui e sobbalzai nel ritrovarmelo davanti: era sera ed ero convinto che lo avessero già rinchiuso per la notte.

«Come hai...?» cominciai.

«Mi ha accompagnato su Justin, dopo cena» disse. «E, guarda caso, si è dimenticato appositamente di chiudermi dentro a chiave».

«E bravo Justin» replicai. «Che cosa fai? Non vorrai scappare di nuovo, vero?»

«No» rispose. «A questo punto non ha senso. Mia madre trasloca la settimana prossima. Andrò a vivere con lei. E la farò finita con tutta questa merda».

Fu un pugno nello stomaco. Con voce rotta chiesi: «Pensi che tuo padre ti lascerà andare?»

«Me ne sbatto. Che mi lasci o meno, a dicembre compio sedici anni e potrò scegliere di stare con mia madre. Lui non ci può fare un cazzo».

«E Clemency?»

«Verrà a stare dalla mamma pure lei».

«Pensi che anche David e Birdie andranno via, se non ci sarete più né tu né Clemency?»

Phin scoppiò in un'aspra risata. «Ma figurati! Dove altro la trova mio padre una pacchia così?»

Rimanemmo zitti un momento. Poi Phin disse: «Ti ricordi quando siamo saliti sulla terrazza e ci siamo calati l'acido?»

Annuii. Certo che me lo ricordavo!

«Ne abbiamo un altro. Te lo ricordi, vero?»

«Un altro...»

«Un altro acido. Il tipo di Kensington Market me ne aveva dati due e ce ne siamo fatti uno a metà».

Mi lasciai entrare in circolo quell'informazione.

«Vorresti...?»

«Esatto. Sono tutti convinti che io sia chiuso a chiave in camera mia, le ragazze dormono. Per un po' non salirà nessuno. Potresti scendere a dare la buonanotte e portare su un bicchiere d'acqua. Ti aspetto qui».

Ovviamente feci quello che mi aveva chiesto.

Ci infilammo un maglione e prendemmo un plaid. Salii per primo, Phin mi passò l'acqua dalla botola e mi raggiunse. Era luglio, ma era fresco e umido. Phin cercò il sacchetto con l'acido, che aveva nascosto in un vaso. Avrei preferito non prenderlo e sperai che avesse perso un po' della sua potenza, dopo essere rimasto lì tutto quel tempo, esposto agli elementi. Anzi, se una folata di vento se lo fosse portato via, sarebbe stato ancora meglio. Ma il massimo sarebbe stato che Phin lo mettesse via e dicesse: «Non ne abbiamo bisogno, perché io ho te e tu hai me».

Liberammo le sedie di plastica dalle foglie cadute e ci sedemmo vicini.

Phin si mise il quadratino di carta nel palmo della mano.

Il cielo era bellissimo: blu reale con sfumature ambrate e rosa, si rifletteva sul Tamigi. Il Battersea Bridge luccicava in lontananza.

Anche Phin ammirava il cielo. L'atmosfera era diversa, rispetto alla volta precedente. Phin era diverso. Più pensoso, meno ribelle.

«Cosa pensi che finirai per fare da grande?» mi domandò.

«Qualcosa con i computer» risposi. «O nel cinema».

«O magari tutti e due» suggerì Phin.

«Giusto» concordai, felice. «Potrei produrre film con il computer».

«Bello» commentò.

«E tu?»

«Voglio andare a vivere in Africa» rispose. «Fare la guida nei safari».

Risi. «Da dove ti è venuta l'idea?»

«Da un safari che feci quando avevo sei anni, dove vidi degli ippopotami che si accoppiavano. Mi è rimasto impresso. Così come mi è rimasto impresso il tipo che ci ha accompagnato. Un inglese molto *cool*. Si chiamava Jason».

Colsi la nota di nostalgia nella sua voce e mi sentii vicino a lui in un modo che in quel momento non riuscii a decifrare.

«Mi ricordo che dissi ai miei che da grande volevo fare la guida naturalistica e mio padre rispose che ad accompagnare in giro per l'Africa turisti su una Land Rover non avrei guadagnato granché. Come se i soldi fossero l'unica cosa che conta...»

Sospirò e abbassò gli occhi. «Allora» disse. «Ce lo caliamo?»

«Poco» dissi. «Stavolta ne vorrei meno di metà».

Le ore successive furono un sogno fantastico. Guardammo il cielo finché le varie sfumature di colore non virarono tutte verso il nero. Discettammo del senso della vita e ridemmo fino a farci venire il singhiozzo.

A un certo punto Phin disse: «Devi venire a trovarmi a Hammersmith, qualche volta. Magari ti fermi a dormire».

«Volentieri».

Dopo un po' chiesi: «Che effetto ti farebbe se ti baciassi?»

Phin scoppiò in una risata che durò un'eternità e si concluse con un accesso di tosse. Lo guardavo con un sorrisetto scemo, mentre era piegato in due dal ridere, cercando di capire che cosa volesse dire quella risata.

«Sul serio» insistetti. «Come reagiresti?»

«Ti spingerei giù dal tetto» replicò, sempre sorridendo. Poi allargò le dita. «Finiresti spiaccicato per terra».

Mi sforzai di ridere. *Ah-ah-ah. Spiritoso.*

Phin disse: «Dai, andiamo via».

«Dove vuoi andare?»

«Ti faccio vedere. Seguimi».

Lo seguii. Quanto ero cretino! Lo seguii in mansarda e poi fuori dalla finestra e giù lungo il muro, in preda a un senso di nausea e di vertigine che scaturiva dalla follia di quella fuga per una via rischiosissima.

«Cosa vuoi fare?» continuavo a chiedergli, aggrappandomi con le unghie ai mattoni del muro esterno della casa, i pantaloni strappati dalle sporgenze. «Dove mi stai portando?»

«È la mia via di fuga segreta» mi confidò con sguardo da esaltato. «Scendiamo giù al fiume, dai! Non lo verrà a sapere nessuno!»

Quando finalmente posai i piedi per terra, sanguinavo da tre tagli diversi, ma me ne infischiai e seguii Phin nel buio fino in fondo al giardino e a un cancello di cui ignoravo l'esistenza. Come nel mondo di Narnia, ci ritrovammo in un giardino che non era il nostro e Phin mi prese per mano e mi portò oltre due angoli, nella magica oscurità di Chelsea Embankment, oltre quattro corsie di traffico, fino al lungofiume. Lì mi mollò la mano e per un attimo restammo fianco a fianco a osservare i vermi d'oro e d'argento che strisciavano sul pelo dell'acqua. Io guardavo Phin, che sotto quel magico riflesso cangiante mi sembrava più bello che mai.

«Smettila di fissarmi» mi disse.

Continuai a farlo.

«Dai, smettila» insistette. «Sul serio».

Ma io non smisi.

Allora lui mi diede uno spintone, mi spinse nell'acqua nera con tutt'e due le mani, e mi ritrovai sommerso, le orecchie piene di bollicine sonore, i vestiti che diventavano sempre più pesanti e mi si appiccicavano alla pelle. Provai a urlare e bevvi. Cercai l'argine a tastoni, ma gambe e braccia si dibattevano nel nulla. Poi aprii gli occhi e vidi facce intorno a me: una costellazione di facce annerite. Provai a parlare, a chiedere aiuto, ma mi voltarono tutti le spalle e infine riemersi, il polso che mi faceva male, la faccia di Phin che mi trascinava sui gradini di pietra e sull'argine.

«Sei matto come un cavallo» disse ridendo, come se buttarmi nel Tamigi fosse stata un'idea mia o uno sfortunato incidente.

Lo spinsi via. «Stronzo!» gli urlai e la voce ancora da bambino mi uscì stridula e detestabile. «Sei proprio uno stronzo di merda!»

Me ne andai di corsa, attraversai la strada a quattro corsie facendomi insultare da uno che mi assordò con il clacson, e arrivai davanti a casa.

Phin mi raggiunse sul portone, senza fiato.

«Che cazzo fai?»

Mi sarei dovuto fermare. Avrei dovuto prendere un bel respiro e riflettere. Ma ero troppo arrabbiato e non soltanto perché Phin mi aveva buttato nel Tamigi, freddo e sporco da far schifo, ma per l'atteggiamento altalenante di tutti quegli anni, perché Phin mi veniva a cercare sempre e solo quando gli faceva comodo e tutto il resto del tempo mi lasciava cuocere nel mio brodo. Lo guardai: era asciutto e bellissimo, mentre io ero fradicio e orrendo. Mi voltai e suonai il campanello con decisione.

Phin mi fissò e intuii che stava decidendo se restare o scappare. Un secondo dopo la porta si aprì e David guardò prima me e poi suo figlio e poi di nuovo me e gonfiò il petto stringendo le labbra, come una belva in gabbia pronta ad attaccare. Alla fine disse, lento ma micidiale: «Dentro!»

Phin si voltò e scappò via, ma suo padre aveva le gambe più lunghe ed era più atletico di lui: lo raggiunse ancor prima che arrivasse all'angolo della strada e lo placcò. Osservai la scena battendo i denti e stringendomi le mani al petto.

Comparve mia madre. «Cosa succede?» domandò guardando oltre la mia testa. «Cos'avete combinato?»

«Phin mi ha spinto nel fiume» balbettai battendo i denti.

«Oh, Gesù!» esclamò, tirandomi per un braccio. «Gesù santissimo. Vieni, togliti quei vestiti bagnati. Ma che diamine…»

Non entrai in casa a cambiarmi. Rimasi a guardare David che trascinava suo figlio lungo il marciapiede come un cacciatore con la sua preda.

È finita, pensai. *Ormai non c'è più niente da fare.*

38.

Il mercoledì mattina, dopo due notti in un bed & breakfast piuttosto spartano e una traversata fino a Portsmouth con il mare mosso, Lucy noleggia un'automobile e parte per Londra.

Ha lasciato l'Inghilterra d'inverno e l'ha sempre ricordata fredda, alberi spogli, gente infagottata, tempo infame. Invece quell'estate è lunga e calda e le strade sono piene di persone allegre, abbronzate, in calzoncini corti e occhiali da sole, i dehors sono affollati, fuori dai negozi ci sono sedie a sdraio e i bambini fanno il bagno nelle fontane.

Stella guarda dal finestrino. È seduta dietro, con Fitz in braccio. Non è mai stata fuori dalla Francia. È sempre vissuta in Costa Azzurra. La sua breve vita si è svolta fra i boulevard di Nizza, Casa Celeste, la scuola materna e la casa della nonna.

«Ti piace l'Inghilterra?» le chiede Lucy, guardandola nello specchietto retrovisore.

«Sì» risponde la bambina. «Ha dei bei colori».

«Bei colori, eh?»

«Sì. Gli alberi sono verdissimimissimissimi».

Lucy sorride e Marco, consultando Google Maps, le dà indicazioni per raggiungere l'autostrada.

Tre ore dopo arrivano alla periferia di Londra.

Marco guarda fuori cercando il Big Ben o Buckingham Palace, ma vede soltanto fast food e negozi di elettrodomestici usati.

Finalmente attraversano il Tamigi. È una giornata splendida e il fiume brilla nel sole davanti alle case di Cheyne Walk.

«Siamo arrivati» annuncia. «La casa è qui».

«Qual è?» domanda Marco emozionato.

«Quella» risponde Lucy indicando il civico numero 16. Il tono è tranquillo, ma la vista della casa l'ha scombussolata.

«Quella con la porta sbarrata?» chiede Marco.

«Esatto» risponde lei, guardando la casa e contemporaneamente un posto dove parcheggiare la macchina.

«È grande» commenta Marco.

«Sì» risponde Lucy. «Per essere grande, è grande».

Tuttavia le sembra più piccola, ora che è diventata adulta. Da bambina le pareva gigantesca, adesso si rende conto che è una semplice casa. Bella, ma non un castello.

Non c'è posteggio nelle vicinanze e Lucy finisce per lasciare la macchina in fondo a King's Road, in un posto di World's End dove per pagare la sosta le tocca scaricare una app.

Fa caldo come nel sud della Francia.

Quando arrivano alla casa, sono tutti sudati e il cane ha la lingua di fuori.

Le assi che sbarrano il portone sono chiuse con un lucchetto. Uno accanto all'altro, guardano la grande villa.

«Sicura che sia questa?» domanda Marco. «A me sembra che non ci abiti nessuno».

«Attualmente no» replica Lucy. «Ma adesso noi entriamo e aspettiamo che arrivino».

«Come facciamo a entrare?»

Lucy inspira e risponde: «Venite con me».

39.

La mattina dopo, Libby si sveglia con il sole negli occhi. Cerca a tastoni il telefono per terra, accanto al letto e sul comodino. Non c'è. Si sente annebbiata, confusa. Si tira su a sedere e si guarda intorno. È in una cameretta bianca, su un letto basso di legno, con un materasso enorme. E accanto a lei c'è Miller.

Istintivamente si copre con il lenzuolo, ma subito dopo si accorge di avere addosso la biancheria e il top che indossava ieri. Ricorda vagamente di essersi levata gli short mentre Miller era in bagno e di essersi infilata sotto le lenzuola. Ricorda vagamente di essersi lavata i denti con il dito e sente il dentifricio ancora attaccato alle gengive. Ricorda vagamente un sacco di cose.

È in casa di Phin.

A letto con Miller.

Sono entrambi vestiti e hanno dormito piedi contro testa.

Ieri sera Phin li ha fatti bere un sacco e alla fine ha insistito in maniera esagerata perché si fermassero a dormire lì. «Non andate via, vi prego» diceva. «Ti ho appena ritrovato, non ti voglio perdere di nuovo».

Lei gli rispondeva che no, assolutamente, non c'era pericolo, ormai erano praticamente vicini di casa… «Guarda!» ha detto a un certo punto, indicando la sponda opposta del fiume.

Ma lui non demordeva. «Ti prego!» diceva, sbattendo le ciglia lunghissime. «Starete più comodi che su quei vecchi materassi ammuffiti. Restate. Domani vi preparo una bella colazione. Ho degli avocado. Voi Millennial fate colazione con l'avocado, no?»

«Io veramente preferisco le uova» ha detto Miller.

«Tu sei un Millennial?» gli ha chiesto allora Phin un po' acido, scrutandolo diffidente.

«Più o meno» gli ha risposto Miller. «Ma la moda dell'avocado me la sono persa».

Libby guarda la sveglia sul comodino e calcola che, se esce fra otto minuti, può ancora farcela ad arrivare allo showroom per le nove. Cioè tardi, ma in tempo per rispondere alle telefonate e ricevere i clienti.

Si infila gli short e scende piano dal letto.

Miller si muove.

Libby lo guarda.

Vede spuntare un tatuaggio sul braccio, sotto la manica della T-shirt. Non le piacciono i tatuaggi e ciò la ostacola non poco nella ricerca di un partner. Miller la intenerisce, però. È morbido e coccoloso.

Smette di guardarlo e va nel bagno in punta di piedi. Ricorda vagamente di esserci stata, ieri sera tardi. Si guarda allo specchio e si trova meno sconvolta del previsto. La piega al phon di ieri mattina ha resistito alle avventure delle ultime ventiquattr'ore. Si lava di nuovo i denti con il dito e si sciacqua la bocca. Si raccoglie i capelli in una coda di cavallo e trova un deodorante spray nell'armadietto del bagno.

Torna di là.

Miller è sveglio e le sorride.

«Buongiorno» le dice. Allunga le braccia per stirarsi e così facendo le mostra il resto del tatuaggio. È un tribale celtico. Poteva andare peggio.

«Io vado» dice Libby prendendo la borsa.

«Dove?»

«A lavorare».

«Sul serio? Non potresti chiedere mezza giornata di permesso?»

Libby ci riflette su. Dido glielo concederebbe sicuramente, ma non le va di approfittare. Le viene l'ansia al solo pensiero.

«Preferisco di no: ho delle cose da fare» risponde. «Degli appuntamenti con i clienti».

«Sei una che non vuole deludere la gente».

«Esatto».

«Be'» dice Miller, scostando il lenzuolo e scoprendo gambe robuste da giocatore di rugby e un paio di boxer rosso e blu. «Dammi trenta secondi ed esco con te».

«Hai visto il mio telefono, per caso?» gli chiede.

«Macché» risponde Miller. Scende dal letto e si infila i pantaloni.

Ha i capelli e la barba scompigliati e a Libby scappa da ridere. «Intendi darti una rassettata o vieni così?»

«Ho bisogno di una rassettata?» le chiede lui con aria perplessa.

Libby pensa che è già tardi e risponde: «No, no. Vai bene così. Cerchiamo i telefoni e andiamo».

Posa la mano sulla maniglia, ma la porta non si apre. Riprova. Niente da fare. Ritenta quattro volte, poi si volta verso Miller e dice: «Ci ha chiuso dentro».

40.
Chelsea, 1991

Dopo la sera del bagno nel Tamigi, David tenne Phin chiuso in camera per una settimana. Un'intera settimana. Da una parte mi faceva piacere, perché non avrei avuto il coraggio di guardarlo in faccia. È vero che lui mi aveva buttato nel fiume, ma quello che avevo fatto io era molto più grave.

Stavo malissimo. Ero pieno di rimorsi, di rimpianti, di rabbia e di frustrazione. E Phin mi mancava da morire. Gli portavano da mangiare e gli consentivano di andare in bagno due volte al giorno, piantonato da suo padre che si piazzava fuori dalla porta con le braccia conserte e la faccia truce.

L'atmosfera in casa era pesantissima, e anche difficile da decifrare. Dipendeva tutto da David, il quale emanava un'energia negativa che ci terrorizzava e ci faceva stare ben attenti a non indispettirlo ulteriormente.

Un pomeriggio di quella settimana, mentre ero con Justin in giardino a smistare erbe, alzai lo sguardo verso la finestra della camera in cui Phin era recluso.

«Non trovi brutto che David tenga Phin prigioniero in questo modo?»

Justin si strinse nelle spalle. «Ha rischiato di ammazzarti. Potevi annegare».

«Sì, ma non sono morto. Phin non mi ha ammazzato. E quindi… mi sembra eccessivo».

«Be', non so se io mi comporterei così, ma non ho figli e quindi non posso sapere che cosa voglia dire fare il genitore. Immagino che David stia facendo "il suo lavoro"». E disegnò nell'aria le virgolette con due dita.

«Il suo lavoro?» ripetei. «In che senso?»

«Nel senso che vuole avere il controllo totale su tutto e su tutti».

«Lo detesto» dissi con voce improvvisamente rotta.

«Siamo in due».

«Perché non te ne vai, se lo detesti?»

Mi guardò, poi lanciò un'occhiata verso la porta. «Intendo farlo» mi rispose sottovoce. «Ma tu non dirlo a nessuno, okay?»

Annuii.

«C'è una piccola azienda agricola, nel Galles… Una tipa che fa i mercati come me mi ha detto che stanno cercando un erborista. Avrei vitto e alloggio come qui, ma non dovrei sottostare a un capetto prepotente, che deve sempre dimostrare di avercelo più lungo degli altri». Alzò di nuovo gli occhi verso la casa.

Sorrisi: la sua definizione di David mi piaceva.

«Quando parti?»

«Presto» rispose. «Prestissimo». Mi guardò negli occhi. «Vuoi venire anche tu?»

Sbattei le palpebre. «Nel Galles?»

«Sì, nel Galles. Mi fai da assistente».

«Ho soltanto quattordici anni!»

Justin non replicò. Annuì e continuò a dividere le erbe e a farne mazzolini.

Capii solo dopo un po' il vero significato delle sue parole, il fatto che non mi stava invitando ad andare in Galles con lui perché aveva bisogno di un assistente, ma per offrirmi una via di fuga, un'ancora di salvezza: pensava che sarei stato più al sicuro là che a casa mia.

Justin scomparve due giorni dopo, senza dire niente a nessuno. Se ne andò la mattina talmente presto che neppure David si era ancora alzato. Dopo la storia di Phin, avevo imparato la lezione e non feci parola con nessuno dell'azienda agricola nel Galles. Il giorno della sua partenza, andai in camera sua. Era arrivato con poche cose, ma era partito con ancora meno: per esempio, aveva lasciato lì gran parte dei suoi libri. Mi avvicinai alla fila disposta sul davanzale.

Moderna guida a incantesimi e stregonerie.

La Wicca.

I magici segreti delle erbe.

Ero sicuro che me li avesse lasciati di proposito.

Controllai che non ci fosse nessuno in giro e mi infilai i volumi sotto il maglione.

Stavo per tornare di corsa in camera mia, quando mi cadde l'occhio su una cosa pelosa sul comodino di Justin, che lì per lì mi parve un topo morto. Mi avvicinai e vidi che si trattava invece di una zampa di coniglio. Era un ciondolo, con tanto di catenina. Avevo sentito dire che portavano fortuna, come i quadrifogli, e me la infilai in tasca. Poi tornai in camera e nascosi il bottino sotto il materasso.

Mi aspettavo che Justin prima o poi si facesse vivo.

Dopo che vennero ritrovati i corpi e durante le indagini della polizia e le ricerche dei «minori tragicamente spariti nel nulla», mi aspettavo di vederlo in qualche notiziario a rivelare, in qualità di ex convivente delle vittime, che David Thomsen era un despota che chiudeva a chiave il figlio in camera per giorni e giorni di seguito, e diceva a tutti cosa mangiare, come vestirsi e dove potevano o non potevano andare.

L'ho cercato molte volte su Google, ma non ho mai trovato traccia di lui. Immagino che nel frattempo fosse morto o emigrato chissà dove, oppure che fosse venuto a sapere quello che era successo ma avesse preferito tacere e non immischiarsi. Comunque fosse, ero sollevato. Tuttavia, quando se ne andò, sentii la sua mancanza. All'inizio non mi era simpatico, ma nel tempo si era rivelato il minore dei miei problemi.

Trascorsero i mesi, all'estate seguì l'inverno. Io subentrai a Justin nella cura delle piante officinali. David non me lo impedì. Anzi, mi incoraggiò perché l'erboristeria era compatibile con la sua ideologia e perché sosteneva che i minori dovessero impegnarsi in attività sane e formative. Vietato invece acquisire conoscenze che potessero portare a successi economici prettamente capitalistici. David non era al corrente dei libri che tenevo nascosti sotto il letto, né delle conoscenze che stavo approfondendo. Ogni sera portavo a chi era di turno in cucina basilico e menta freschi, e ricevevo una paternalistica pacca sulla spalla. Una sera che tornai fradicio dopo essere corso a riparare dalle intemperie alcune piantine appena nate, Birdie mi concesse addirittura un bel bagno caldo.

«Stai svolgendo un ottimo lavoro» si complimentò, porgendomi l'asciugamano dopo avermi riempito la vasca. «David lo apprezza molto».

Ah, be', se David lo apprezza...

Mi venne voglia di prenderla a morsi.

Com'era prevedibile, Sally non si era mai trasferita a Hammersmith e continuava a dormire sul divano della sua amica a Brixton, ma in quel periodo parlava di andare a vivere in Cornovaglia.

Una volta si presentò a casa completamente sbronza, con Phin e Clemency al seguito, tre ore dopo essere venuta a prenderli per portarli a una festicciola. Avevo già visto adulti alterati dall'alcol ai tempi in cui i miei genitori facevano ancora vita mondana e davano feste ogni weekend, ma mai ai livelli di Sally quel pomeriggio.

David era inviperito. «Non capisco come tu possa pensare di avere l'affidamento dei bambini. Ti rendi conto dello stato in cui sei?»

«Tu!» esclamò Sally. «Parli tu! Ti rendi conto dello stato in cui sei, tu? Ti accorgi di quanto sei patetico? Sì, mi fai pena! Tu e quella strega! E le altre che ti porti a letto».

Vidi che David la spingeva verso il portone. Era chiaro

che avrebbe voluto metterle le mani addosso e si sforzava di controllarsi.

Poi però arrivò mia madre. «Ti faccio un caffè» disse a Sally, prendendola per un braccio e lanciando un'occhiataccia a David. «Vieni con me, dai».

Fingendomi ignaro di tutto, un attimo dopo mi presentai in cucina.

«Prendo un po' d'acqua» mi giustificai. Inutilmente, perché nessuno badò a me. Uscii e mi nascosi dietro la porta della dispensa.

Sally piangeva in silenzio, premendosi un fazzoletto sulla faccia. Sentii che diceva: «Proteggili tu, ti prego. Fallo per me. Non so se riuscirò mai...» Persi il resto della frase a causa della sirena di un battello sul fiume. «Sono tanto preoccupata. Phin mi ha detto che l'ha chiuso in camera e, sì, capisco, si è comportato malissimo e lo so, Henry sarebbe potuto morire, ma... Come si fa a essere così spietati? Con che cuore tieni chiuso in camera un ragazzo per una settimana? È un uomo spietato».

«Sai com'è fatto David» replicò mia madre. «È il suo modo per mandare avanti al meglio la baracca. Ci ha salvato, Sally. Lo sai anche tu. Prima di conoscere lui, la mia vita era priva di senso. Invece adesso la mattina mi sveglio piena di entusiasmo, appagata dalla vita e da me stessa. Ho smesso di depredare il pianeta. Non devasto più la Terra. Non contribuisco al riscaldamento globale. Non educo i miei figli in maniera tale che un giorno impoveriscano ulteriormente le fasce più deboli da dietro le loro belle scrivanie. Il mio unico rammarico è di non averlo incontrato prima».

41.

Libby batte il pugno contro la porta. Anche Miller lo fa. È una porta robusta, antincendio. Miller va alla finestra per controllare se è possibile uscire da lì, ma l'appartamento è al decimo piano. E comunque la finestra è sigillata.

Ancora una volta guardano dappertutto in cerca dei telefoni, senza riuscire a trovarli.

Dopo mezz'ora smettono di bussare e si siedono per terra sconfitti, con la schiena contro il letto.

«E adesso?» chiede Libby.

«Aspettiamo un'altra mezz'ora e poi provo ad abbattere la porta a calci».

«Perché non ci provi subito?»

«Non sono granché in forma. Ho subito un infortunio un po' di tempo fa. Devo stare attento alla schiena».

«Dieci minuti» patteggia Libby.

«Va bene».

«Cos'ha in mente di fare quel pazzo, secondo te?»

«Non ne ho la più pallida idea».

«Pensi che ci voglia uccidere?»

«Non credo proprio».

«Perché allora ci ha chiuso dentro a chiave?»

«Magari non l'ha fatto apposta».

Libby gli lancia un'occhiata incredula. «Lo credi davvero?»

La sveglia segna le 07.37. Libby fa due calcoli per capire con quanto ritardo arriverà al lavoro, quando all'improvviso sentono sbattere una porta e fanno un salto. La voce di Phin. Parla con uno dei gatti, gli fa le moine. Balzano in piedi e ricominciano a bussare.

Un momento dopo, Phin apre la porta e li scruta con aria incuriosita.

«Oddio!» esclama, coprendosi la bocca con una mano. «Oddio, scusatemi. Il problema è che sono sonnambulo e una volta che avevo ospiti in casa sono entrato in camera di uno e mi sono infilato nel suo letto. Perciò ho l'abitudine di chiudere tutte le porte a chiave prima di coricarmi. Stamattina mi sono svegliato prestissimo e ho deciso di andare a correre. Mi sono totalmente dimenticato di voi. Non so come scusarmi. Venite. Facciamo colazione».

«Non ho tempo. Sono già in ritardo per il lavoro».

«Chiama i tuoi capi, spiega cos'è successo. Sono sicuro che capiranno. Forza! Ho preso il succo d'arancia e tutto il necessario, è una giornata meravigliosa, possiamo fare colazione in terrazza... Dai!»

È insistente, come ieri sera, e Libby si sente in trappola.

«Perché non ci hai avvertito ieri sera che avresti chiuso la porta a chiave?» gli domanda. «Perché non ci hai chiesto di chiuderci dentro dall'interno, eventualmente?»

«Era tardi, avevo bevuto...» risponde Phin. «Ho sbagliato».

«Ci è venuto un colpo, sai? Io mi sono spaventata tantissimo!» Le si incrina la voce, la tensione di quella mattina comincia ad allentarsi.

«Perdonatemi, vi prego» dice Phin. «Sono un idiota. Non ci ho proprio pensato. Dormivate, non volevo svegliarvi... Ho chiuso a chiave senza pensare. Vabbe', adesso andiamo a fare colazione».

Libby e Miller si scambiano un'occhiata. Libby capisce che Miller si fermerebbe volentieri e annuisce. «Va bene. Purché sia una cosa veloce. E poi, senti, Phin...»

Lui la guarda con dolcezza.

«Dove sono i cellulari?»

«Non sono in camera vostra?»

«No» risponde Libby. «Né il mio né il suo».

«Li avrete lasciati di là. Diamo un'occhiata».

Lo seguono lungo il corridoio e arrivano nell'ampio soggiorno. «Eccoli là» dice Phin con leggerezza. «Li avete messi in carica in cucina. Dobbiamo aver bevuto davvero troppo, ieri sera. Su, uscite in terrazza» ordina. «Vi porto subito la colazione».

Si siedono vicini sul divanetto. Il sole batte sull'altra sponda del Tamigi e brilla sulle finestre di Cheyne Walk.

Miller si avvicina ancora di più a Libby e mormora sottovoce: «Non me la bevo. Non ci credo che ci ha chiuso dentro inavvertitamente e che i telefoni erano in carica in cucina. Ieri sera ero sbronzo, sì, ma ricordo perfettamente di essermi portato lo smartphone in camera. Questo ci piglia per i fondelli».

Libby concorda: «Non convince neanche me».

Accende il cellulare e chiama Dido, ma le risponde la segreteria telefonica. Lascia un messaggio. «Scusami tanto. Sono ancora a Chelsea. Poi ti racconto. Ho appuntamento con i Morgan alle dieci: potresti chiedere a Claire di occuparsene? Dovrebbe avere tutte le informazioni e il listino prezzi nuovo è in rete: basta stamparlo. Nel frattempo io spero di arrivare. Scusami ancora. Ti spiego poi a voce. Ah. Se per le dieci e mezzo non sono ancora arrivata, chiamami. E se non ti rispondo...» Si volta verso la cucina e vede Phin che affetta il pane. «Sono a Battersea, nel condominio proprio di fronte alla villa. Okay? Non so il numero civico, ma l'appartamento è al decimo piano. A presto e scusa ancora. Ciao!»

Chiude la comunicazione e guarda Miller.

Lui sorride bonariamente. «Non lascerò che ti accada niente di brutto» dice. «E farò in modo che tu riesca ad arrivare allo showroom sana e salva in tempo per il tuo prossimo appuntamento. Okay?»

Libby prova un moto di affetto. Sorride e annuisce.

Compare Phin con un vassoio e lo posa sul tavolo. Uova strapazzate, purea di avocado con semi di papavero, pane di segale tostato a volontà, burro e una brocca di succo d'arancia con ghiaccio. «Che ve ne pare?» chiede, passando loro i piatti.

«Magnifico» risponde Miller fregandosi le mani e servendosi del pane.

«Caffè o tè?» chiede Phin.

Libby sceglie il caffè e lo macchia con il latte freddo. Prende una fetta di pane, ma non ha appetito.

Guarda Phin. Vorrebbe chiedergli chiarimenti riguardo alla storia che ha raccontato ieri sera, ma quando cerca di fare mente locale, le sfuggono i particolari. Ricorda solo che aveva a che fare con una certa Birdie che suonava il violino. E una gatta. Rigidi regolamenti, un sacrificio pagano e qualcosa di terribile che riguarda Henry. Ma è tutto così vago che è come se di fatto Phin non avesse raccontato niente. Perciò chiede invece: «Hai foto di voi da bambini?»

«Purtroppo no» risponde Phin. «Neppure una. Quando siamo andati via, in casa non c'era più niente. Mio padre vendette tutto il vendibile e diede il resto in beneficenza. Però...» Si interrompe. «Vi ricordate quella canzone anni Ottanta...? Ma no, non potete ricordarvela, siete troppo giovani. Comunque, era di una band che si chiamava The Original Version. Rimase al primo posto in classifica per diverse settimane l'estate prima che venissimo ad abitare in Cheyne Walk. Be', Birdie, di cui vi ho parlato ieri sera, faceva parte di quella band. Sia lei, sia Justin. Il video della canzone fu girato nella casa. Lo volete vedere?»

Libby rimane senza fiato. Finalmente qualcos'altro sul suo passato dimenticato, oltre alla foto dei genitori in abito da sera pubblicata sul *Guardian* a corredo dell'articolo di Miller!

Tornano nel soggiorno e Phin collega lo smartphone all'enorme televisore al plasma. Cerca il video su YouTube e lo fa partire.

Libby riconosce subito il brano. Non sapeva come si intitolasse o di chi fosse, ma l'ha già sentito mille volte.

Il video si apre con la band che suona sul lungofiume. Sono una decina, tutti vestiti uguali: tweed, bretelle e Doctor Martens. Le donne sono due: una suona il violino e l'altra una specie di tamburo di pelle.

«Ecco» dice Phin. Mette in pausa il video e indica un punto dello schermo. «Birdie è quella lì con i capelli lunghi».

Libby la osserva. È secca come un chiodo, ha il mento sfuggente e la faccia seria. Mentre suona il violino guarda imperiosa l'obiettivo. «Lei?» Libby non riesce a coniugare quella figura fragile e anonima con la donna sadica e crudele descritta da Phin nei suoi racconti di abusi e sevizie.

Phin annuisce. «Lei: una stronza se mai ce n'è una».

Fa ripartire il video e la band adesso suona in un interno, una casa stupenda ed eccentrica con dipinti alle pareti, arredi sontuosi, troni di velluto rosso, spade lucenti, boiserie, tendaggi, trofei di caccia, animali impagliati e lampadari di cristallo. L'obiettivo segue la band in vari ambienti della casa: suonano sullo scalone barocco e davanti a un gigantesco camino acceso, corrono lungo corridoi rivestiti in legno, duellano con le spade, indossano un elmo da cavaliere medioevale, salgono in groppa al cannone in giardino.

«Mio Dio!» esclama Libby. «Che casa stupenda!»

«Bella, vero?» replica Phin acido. «Peccato che mio padre e quella stronza l'abbiano sistematicamente distrutta».

Lo sguardo di Libby torna all'immagine sullo schermo. Dieci ragazzi, una casa piena di vita e di ricchezza, di energia e di calore. «Non capisco» mormora a bassa voce. «Com'è possibile che sia finito tutto in quel modo tragico?»

42.

Il sole del primo pomeriggio è ancora caldo quando Lucy, i figli e il cane svoltano per raggiungere il palazzo che si trova alle spalle di Cheyne Walk. Attraversano in punta di piedi il giardino condominiale fino a una porticina sbilenca in fondo. Lucy fa segno ai bambini di stare in silenzio, mentre passano sotto gli alberi e sbucano in uno spiazzo erboso che è rinsecchito per il caldo e la siccità.

Lucy vede con sorpresa che la porta di servizio della casa è senza il lucchetto esterno e ha un vetro rotto. Sembra sia stato spaccato di recente. Le viene la pelle d'oca.

Infila la mano nel buco, trova la maniglia e apre. Tira un sospiro di sollievo: per fortuna non è stato necessario arrampicarsi fin sul tetto per entrare.

«Mi fa paura» dice Stella seguendo Lucy in casa.

«Un pochino anche a me» le risponde.

«Secondo me è bellissima» replica Marco accarezzando un antico radiatore e guardandosi intorno.

Lucy mostra la casa ai suoi figli. Ha l'impressione che non sia cambiato assolutamente nulla in tutto quel tempo, neppure una ragnatela o un grumo di polvere, come se la casa si fosse fermata in attesa del suo ritorno. Oltre a quello di muffa, ha un odore sinistramente familiare. Le lame di luce che trafiggono le stanze buie, il rumore dei passi sul parquet, le ombre sui muri… È rimasto tutto uguale. Passa i polpastrelli su piani e superfici, mentre cammina. Nell'ultima settimana ha rimesso piede nelle due case più significative della sua vita, Antibes e Chelsea, dove ha patito abusi e sofferenze tali da indurla a fuggire. Il peso di tutti quei traumi la opprime.

Dopo aver fatto il giro della casa, vanno a sedersi in giardino, all'ombra degli alberi pieni di foglie.

Lucy guarda Marco che passeggia per il giardino con un bastone in mano. Ha una maglietta nera e per un attimo le sembra di vedere Henry intento a coltivare le sue piante. È così sorpresa che quasi si alza per andare a controllare, ma poi si rende conto che Henry è un uomo, ormai.

Cerca di immaginare come possa essere diventato e non ci riesce. Se pensa a lui, lo rivede com'era l'ultima sera tutti insieme, l'espressione scioccata per quello che era successo, le fiamme delle candele che gli facevano danzare ombre sul viso, il suo silenzio di tomba.

«Cos'è?» le chiede Marco.

Lucy si ripara gli occhi dal sole con una mano.

«Un orto» risponde, andando incontro al figlio. «Uno che abitava qui coltivava erbe medicinali».

Marco si ferma e, appoggiandosi al bastone, si volta a guardare la villa. «Che cosa è successo di terribile in questa casa?»

«In che senso?»

«Si vede, sai? Da quando sei entrata qui dentro ti tremano le mani. Hai sempre detto che tua zia ti portò in Francia perché eri orfana, giusto? Be', mi viene da pensare che, se tua zia decise di portarti via, voleva dire che era successo qualcosa di molto brutto. In questa casa».

«Ne parliamo un'altra volta» risponde Lucy. «È una storia lunga».

«Dove sono i tuoi genitori?» chiede Marco. Lucy capisce che le darà il tormento, rivolgendole tutte le domande che finora non gli era venuto in mente di fare. «Dove sono sepolti?»

Lucy inspira e sorride a denti stretti. «Non lo so. Non ne ho idea».

Lucy scriveva tutto, un tempo. Si era comprata un quaderno a righe e una penna, e appena poteva si sedeva da qualche parte a scrivere, scrivere, scrivere, come in un flusso di coscienza. Phin legato al tubo del riscaldamento in camera sua, i morti, il furgone in attesa nell'ombra con il motore acceso e il lungo viaggio nella notte, il silenzio attonito, l'attesa infinita... Un'attesa che si protrae da venticinque anni... Ma ormai manca pochissimo, se lo sente.

È questa la storia che ha scritto e riscritto mille volte. La scriveva e poi strappava le pagine, le appallottolava e le buttava in un bidone della spazzatura, in mare, in un tombino. Le bruciava, le distruggeva nell'acqua, le strappava in mille pezzi. Ma aveva bisogno di mettere quella storia per iscritto, meglio che fosse un racconto piuttosto che la verità riguardo la sua vita.

E tutto il tempo la verità la tormentava, le attorcigliava le budella, le provocava il batticuore, funestava i suoi sogni e i suoi risvegli, e le impediva di addormentarsi quando chiudeva gli occhi.

Ha sempre saputo che l'unico motivo per tornare a Londra, in questo luogo colmo di orribili ricordi, sarebbe stata lei, la piccola.

Dov'è? Che è stata qui è certo: le tracce sono evidenti. Birra nel frigo, bicchieri usati nel lavello, il vetro rotto nella porta di servizio...

Deve solo aspettare che la piccola si rifaccia viva.

43.
Chelsea, 1992

Successivamente, mia madre rimase incinta.

Non di mio padre, questo era certo: mio padre non riusciva quasi più nemmeno ad alzarsi dalla poltrona. La notizia curiosamente non mi sorprese. A quel punto purtroppo avevo capito che mia madre nutriva per David una vera e propria ossessione.

La primissima sera l'avevo vista tenersi a distanza da lui e avevo intuito che lo faceva per contrastare l'attrazione che provava. In seguito avevo visto quell'attrazione trasformarsi pian piano in infatuazione, quanto più mio padre perdeva vigore e David acquistava potere. Mi rendevo conto che mia madre era totalmente succube, disposta a sacrificare tutto e tutti pur di avere l'approvazione di David.

Ma ultimamente avevo notato anche altre cose.

Porte che si aprivano e si chiudevano nel cuore della notte, vampate e rossori improvvisi, momenti carichi di tensione, parole sussurrate con enfasi, l'odore di David sui capelli di mia madre. Birdie che le lanciava occhiate, David che le guardava parti del corpo che non avrebbe dovuto guardare. Stava succedendo qualcosa di ferino e potente fra lei e David, qualcosa che non si poteva fare a meno di percepire.

La notizia venne comunicata come sempre la sera a tavola. Fu David a dare l'annuncio ufficiale, ovviamente. Era seduto fra mia madre e Birdie e teneva entrambe per mano. Era tronfio, orgoglioso, pieno di sé. Che uomo. Se la faceva con due donne e ora ne aveva messa incinta una. Che uomo.

Mia sorella scoppiò in lacrime e Clemency si alzò di scatto e corse nel bagno a vomitare.

Io fissai inorridito mia madre. Non era tanto la gravidanza a sorprendermi, quanto quell'annuncio così spudorato e gioioso. Non le era venuto in mente che forse ai suoi figli sarebbe stato meglio dirlo in maniera un po' più intima e privata? Non ci potevo credere. Non si vergognava? Non provava proprio il minimo imbarazzo?

Evidentemente no. Prese per mano mia sorella e disse: «Tesoro, non hai sempre desiderato un fratellino o una sorellina?»

«Sì, ma non così! Non così!»

Sempre melodrammatica, mia sorella. Nel caso specifico, però, ero d'accordo con lei.

«E papà?» chiesi con un filo di voce.

«Papà lo sa» rispose, prendendo per mano anche me. «Capisce. Vuole che io sia felice».

David, seduto fra le sue donne, ci guardava con attenzione. In vena di magnanimità permetteva a mia madre di consolarci, ma in realtà si vedeva benissimo che non gliene fregava un accidente di quello che pensavamo di lui e del fatto che andasse a letto con lei e l'avesse messa incinta. Gli importava soltanto di se stesso.

Guardai Birdie, che aveva un'aria inspiegabilmente trionfante, come se quello fosse il risultato di un piano ideato da lei.

Quasi mi avesse letto nel pensiero, dichiarò: «Io non posso avere figli».

«E quindi mia madre vi fa da incubatrice?» mi ritrovai a ribattere con asprezza.

David sospirò e si passò l'indice sulle labbra, avanti e indietro, gesto che tuttora mi fa imbufalire, chiunque sia a farlo. «Questa famiglia ha bisogno di un baricentro» dichiarò. «Un cuore, uno scopo. Un bambino. E la vostra straordinaria madre sta facendo questo per tutti noi. È una dea».

Birdie annuì concorde.

Clemency tornò a sedersi a tavola, pallida e ancora sottosopra. Tremava.

«Tesoro» le disse David, «guardala da questo punto di vista: avrai due famiglie. Voi quattro avrete un fratellino o una sorellina in comune. Due famiglie unite» concluse, tendendo le mani verso mia sorella e Clemency.

Mia sorella scoppiò di nuovo a piangere e Clemency strinse i pugni.

Birdie sospirò. «Siete proprio immature» sentenziò.

Vidi che David le lanciava un'occhiata ammonitrice e lei scrollava petulante la testa.

«Avete bisogno di qualche giorno per abituarvi all'idea, lo capisco» disse David. «Ma fidatevi di me. Sarà la nostra forza, il fondamento del nostro futuro insieme. Questo bambino sarà tutto».

Mia madre raggiunse dimensioni inimmaginabili. Lei, che era sempre stata sottile come un giunco e con il vitino di vespa, divenne la più cicciona della casa. Le davano da mangiare in continuazione e le raccomandavano di non fare niente.

Dicevano che il bambino aveva bisogno di mille calorie in più al giorno e, mentre noi cercavamo di farci durare biryani di funghi e minestra di carote, mia madre si abbuffava di spaghetti e mousse al cioccolato. Non so se ho specificato che all'epoca eravamo tutti pelle e ossa. Non che nessuno di noi fosse mai stato sovrappeso, a parte mio padre. Ma in quel periodo, mentre mia madre veniva ingrassata come un animale destinato al sacrificio, noi eravamo smunti e deperiti. Io continuavo a mettere i vestiti di quando avevo undici anni, pur avendone quasi quindici. Clemency e mia sorella sembravano anoressiche e Birdie era un fuscello. Posso testimoniare che, mangiando vegano, ingrassare è praticamente impossibile. Se aggiungiamo che ci venivano servite porzioni minuscole, che venivamo accusati di ingordigia se osavamo chiedere il bis, che uno odiava il burro e quindi preparava pietanze senza grassi (mentre i bambini hanno bisogno di grassi), l'altro odiava il sale e cucinava tutto insipido, l'altro ancora evitava il frumento perché gonfia e pertanto niente carboidrati, be'... era inevitabile che fossimo denutriti.

Una vicina, quando dopo il ritrovamento dei corpi intorno a casa nostra ronzavano giornalisti, fotografi e cameramen, una sera apparve in TV e ci definì «magri in maniera preoccupante». «Mi sono chiesta sovente se non li trascurassero un po' troppo» dichiarò questa vicina, che non ricordavo di aver mai visto. «Erano così gracilini che il dubbio mi è venuto, ma... Prima di impicciarsi uno ci pensa bene, no?»

E tu ci hai pensato fin troppo.

Noi continuavamo a dimagrire, mentre mia madre era all'ingrasso. Birdie le cucì tuniche prémaman con il tessuto di cotone nero che aveva comprato a chili in una svendita, mesi prima, per fare borse da vendere al mercato di Camden. Era riuscita a venderne due o tre soltanto, perché gli altri venditori del mercato, in regola con la licenza, l'avevano cacciata a calci nel sedere e lei aveva subito abbandonato il progetto. Di colpo, però, ricominciò a cucire alacremente, vogliosa di partecipare al grande evento. Anche lei e David presero a indossare quelle tuniche nere. Diedero via tutti i loro abiti per mettersi addosso quella specie di saio. Erano ridicoli.

Avrei dovuto immaginare che nel giro di poco saremmo stati costretti pure noi a vestirci in quel modo.

Un giorno Birdie si presentò in camera mia armata di sacchi della spazzatura. «Diamo i nostri vestiti ai poveri» annunciò. «Ne abbiamo meno bisogno di loro. Sono venuta ad aiutarti a sbarazzartene».

Con il senno di poi, non mi capacito della scarsa resistenza che opposi. Avevo paura di David, sebbene non condividessi la sua etica. Lo avevo visto buttare suo figlio a faccia in giù sul marciapiede quella sera terribile di un anno prima, prenderlo a botte, e sapevo che era capace di tutto. Ma Birdie mi faceva altrettanta paura. Era stata lei a trasformarlo in un mostro. E così, brontolando e recriminando, ubbidivo sempre. Quel martedì di aprile, alle tre del pomeriggio, svuotai cassetti e armadio, buttai tutto nei sacchi di plastica, compresi i miei jeans preferiti, la felpa H&M che mi aveva passato Phin quando gli avevo detto che mi piaceva, T-shirt, maglioni e bermuda.

«E per uscire che cosa mi metto?» chiesi a Birdie. «Non posso mica andare in giro nudo!»

«Eccoti questi» disse Birdie consegnandomi una tunica e un paio di leggings neri. «D'ora in avanti vestiremo così. Com'è giusto che sia».

«Non ci penso nemmeno!» protestai sgomento.

«Teniamo giacche e cappotti» mi informò. «E comunque non usciamo mai».

Era vero. Vivevamo come reclusi. Fra le regole della casa, il fatto che non eravamo iscritti a scuola e che non avrei saputo dove andare, raramente mettevo piede fuori di casa. Presi gli indumenti che mi porgeva e li avvicinai al petto. Birdie mi guardò con aria eloquente. «Forza» mi esortò. «Dammi anche quelli».

Chinai la testa. Si riferiva agli abiti che avevo addosso in quel momento.

Sospirai. «Posso avere un po' di privacy, per favore?»

Mi lanciò un'occhiata diffidente, ma uscì e chiuse la porta. «Sbrigati» ordinò. «Ho da fare».

Mi tolsi i vestiti più velocemente che potevo e li piegai sommariamente.

«Posso tenere le mutande?» chiesi.

«Certo che sì» fu la risposta spazientita.

Mi infilai la stupida tunica e gli stupidi leggings e mi guardai allo specchio. Sembravo un piccolo monaco. Mi scappava da ridere. Cercai a tastoni una cosa nei cassetti, la trovai, la strinsi nel pugno e la osservai. Il cravattino che avevo comprato due anni prima a Kensington Market e che non avevo mai indossato. L'idea di non averne più la possibilità mi parve intollerabile e lo nascosi sotto il materasso, insieme con i libri di magia e la zampa di coniglio di Justin. Poi aprii la porta e passai i vestiti a Birdie.

«Bravo» mi disse. Per un attimo temetti che mi facesse

una carezza. Invece si limitò a sorridere e a ripetere: «Bravo».

Nel vederla momentaneamente ammorbidita, dopo un attimo di esitazione decisi di esprimerle i dubbi che mi frullavano nella testa. Presi un bel respiro e mi buttai. «Non sei gelosa?» le chiesi. «Non sei gelosa del bambino?»

Per una frazione di secondo parve sul punto di crollare ed ebbi la sensazione di vedere la sua parte più profonda, più intima. Si riprese subito. «Certo che no. David vuole un figlio e sono grata a tua madre che glielo dà».

«Ma per questo ha... hanno dovuto... hanno fatto sesso».

Era forse la prima volta che pronunciavo la parola "sesso" e arrossii violentemente.

«Sì, è evidente» rispose Birdie piccata.

«Però David è il tuo fidanzato».

«Compagno» mi corresse. «Sì, David è il mio compagno. Ma non mi appartiene, così come io non appartengo a lui. L'unica cosa che conta è la felicità di David».

«Sì» risposi pensoso. «E la tua?»

Non rispose.

Qualche giorno dopo l'annuncio della gravidanza, mia sorella compì tredici anni. Era una bellissima ragazza, credo, anche se non me ne intendo. Era alta come mia madre e aveva lunghi capelli scuri. Da due anni era vietato tagliarli e, mentre quelli di Clemency e Birdie erano rovinati e pieni di doppie punte, i capelli di mia sorella erano folti e lucenti. Era magra come tutti noi, ma ben fatta. Non che io ci facessi particolarmente caso, però penso che, se avesse potuto nutrirsi e mettere su qualche chilo, sarebbe stata uno schianto. E aveva un bel viso, ora che si stava trasformando in una donna. Sì, mia sorella era molto graziosa.

Lo sottolineo perché non vorrei che tu continuassi a immaginartela bambina. Non lo era più.

Con quello che capitò successivamente, maturò molto in fretta.

44.

Libby arriva all'appuntamento con Cerian Tahany allo showroom con il fiatone e due minuti di ritardo. Cerian è una dj abbastanza famosa a livello locale, che sta investendo cinquantamila sterline in una nuova cucina e ogni volta che entra nello showroom crea grande animazione. Normalmente Libby si fa trovare preparatissima, con la documentazione a portata di mano e il caffè pronto, capelli a posto, mentina in bocca e gonna perfettamente stirata. Oggi invece Cerian è già seduta e guarda tesa il telefono, quando Libby arriva.

«Scusa» dice. «Mi dispiace».

«Nessun problema» risponde Cerian, spegnendo il telefono e rimettendolo nella borsa. «Adesso diamoci una mossa, però».

Per un'ora Libby non ha modo di riflettere sugli eventi di ieri, concentrata com'è su piani in marmo di Carrara, cassetti per posate e coltelli, cappe aspiranti e pro e contro di lampade di rame e smaltate. Lo trova rasserenante. Le piace parlare di cucine. È il suo campo. Poi il colloquio finisce, Cerian rimette gli occhiali nella borsa, la saluta con un abbraccio e se ne va, e l'animazione nello showroom si spegne all'istante.

Dido la convoca nell'ufficio sul retro.

«Allora?» chiede stappando una lattina di Coca-Cola Light. «Cosa ti è successo?»

Libby sbatte le palpebre. «Una cosa stranissima. Non so spiegarlo».

Le racconta dell'incontro con Phin fuori dalla porta del bagno, del trasferimento sulla sponda opposta del fiume attraverso l'Albert Bridge, del lussuosissimo appartamento nel condominio di Battersea, con vista sulla casa. Le riferisce quel che ricorda della storia che Phin ha raccontato in terrazza e conclude con il risveglio mattutino, in un letto matrimoniale, testa contro piedi con Miller. Dido esclama: «Lo sapevo!»

Libby la guarda stranita. «Che cosa?»

«Che fra te e Miller c'è feeling».

«Non c'è nessunissimo feeling».

«Invece sì. Fidati. Di solito ci azzecco, in queste cose. Ho previsto ben tre matrimoni fra persone che si erano appena conosciute. Sul serio».

Libby minimizza. «Abbiamo bevuto e ci siamo coricati vestiti. Stamattina ci siamo svegliati vestiti. Per giunta ha un tatuaggio: lo sai che a me non piacciono i tatuaggi».

«Pensavo che piacessero a tutti, ormai».

«A me no».

Il telefono vibra e Libby guarda il display. «Parli del diavolo...» dice. E accetta la chiamata. «Ciao!»

«Senti» comincia lui in tono agitato, «è successa una cosa stranissima. Ti ricordi che ieri sera ho registrato la conversazione con Phin? Be', il file non c'è più».

«Non c'è più?»

«Sparito. Cancellato».

«Dove sei?»

«In un caffè vicino a Victoria Station. Lo volevo trascrivere, ma non c'è più».

«Sei sicuro che prima ci fosse? Magari credevi di registrare e invece non l'hai fatto».

«Ho registrato, ho registrato. Non ti ricordi che ieri sera ho controllato? L'ho ascoltato. C'era tutto. Ho persino rinominato il file».

«Quindi pensi che...?»

«Che me l'abbia cancellato Phin. Hai detto che ti ricordavi di esserti portata il telefono in camera, no? Be', anch'io. E il mio si attiva con l'impronta, quindi mentre noi dormivamo Phin dev'essere entrato in camera a prendere i nostri telefoni, ha attivato il mio *usando il mio pollice* senza che me ne accorgessi, e ci ha chiuso dentro. E non è tutto: ho cercato su Google Phin Thomsen e non ho trovato niente. L'appartamento è su Airbnb. Risulta affittato dalla metà di giugno e cioè...»

«Dal giorno del mio compleanno».

«Dal giorno del tuo compleanno». Miller si passa una mano sulla barba. «Insomma, non si sa chi sia. Di sicuro è viscido e sfuggente».

«Ma la storia che ha raccontato, tu te la ricordi?» domanda Libby. «Abbastanza da ricostruire cosa è successo veramente?»

Miller non risponde subito. «A grandi linee. Però verso la fine...»

«Anch'io» dice Libby. «Della fine ricordo poco o niente. E ho dormito come un sasso».

«Anch'io. Come un morto».

«Ed è tutto il giorno che mi sento...»

«Sì, anch'io mi sento strano».

«...stranissima».

«Comincio a pensare che...»

«Sì, anch'io» lo interrompe Libby. «Ma perché avrebbe dovuto drogarci?»

«Questo proprio non lo so» replica Miller. «Controlla il telefono. Il tuo ha una password?»

«Sì».

«Una password sicura?»

Libby sospira. «La mia data di nascita».

«Capisco» dice Miller. «Be', guarda se vedi qualcosa di strano. Potrebbe averti caricato qualcosa. Per spiarti, per esempio».

«Spiarmi?»

«Non lo escluderei, visto il tipo. Se ci pensi, è stato surreale: si è introdotto in casa tua dal tetto, ci ha drogato...»

«Non sappiamo con certezza se ci ha drogato».

«No, ma lo sospettiamo entrambi. Di sicuro è entrato in

camera mentre noi dormivamo, ha attivato il mio smartphone con il mio pollice, ha preso il tuo dalla tua borsa e ci ha chiuso dentro a chiave. Questo tipo è capace di tutto».

«Hai ragione» concorda Libby con un filo di voce. «Va bene, adesso controllo. Quindi potrebbe persino stare ad ascoltarci in questo preciso istante».

«Esatto. Anzi: senti, caro, se ci stai spiando, ti avverto che ti abbiamo inquadrato per lo stronzo che sei». Libby sente Miller prendere fiato. «Dobbiamo vederci appena puoi, Libby. Ho fatto una breve ricerca anche su Birdie Dunlop-Evers, scoprendo un retroscena interessante. E penso di aver identificato l'altro inquilino di casa tua: Justin, il ragazzo di Birdie. Quando sei libera?»

Nel sentire le novità, a Libby viene il batticuore. «Stasera?» risponde impulsivamente. «Anche se...» Guarda Dido, che la fissa con intenzione. «Adesso?» chiede piano a Dido, che annuisce con foga e la esorta ad andare.

«Io potrei anche adesso. Dove ci vediamo?»

«Al nostro caffè?» propone Miller.

Libby sa a quale si riferisce. «Va bene» acconsente. «Al nostro caffè fra un'ora».

Dido la guarda e dice: «Sai, credo che potrebbe essere un buon momento per prenderti qualche giorno di ferie».

Libby fa una smorfia. «Ma...»

«Niente ma: mi occupo io dei Morgan e di Cerian Tahany. Diremo che hai problemi di salute. Questa storia è molto più importante di un paio di cucine».

Libby apre la bocca per spezzare una lancia in favore delle cucine. Anche le cucine sono importanti. Le cucine soddisfano bisogni concreti e affettivi. Sono cinque anni che si dedica a loro e ai loro acquirenti. Ma sta zitta, perché Dido ha ragione.

Annuisce. «Grazie, Dido».

Mette in ordine la scrivania, risponde a due e-mail, attiva la risposta automatica, saluta tutti e va alla stazione.

45.
Chelsea, 1992

Nel maggio 1992 la comune di Cheyne Walk si era trasformata in qualcosa di mostruoso e terrificante. Il mondo esterno, infestato da mangiatori di carne, fumi tossici e germi che neppure l'intensa attività fisica e la virtù delle piante riuscivano a debellare, avrebbe certamente portato alla morte la preziosa progenie di David e di conseguenza nessuno poteva frequentarlo. Mettere piede fuori dalla proprietà era vietato: una volta alla settimana ci venivano recapitate a casa verdure fresche e in dispensa avevamo abbastanza legumi e cereali per almeno cinque anni.

Un giorno, appena prima del mio quindicesimo compleanno, David ci ordinò di consegnargli anche le scarpe.

Le scarpe!

Le scarpe, anche quelle prodotte senza materiali di origine animale, erano da stigmatizzare perché entravano in contatto con marciapiedi e strade sporche, e venivano utilizzate da chi contribuiva alla disparità sociale lavorando per aziende malefiche che rendevano più ricco l'un per cento della popolazione, a scapito del novantanove per cento che annaspava nella povertà provocata da inique politiche governative. Siccome in India la gente andava in giro scalza, dovevamo andare scalzi anche noi. E così tutte le nostre scarpe finirono in una scatola di cartone, che venne lasciata davanti a un negozio che vendeva roba usata a scopo benefico.

Dal giorno in cui David ci requisì le scarpe alla notte della nostra fuga, due anni dopo, nessuno di noi mise piede fuori di casa.

46.

Quando Libby entra nel caffè di West End Lane, Miller sta mangiando.

«Cos'è?» chiede Libby, appendendo la tracolla alla sedia prima di sedersi.

«*Tortilla* di pollo e *chorizo*» risponde Miller pulendosi uno sbaffo di salsa. «Squisita».

«Sono le quattro del pomeriggio» nota Libby. «Pranzi tardi o ceni presto?»

Miller ci riflette su un momento. «Boh. Merenda? A proposito, tu hai pranzato?»

Libby scuote la testa. Dopo la colazione a casa di Phin non ha mangiato altro, non ne ha avuto voglia. «Non ho fame» risponde.

Miller addenta la sua *tortilla* con un'alzata di spalle.

Libby ordina un tè e aspetta che Miller finisca di mangiare.

L'appetito di quell'uomo ha qualcosa di affascinante, come se mangiare fosse la cosa che gli piace di più al mondo. Lui mastica e Libby lo osserva, entrambi con grande concentrazione.

«Allora». Miller apre il portatile, digita qualcosa e lo volta verso Libby. «Ti presento Birdie Dunlop-Evers. Il vero nome, in realtà, è Bridget Elspeth Veronica Dunlop-Evers. Nata nel Gloucestershire nell'aprile del 1964, si trasferì a Londra nell'82 per studiare violino al Royal College of Music. Suonava per strada nei weekend finché, insieme con il fidanzato Roger Milton, fondò una band che si chiamava Green Sunday. Milton poi divenne uno dei cantanti dei Crows».

La guarda, in attesa di una reazione.

Libby non fa una piega. «Dovrei conoscerli?»

Miller alza gli occhi al cielo. «Non importa» risponde. «Comunque, dopo qualche anno la nostra amica supera un provino ed entra negli Original Version, si mette con Justin Redding e lo fa entrare nella band come batterista. Dalle interviste del periodo sembra fosse una donna autoritaria e cordialmente antipatica a tutti. Dopo il successo dell'estate del 1988 uscì un altro single, che però fu un flop. Lei si infuriò, prendendosela con tutti quanti, e lasciò la band portandosi Justin al seguito. Da lì in avanti, di Birdie Dunlop-Evers in rete non si trova più niente. È come se...» Mima la caduta da un precipizio.

«I genitori?»

«Della famiglia di origine si sa poco, oltre al fatto che erano ricchi, cattolici ed ebbero otto figli. Probabilmente sono ancora vivi, dal momento che non ho trovato indicazioni del fatto che siano morti, e ho visto anche che esistono diversi ristoranti vegani e musicisti che si chiamano Dunlop-Evers. Stranamente, però, nessuno della sua famiglia sembra aver notato o essersi curato del fatto che nel 1994 la quartogenita scomparve dalla faccia della Terra».

«E il suo fidanzato Justin? Che fine fece?»

«Non si sa. Viene nominato un paio di volte come batterista degli Original Version. Poi, più niente».

Libby ci riflette su un momento. Com'è possibile che una persona sparisca in questo modo, senza che nessuno se ne accorga?

Miller volta il portatile verso di sé e digita sulla tastiera. «Così mi sono messo a indagare su Phin. Ho contattato il padrone dell'Airbnb, gli ho detto che stavo indagando su un omicidio e che avevo bisogno di sapere come si chiamava l'ultima persona che ha affittato il suo appartamento. Evidentemente la cosa lo ha incuriosito, perché me l'ha detto subito: Justin Redding».

Libby lo guarda sbalordita. «Che cosa?»

«Evidentemente per affittare quell'appartamento da

Airbnb il tipo che a noi ha detto di essere Phin ha usato il nome dell'ex fidanzato di Birdie».

«Ah» dice Libby. «Accipicchia!»

«Strano, vero?» Digita ancora qualcosa. «*Last but not least*, Sally Radlett».

Volta nuovamente verso Libby lo schermo del portatile, sul quale ha aperto l'immagine di una bella donna di una certa età, con i capelli grigi a caschetto, occhiali dalla montatura di tartaruga, occhi celesti, accenno di sorriso, camicetta azzurra aperta fino al terzo bottone, clavicole sporgenti. La scritta sotto la fotografia recita: *Life Therapist & Coach. Pentreath, Cornovaglia.*

«Nome ed età corrispondono, il tipo di occupazione anche. Voglio dire, ci sta che una come Sally Thomsen si improvvisi terapeuta motivazionale, no?»

Miller la guarda trionfante. «Che ne pensi? È lei oppure no?»

Libby si stringe nelle spalle. «Be', sì, potrebbe».

«E abbiamo l'indirizzo» aggiunge lui indicando lo schermo: lei gli legge negli occhi l'invito.

«Dici che dobbiamo andare a trovarla?»

«Secondo me sì».

«Quando?»

Miller inarca un sopracciglio, sorride e fa partire una telefonata al cellulare. Si schiarisce la voce e dice: «Pronto? Parlo con Sally Radlett?»

Libby sente la risposta: «*Sì*».

Miller chiude la comunicazione, guarda Libby e chiede: «Adesso?»

«Ma...» comincia Libby. E tuttavia non le viene in mente nessun motivo per rimandare. «Prima vorrei farmi una doccia».

Miller sorride, sposta di nuovo il portatile e digita sulla tastiera. «Bed & breakfast o Premier Inn?» domanda.

«Premier Inn».

«Perfetto». Un altro paio di clic e le camere al Premier

Inn di Truro sono prenotate. «La doccia puoi farla quando arriviamo». Chiude il portatile, stacca il caricatore e infila tutto dentro la custodia di nylon. «Pronta?»

Libby si alza in preda a una bizzarra eccitazione all'idea di passare con lui il resto della giornata.

«Pronta».

47.
Chelsea, 1992

Il bambino che stava per nascere mi sembrava la causa di tutti i nostri mali. Mia madre era diventata grossa come una botte, noi sempre più magri. E David faceva la ruota, tronfio. Più la pancia cresceva, più il bambino scalciava, più lui si insuperbiva. Mi aggrappavo a quello che mi aveva raccontato Phin quando eravamo andati a Kensington Market, al fatto che David era stato cacciato dall'ultima famiglia che aveva cercato di soggiogare. Immaginavo la vergogna che doveva aver provato venendo beccato a rubare ai propri benefattori. Mi imponevo di ricordare che l'uomo che si era presentato alla nostra porta quattro anni prima, senza casa e senza un soldo, era quello che adesso si dava arie da padrone.

L'idea del bambino che stava per arrivare mi era insopportabile. Sapevo che David lo avrebbe usato per rafforzare la sua posizione, per spadroneggiare nel nostro piccolo mondo malsano. Se non fosse stato per il bambino, mia madre non si sarebbe abbuffata di cibo e ci sarebbe stato concesso di portare a casa qualche germe da fuori. Soprattutto, non avremmo avuto motivo di continuare a ospitare David Thomsen. Non ci sarebbero stati legami.

Decisi di intervenire e ciò non mi fa onore. Ma ero ancora piccolo, e disperato. Cercavo semplicemente la salvezza per tutti noi.

Fu sorprendentemente facile somministrare i farmaci. Feci in modo di cucinare per mia madre il più spesso possibile, le preparai tisane e succhi, e a ogni cosa che preparavo per lei aggiungevo tutto quello che veniva elencato nel libro di

Justin, nel capitolo dedicato all'interruzione di gravidanze indesiderate: prezzemolo, cannella, artemisia, semi di sesamo, camomilla e olio di enotera.

Quando le porgevo il bicchiere o la tazza, mi accarezzava la mano e diceva: «Sei proprio un bravo ragazzo, Henry, a prenderti cura di me. Sono una donna fortunata». Io arrossivo e stavo zitto, perché da un certo punto di vista era vero che mi stavo prendendo cura di lei: stavo facendo in modo che non si ritrovasse legata per sempre a David. Da un altro punto di vista, però, non mi stavo affatto prendendo cura di lei.

E poi un giorno, quando ormai era al quinto mese di gravidanza e il bambino già scalciava e si faceva sentire, mia madre scese in cucina a parlare con Birdie. Sentii che diceva: «Da ieri non lo sento più muovere».

Con il passare delle ore la costernazione crebbe e io provai un senso di tragedia imminente, perché sapevo che cosa stava per succedere.

Ovviamente non chiamarono il medico né andarono al pronto soccorso. Ovviamente David Thomsen era anche uno dei massimi esperti di ostetricia e ginecologia, oltre a tutto il resto. Diresse lui le operazioni, chiedendo che venissero recuperati asciugamani, acqua calda e inutili tinture omeopatiche.

Ci vollero cinque giorni perché il feto ormai senza vita venisse espulso.

Mia madre pianse per ore. Rimase in camera con David e Birdie e il corpicino, emettendo lamenti che si sentivano in tutta la casa. Noi quattro ragazzi restammo insieme, in silenzio, in mansarda, incapaci di elaborare quanto era accaduto. Alla fine di quella giornata tremenda, mia madre si decise finalmente a uscire dalla sua camera con il bambino morto avvolto in uno scialle nero. David scavò una fossa in fondo al giardino, dove venne seppellito di notte, a lume di candela.

Andai da mio padre, quella sera, e mi sedetti di fronte a lui. «Sai che la mamma ha perso il bambino?»

Lui si voltò e mi guardò fisso. Non mi aspettavo che rispondesse, dato che ormai non parlava più, ma speravo di leggergli negli occhi quello che pensava dell'accaduto. Invece nel suo sguardo colsi soltanto tristezza e paura.

«Era un maschietto» gli dissi. «Lo hanno chiamato Elijah. Lo stanno seppellendo in giardino».

Mio padre continuò a guardarmi fisso.

«Alla fine è meglio così, no?»

Cercavo redenzione per i miei peccati e decisi che il suo era un silenzio-assenso.

«Voglio dire, con ogni probabilità sarebbe morto comunque, no? Senza assistenza medica... Oppure poteva morire la mamma, e sarebbe stato ancora peggio. Quindi sì, alla fine è meglio così». Mi guardai riflesso nel vetro scuro della finestra alle sue spalle. Mi vidi immaturo e ridicolo. «Era minuscolo» aggiunsi con voce rotta.

Il bambino era davvero piccolissimo, un bambolotto. Mi ero sentito in colpa nel vederlo: in fondo era il mio fratellino.

«Comunque, è andata così. Speriamo di tornare alla normalità, adesso».

Ma era proprio quello il problema: non c'era niente di normale, in casa nostra. La vita di mio padre e la nostra esistenza erano tutt'altro che normali. Non sarebbe nato il bambino, okay, ma io continuavo a non avere un paio di scarpe e mio padre continuava a stare tutto il giorno in poltrona con lo sguardo perso nel vuoto. Continuavano a non esserci scuola, vacanze, vita sociale, mondo esterno.

Il bambino non sarebbe nato, ma David Thomsen continuava a restare in casa nostra.

48.

Sono le nove. Lucy e i bambini si sono sistemati nella camera che un tempo era dei suoi genitori. Sulle pareti danzano le ombre delle candele. Stella è già mezza addormentata, con il cane acciambellato dietro le ginocchia.

Lucy apre una lattina di gin tonic, Marco una Fanta. Fanno cincin, brindando a Londra. «Allora» esordisce Marco sottovoce. «Mi racconti della piccola, adesso?»

Lucy sospira. «Oddio!» Si copre il volto con le mani. «Non so. È tanto...»

«Dai, per favore, raccontamelo».

«Domani» dice lei, soffocando uno sbadiglio. «Te lo racconterò domani. Promesso».

Dopo qualche minuto Marco finalmente si addormenta e Lucy si ritrova, sveglia, in questa casa fatiscente dove aveva giurato di non tornare mai più. Con cautela solleva la testa di Marco dal proprio grembo e si alza. Alla finestra guarda il sole tramontare nelle vetrate scintillanti dei nuovi condomini dall'altra parte del fiume. Non c'erano quando viveva qui. Se ci fossero stati, riflette, magari qualcuno avrebbe potuto vederli, avrebbe potuto sapere e salvarli, risparmiandogli il loro triste destino.

Si addormenta di colpo verso le tre del mattino, dopo che la mente si è testardamente rifiutata per ore di placarsi, e altrettanto di colpo si risveglia. Si tira su a sedere e Marco fa altrettanto. L'orologio sullo smartphone le dice che hanno dormito fino a tardi.

Sentono dei passi sul soffitto.

Lucy posa la mano su quella di Marco e gli fa segno di tacere.

Torna il silenzio e Lucy sta per rilassarsi quando lo sente di nuovo. Al piano di sopra c'è qualcuno che cammina.

«Mamma?»

Lucy gli stringe la mano e si alza piano piano. Va verso la porta in punta di piedi. Il cane si sveglia e alza la testa, si separa dal corpo di Stella e la raggiunge. Siccome le unghie fanno rumore sul parquet, Lucy lo prende in braccio. Sente un ringhio sommesso e gli intima di tacere.

Marco è alle sue spalle. Lucy lo sente respirare affannosamente.

«Sta' indietro» gli ordina sottovoce.

Il ringhio di Fitz si fa sempre meno sommesso. Al successivo scricchiolio proveniente dal soffitto, il cane abbaia.

Il rumore cessa di colpo.

Poi si sentono dei passi, sicuri e tranquilli, che scendono la scala di legno che porta in mansarda. Lucy trattiene il fiato. Fitz ricomincia ad abbaiare e si divincola per scendere. Lucy chiude la porta e ci si appoggia contro.

Stella si è svegliata e la guarda con gli occhi sgranati. «Che cosa succede, mamma?»

«Niente, tesoro» le risponde a bassa voce. «Tranquilla. Fitz fa lo scemo».

Una porta al primo piano cigola e poi sbatte.

Scarica di adrenalina.

«È la piccola?» chiede Marco agitatissimo, gli occhi sbarrati per il terrore.

«Non lo so» risponde Lucy. «Non ho idea di chi sia».

Il rumore di passi si avvicina. Dietro la porta si sente qualcuno che respira. Il cane tace, le orecchie tese all'indietro, i denti scoperti. Lucy si sposta e apre la porta di uno spiraglio. Il cane le scappa, salta giù e si infila nell'apertura. Dietro la porta c'è un uomo. Il cane abbaia e fa per mordergli la caviglia, l'uomo abbassa gli occhi, sorride e gli porge la mano da annusare. Fitz si tranquillizza, annusa la mano e si lascia accarezzare.

«Ciao, Lucy» dice l'uomo. «Bel cane».

Parte terza

49.

Nella stanza d'albergo Libby è distesa sul letto con il caratteristico copripiedi viola in fondo. Le piace stare al Premier Inn, lo associa a feste di addio al nubilato, viaggetti e matrimoni di amiche in città lontane. Il letto è comodo, conosciuto. Ci resterebbe tutta la giornata, ma ha appuntamento con Miller alle nove nell'atrio. Guarda l'ora sullo smartphone. Le 08.48. Si alza e fa una doccia veloce.

Ieri sera il viaggio da Londra è stato lungo, ma ha scoperto un sacco di cose su Miller, nelle cinque ore che hanno trascorso insieme.

A ventidue anni ha avuto un incidente d'auto dal quale si è ripreso soltanto dopo un anno di carrozzina e fisioterapia. Prima era magro e tonico, ma non è più tornato lo stesso. Ha due sorelle maggiori e un padre gay, ed è nato e cresciuto a Leamington Spa. Si è laureato in scienze politiche e all'università ha conosciuto la ex moglie, Matilda, Mati per gli amici. Ha mostrato a Libby la foto sullo smartphone. È molto bella, labbra carnose e capelli rosso tiziano con un taglio hipster che al novantanove per cento delle donne starebbe malissimo.

«Perché vi siete separati?» ha chiesto Libby. E poi ha aggiunto: «Se non sono troppo indiscreta...»

«È stata colpa mia» le ha risposto Miller, mettendosi una mano sul cuore. «Interamente colpa mia. La trascuravo. Prima di lei venivano gli amici, gli hobby... E soprattutto il lavoro. Nello specifico...» Si è interrotto e le ha sorriso. «...l'articolo del *Guardian*». Si è stretto nelle spalle. «Ho imparato la lezione, credo. Non anteporrò più il lavoro alla vita privata». Poi le ha chiesto: «E tu? Esiste un Mister Libby?»

«Non ancora» gli ha risposto.

«Be', sei giovane. Hai tempo».

«Sì, è vero» ha replicato Libby, benché in genere pensi esattamente l'opposto.

Si rimette i vestiti di ieri e arriva nell'atrio dell'hotel alle nove e due minuti. Miller è già lì. Vestito come ieri. Forse non si è nemmeno fatto la doccia. Ha l'aria scarmigliata di uno che non dorme da quarantott'ore. Ma è un look che ha il suo fascino e ispira tenerezza, e Libby si trattiene a stento dal sistemargli la maglietta e i capelli.

Ovviamente Miller ha approfittato della lauta colazione compresa nel prezzo e, quando Libby lo raggiunge, sta finendo di bere il caffè. Le sorride e posa la tazza. Escono insieme.

Lo studio di Sally è nella via principale di Pentreath, in una palazzina di pietra. Al pianterreno c'è un centro benessere che si chiama The Beach. Salgono al primo piano e Miller suona il campanello. Si presenta una ragazzina giovane.

«Sì?»

«Buongiorno» dice Miller. «Cerchiamo Sally Radlett».

«In questo momento è occupata con un paziente. Volete dire a me?»

La ragazza ha la carnagione lattea, i capelli biondi naturali e la stessa corporatura di Sally. Per un attimo Libby si chiede se non sia la figlia. Ma non è possibile: Sally avrà come minimo sessant'anni.

«Be'... in realtà dobbiamo parlare proprio con lei» risponde Miller.

«Avete un appuntamento?»

«No. È un'emergenza, per così dire».

La ragazza lo guarda con diffidenza, poi si volta verso un divano Chesterfield di pelle e dice: «Volete accomodarvi, nel frattempo? Tra poco finisce».

«Grazie» risponde Miller. Si siedono vicini.

È una stanzetta piccola e la scrivania della ragazza è talmente vicina che la sentono respirare.

Il silenzio imbarazzato è rotto dallo squillo del telefono. Libby si volta verso Miller e gli chiede sottovoce: «E se non è lei?»

«Se non è lei, non è lei». Alzata di spalle.

Libby lo guarda e capisce che ha una visione del mondo molto diversa dalla sua: mette in conto che si può sbagliare, non deve per forza avere tutto sotto controllo. Per un momento l'idea di prendere la vita come Miller le sembra entusiasmante.

Compare una donna alta, vestita di grigio e con i sandali dorati. Si congeda da un uomo di mezza età, poi li vede e assume un'espressione incerta. Si volta verso la segretaria: «Lola?»

La ragazza li guarda e spiega: «Dicono che è un'emergenza».

La donna si volta di nuovo verso di loro e sorride incerta. «Buongiorno».

È evidente che le secca ricevere senza appuntamento.

Miller però non si scompone e si alza. «Sally?» comincia. «Sono Miller Roe. E questa è la mia amica Libby Jones. Avrebbe dieci minuti da dedicarci?»

La donna si gira un'altra volta verso Lola, la quale conferma che il prossimo appuntamento è alle undici e mezzo. Li fa accomodare nello studio e chiude la porta.

È una stanza accogliente, pareti grigie e mobili scandinavi: divanetto chiaro protetto da una coperta all'uncinetto, scrivania e sedie verniciate di bianco. Un sacco di foto in bianco e nero appese ai muri.

«Dunque» esordisce. «Che cosa posso fare per voi?»

Miller guarda Libby. Vuole che parli lei. Libby si rivolge a Sally e dice: «Ho appena ereditato un immobile. Una casa. A Chelsea».

«A Chelsea» ripete Sally.

«Sì. In Cheyne Walk».

«Mhm». Annuisce.

«Numero 16».

«Sì, sì» dice la donna, leggermente spazientita. «Non…» Ma si interrompe e stringe gli occhi a fessura. «Sei la piccola?»

Libby fa sì con la testa. «Lei è Sally Thomsen?»

La donna tace. Dopo un momento risponde: «Be', formalmente no; ho ripreso il mio cognome da nubile anni fa, quando ho avviato lo studio. Non volevo che nessuno… Insomma, avevo passato un periodo nero e mi serviva un cambiamento. Ma sì, ero Sally Thomsen. Ora ascoltami bene» dice, il tono di colpo secco e irritato, «non voglio essere coinvolta in nessuna iniziativa. Mia figlia mi ha fatto giurare di non parlare mai più della casa di Chelsea. Ha sofferto per anni di disturbo post traumatico dopo quello che è accaduto là, e tuttora ne risente. Non spetta a me parlarne. E per quanto mi faccia piacere vederti viva e in salute, temo che dovrò chiedere a entrambi di uscire dal mio studio».

«Potremmo magari parlare con sua figlia? Che ne pensa?»

Sally lancia un'occhiata glaciale a Miller, che ha fatto la domanda. «Assolutamente no. È escluso».

50.
Chelsea, 1992

Mia madre non si rimise mai completamente dall'aborto.

Prese pian piano le distanze dalla vita comunitaria. E prese le distanze anche da David. Incominciò a trascorrere più tempo con mio padre, seduta di fianco a lui in silenzio.

Ovviamente era colpa mia, se era così infelice. Provai a rimediare con gli intrugli che il manuale di Justin raccomandava contro la malinconia, ma era impossibile riuscire a farla mangiare e pertanto ogni mio tentativo fu vano.

David pareva averla abbandonata. Ero sorpreso. Mi aspettavo che si occupasse di lei, della sua convalescenza. Invece la trattava con sommo distacco, quasi con freddezza.

Un giorno, poco dopo l'aborto, chiesi a David: «Come mai non rivolgi quasi più la parola a mia madre?»

Lui mi guardò e sospirò. «Tua madre deve trovare la sua strada verso la guarigione».

La sua strada?

Mi montò la rabbia. «Non mi sembra che stia guarendo» ribattei. «Al contrario, trovo che stia peggiorando. Anche mio padre avrebbe bisogno di cure, di una terapia... Ormai non si alza più. Magari un medico potrebbe fare qualcosa, aiutarlo a recuperare. Con un elettroshock, al limite. Per quel che ne sappiamo noi, sono stati fatti passi da gigante nella riabilitazione dopo l'ictus: siamo isolati dal mondo!» Avevo alzato la voce e mi rendevo conto che quella sfuriata mi avrebbe causato dei guai. E infatti il ceffone arrivò, forte e deciso, sulla guancia.

Sentii il sapore del sangue sulla lingua, le labbra intorpidite. Me le toccai e nel vedere il sangue guardai David, inorridito.

Mi fissava furibondo, le spalle contratte, una vena che gli pulsava sulla tempia. Era incredibile: predicava pace e spiritualità, ma quando si arrabbiava si trasformava completamente. «Non hai nessun diritto di esprimere pareri su questioni di cui non capisci niente» ringhiò. «Sei un bambino».

«Stiamo parlando di mio padre! Lo tratti come una merda!»

Mi arrivò un ceffone anche sull'altra guancia. In realtà me l'aspettavo. Sapevo da sempre, dalla prima volta che l'avevo visto, che affrontare di petto David Thomsen avrebbe voluto dire prendere le botte. E infatti…

«Hai rovinato tutto!» continuai, perché tanto ormai non avevo più nulla da perdere. «Ti credi potente e indispensabile, ma non lo sei! Sei solo un despota. Sei arrivato qui e hai cominciato a comandarci a bacchetta. Hai messo incinta mia madre e adesso che è depressa te ne freghi totalmente. Perché a te importa solo di te stesso!»

Questa volta il ceffone mi mandò a gambe all'aria.

«Alzati e va' in camera tua!» mi urlò. «Starai in isolamento per una settimana».

«Mi ci vuoi chiudere dentro?» dissi. «Solo perché ti ho detto quello che pensavo?»

«No» ribatté furioso. «Ti chiudo in camera perché non sopporto la tua vista. Mi fai schifo. Ci vai con le tue gambe o ti ci devo portare di peso?»

Mi rialzai e corsi via. Non presi le scale, però, ma la porta. Posai la mano sulla maniglia, pronto ad aprirla e correre fuori per fermare il primo che passava e chiedergli aiuto, dirgli che eravamo prigionieri di un mitomane. Ma la porta era chiusa a chiave.

Come avevo fatto a non pensarci? Provai ad aprirla invano, poi mi voltai verso di lui gridando: «Ci hai chiuso dentro?»

«No» replicò. «Ho chiuso la porta, non voi: è diverso. Adesso fila in camera».

Salii di sopra guardato a vista da David, pestando i piedi rabbioso.

Quando sentii girare la chiave nella serratura, scoppiai in un pianto dirotto.

Phin, da camera sua, mi gridò di tacere.

Chiamai a gran voce mia madre, che però non rispose al mio appello.

Nessuno si fece vivo.

Avevo la faccia gonfia per le botte e lo stomaco che brontolava per la fame e non riuscii a chiudere occhio tutta la notte. Rimasi per ore a guardare le nuvole che coprivano e scoprivano la luna e le sagome scure degli uccelli che volavano da un albero all'altro, e ad ascoltare i gemiti e i cigolii della casa.

Nel corso della settimana sconfinai nella follia. Grattai l'intonaco con le unghie fino a farmi uscire il sangue. Diedi testate per terra. Emisi versi animaleschi. Ebbi allucinazioni. Penso che David mirasse a farmi uscire da quella prigione piegato e sottomesso, ma si sbagliava.

Quando finalmente la porta si riaprì, sette giorni dopo, e mi fu concesso di spostarmi liberamente da una parte all'altra della casa, ero tutto fuorché sottomesso. Ribollivo dalla rabbia perché ero stato trattato ingiustamente. Ed ero determinato a farla finita con David.

C'era qualcosa di diverso nell'aria, quando venni liberato, come se fra il pulviscolo che brillava nel sole e fra le ragnatele negli angoli del soffitto aleggiasse un terribile segreto.

La prima mattina di libertà scesi a fare colazione e chiesi a Phin: «Cosa succede? Come mai si comportano tutti in questa maniera strana?»

Phin si strinse nelle spalle. «Si comportano sempre in maniera strana».

«Più strana del solito» insistetti. «È successo qualcosa».

A quel punto Phin era già malato. Era evidente: la sua

pelle un tempo liscia e perfetta aveva un colorito grigiastro, a chiazze, i capelli erano privi di vigore, sporchi. Puzzava persino un po'.

Ne accennai a Birdie. «Phin non sta bene».

Mi rispose piccata: «Sta benissimo, invece. Dovrebbe solo fare più attività fisica».

Dalla porta della stanza che usavamo come palestra sentivo che suo padre lo spronava: «Dai, che ce la fai! Su, Phin, impegnati. Forza, forza! Non ci stai nemmeno provando». Phin usciva da quelle sessioni stremato e saliva le scale come se avesse male dappertutto.

«Usciamo un po' in giardino a prendere una boccata d'aria?» gli domandai una volta. «Ti farà bene».

«Con te non vado da nessuna parte» mi rispose.

«Vacci da solo, allora».

«Non capisci, eh?» replicò. «In questa casa tutto mi fa stare male. Per stare bene dovrei andarmene. Me ne devo andare. Me ne devo andare al più presto» disse guardandomi negli occhi.

C'era un'atmosfera di morte, in casa. Prima mio padre, poi mia madre e adesso anche Phin erano diventati l'ombra di se stessi. Il bambino era morto. Che senso aveva, ormai?

Poi un pomeriggio sentii ridere al piano di sotto, sbirciai e vidi David e Birdie che uscivano dalla palestra. Erano in gran forma. David le mise un braccio intorno alle spalle, la avvicinò a sé e la baciò sonoramente sulla bocca. In quel momento mi fu chiaro: la causa di tutto erano loro. Erano quei due a prosciugare la casa di ogni energia positiva, come vampiri. Stavano succhiando la vita a tutti noi, prosperavano sulle nostre sofferenze.

Guardai i muri dove una volta erano appesi quadri e ora spogli, gli spazi un tempo occupati da mobili di pregio e ora vuoti, pensai alle gocce di cristallo dei lampadari che prima scintillavano nel sole, all'argenteria, i soprammobili, i vestiti firmati di mia madre, le sue borse, gli anelli, gli orecchini di brillanti e zaffiri. Tutto sparito. Donato in beneficenza, distribuito ai poveri. Feci un rapido calcolo del valore complessivo. Migliaia di sterline. Molte migliaia.

Guardai di nuovo David e Birdie, liberi e sereni nonostante tutti i problemi che affliggevano la casa, e pensai: *Tu non sei un guru, caro il mio David Thomsen. Non sei né un filantropo, né un uomo spirituale. Tu sei un criminale. Sei venuto a stare qui e ci hai saccheggiato la casa, sei privo di qualsiasi compassione. Se avessi anche soltanto un minimo di compassione, adesso saresti con mia madre a cercare di consolarla della perdita di vostro figlio. Aiuteresti mio padre a uscire dall'inferno della sua esistenza. Porteresti tuo figlio da un medico. Non staresti lì a ridere e scherzare con Birdie. Saresti oppresso anche tu dall'infelicità di noi tutti. Quindi, se sei privo di compassione, vuol dire che non hai dato i soldi ai poveri: ti sei tenuto tutto. E hai un nascondiglio, quello di cui Phin mi ha parlato anni fa. Dove hai nascosto i soldi, David? E come intendi spenderli?*

51.
Chelsea, 1992

Due settimane dopo la fine dell'isolamento, la sera a tavola David annunciò che mia sorella era incinta. Mia sorella, che aveva appena compiuto quattordici anni…

Clemency si allontanò da lei come se fosse lava incandescente, mentre mia madre rimase impassibile. Ne dedussi che lo sapeva già. Guardai Birdie, che mi sorrise scoprendo i denti piccoli. A quella vista, esplosi. Saltai su e mi lanciai contro David, cercando di colpirlo. A morte, possibilmente. Sì, volevo ucciderlo.

Ma ero molto più mingherlino di lui e naturalmente Birdie si mise in mezzo. Mi ritrovai sbattuto dall'altra parte del tavolo. Guardai mia sorella, che aveva uno strano sorrisetto sulle labbra, e rimasi sconvolto nel constatare ciò che fino ad allora mi era sfuggito, e cioè che anche lei vedeva David come mia madre e Birdie, e che era orgogliosa che lui l'avesse scelta, fiera di portare in grembo il frutto del suo seme.

Ebbi un'illuminazione.

David non voleva soltanto i nostri soldi. Voleva la casa.

Aveva deciso di portarcela via sin dal primo giorno e fare un figlio con mia sorella era il modo migliore per realizzare il suo obiettivo.

Il giorno dopo andai in camera dei miei genitori e aprii le scatole di cartone nelle quali tenevano le poche cose rimaste loro da quando i mobili erano stati dati in beneficenza. Mi sentii addosso lo sguardo di mio padre.

«Papà, dov'è il testamento?» chiesi. «Avete deciso a chi andrà la casa?»

Mi accorsi che avrebbe voluto rispondere, ma non ci riusciva. Aprì leggermente la bocca, ma non uscì un suono. Mi avvicinai. «Lo sai, papà? Mi fai vedere dov'è il testamento?»

Spostò gli occhi verso la porta.

«Di là?» domandai. «È di là?»

Chiuse le palpebre.

A volte, quando lo imboccavamo, chiudeva le palpebre. Se, quando gli dava da mangiare, la mamma gli chiedeva: «Ti piace, caro?», lui chiudeva le palpebre. Allora lei mormorava: «Buono, buono». E gli dava un altro boccone.

«In quale stanza?»

Lo vidi muovere appena gli occhi verso la stanza di David e Birdie.

«In camera di David?»

Chiuse le palpebre.

Mi sentii mancare.

Non potevo certo entrare nella stanza di David e Birdie. Tanto per cominciare, chiudevano sempre la porta a chiave. E comunque, se mi avessero beccato, sarebbe scoppiato il finimondo.

Perciò feci di nuovo ricorso al manuale degli incantesimi di Justin.

Formula per indurre temporanea sedazione.

Era quello che mi serviva: un incantesimo capace di provocare sonnolenza e stordimento, *una breve e impercettibile fuga dalla realtà.*

Fra gli ingredienti c'era l'*Atropa belladonna*, la pianta velenosa di cui mi aveva parlato Justin. Ne avevo trovato alcuni semi nel laboratorio di Justin e li avevo piantati senza dire niente a nessuno. Avevo dovuto tenerli immersi nell'acqua dentro il frigo per quindici giorni, e avevo raccontato che stavo sperimentando un nuovo rimedio contro la depressione per Phin.

Li avevo piantati in due grandi vasi, tre settimane dopo erano comparsi i primi germogli e a quel punto le piante erano belle rigogliose. Sui libri era scritto che coltivare la belladonna era difficilissimo e, quando avevo visto sbocciare i primi fiori viola, mi ero riempito di orgoglio. Andai in giardino a prendere alcune bacche, me le infilai nei leggings e corsi subito in camera mia a preparare una tintura con l'aggiunta di foglie di camomilla e acqua zuccherata. La ricetta prevedeva anche due peli strappati dal dorso di un gatto fulvo e alito di vecchia, ma io ero un erborista, non uno stregone.

Le mie tisane erano molto apprezzate. Proposi a David e Birdie una mia nuova creazione, con foglie di lampone e camomilla. Mi guardarono con affetto, facendomi i complimenti: chissà com'era buona.

Mentre Birdie la beveva, mi scusai se era troppo dolce: avevo aggiunto il miele per bilanciare l'amaro delle foglie di lampone, le dissi. Il libro specificava che per avere effetto occorreva assumerne almeno mezza tazza. Per accertarmi che ne bevessero una quantità sufficiente anche se il gusto era sgradevole, rimasi lì a guardarli rispettoso, come bisognoso di conferme.

Evidentemente, però, il gusto era buono, perché finirono entrambi la tazza.

«Bene» disse Birdie dopo un po', mentre terminavamo di lavare i piatti. «La tua tisana è molto rilassante, sai, Henry? Mi è venuto un sonno...» Le si chiudevano gli occhi. «Quasi quasi vado a stendermi un po'».

Anche David faceva fatica a tenere gli occhi aperti. «Ti tengo compagnia» disse.

«Vi accompagno» mi offrii. «Accipicchia, mi sa che ho esagerato con la camomilla» dissi, lasciandomi prendere sottobraccio da Birdie, che mi posò la testa sulla spalla. «La tua tisana è deliziosa, Henry. La migliore che abbia mai bevuto».

«Sì, davvero deliziosa» concordò David.

Cercò la chiave della camera nelle pieghe della tunica e mi accorsi che portava a tracolla una bustina di pelle. Probabilmente era lì che teneva tutte le chiavi di casa. Siccome non riusciva a centrare la serratura, gli diedi una mano. Appena li aiutai a stendersi sul letto, caddero entrambi in un sonno profondo.

C'ero riuscito. Ero in camera di David e Birdie. Non entravo in quella stanza da anni, dai tempi in cui David stava ancora con Sally.

Mi guardai intorno incredulo. C'erano pile e pile di scatole di cartone da cui tracimavano indumenti, libri e altri oggetti che loro ci dipingevano come nefasti e pericolosi. In un angolo c'erano due paia di scarpe, uno da uomo e uno da donna. Vidi persino una bottiglia di vino mezza vuota, un bicchiere con un residuo scuro sul fondo, i whiskey costosissimi di mio padre, una scatola di biscotti, l'involucro di un Mars... E poi slip di seta, una boccetta di shampoo Elvive...

Distolsi lo sguardo, perché non sapevo quanto sarebbe durato lo stato di sedazione temporanea: dovevo trovare il testamento di mio padre e andarmene al più presto.

Cercando nelle scatole, trovai il mio astuccio, che non vedevo dai tempi delle elementari. Lo presi in mano e lo guardai come fosse un manufatto di un'antica civiltà. Pensai al bambino con i pantaloni alla zuava l'ultimo giorno di scuola, felice di crescere e di andare incontro a nuove esperienze. Aprii l'astuccio, annusai profumo di matite e di innocenza, e me lo infilai nei leggings per poi nasconderlo in camera mia.

Trovai un abito da sera di mia madre, i fucili di mio padre, il tutù e il costumino da danza di Lucy. Mi chiesi perché mai l'avessero conservato.

Nella terza scatola che aprii trovai i documenti di mio padre in classificatori grigi marmorizzati. Ne presi uno che sulla costa aveva scritto CASA e lo sfogliai velocemente.

Controllai anche gli altri e finalmente trovai il testamento di Henry Roger Lamb e Martina Zeynep Lamb. Nascosi anche quello nei leggings per leggermelo dopo, con calma. Notai che il respiro di Birdie aveva cambiato ritmo e che muoveva una gamba. Aprii freneticamente un'altra scatola e vidi i passaporti. Li presi e li sfogliai: il mio, quello di mia sorella e quelli dei miei genitori. Sentii montare l'ira. *I nostri passaporti?* Quell'uomo orribile ci aveva sequestrato i passaporti! Non solo ci teneva prigionieri in casa nostra, ci aveva addirittura rubato i documenti! Rubare il passaporto di un'altra persona vuol dire privarla della possibilità di partire, esplorare il mondo, vivere avventure, imparare, conoscere... Avevo il cuore colmo di rabbia. Vidi che il mio era scaduto e quello di mia sorella sarebbe stato valido per altri sei mesi. Erano ormai inutili.

Sentii che David borbottava qualcosa.

La sedazione temporanea si stava rivelando davvero breve. Convincere quei due a bere un'altra tazza mi sembrava irrealistico. Dovevo sbrigarmi a scoprire i segreti custoditi in quella stanza.

Trovai una scatola di paracetamolo, una confezione di pasticche per la tosse, preservativi... E, sotto a tutto quanto, una mazzetta di banconote bella spessa. Calcolai che dovevano ammontare a un migliaio di sterline, se non di più. Presi qualche biglietto da dieci dalla cima e li nascosi in mezzo ai documenti che mi ero infilato nei leggings.

Birdie gemette.

Anche David gemette.

Mi alzai e, con il testamento dei miei genitori, il mio astuccio e cinque banconote da dieci sterline strette sulla pancia, uscii dalla camera in punta di piedi.

Richiusi piano la porta e mi allontanai.

52.

Nella testa di Lucy si affollano mille pensieri. Le fattezze dell'uomo sono indecifrabili. Lo prende prima per una persona, poi per un'altra e quindi un'altra ancora. Gli chiede chi è.

«Lo sai, chi sono» le risponde lui.

Ha una voce nota, che però non riconosce.

Stella si è avvicinata e le si aggrappa a una gamba.

Marco è al suo fianco, serio e determinato.

Il cane gradisce le coccole e si sdraia sulla schiena per farsi accarezzare la pancia.

«Che bravo cane!» dice l'uomo. «Sei un cane bravissimo».

Alza la testa, rivolto a Lucy, e con l'indice si sistema gli occhiali che gli si erano abbassati sul naso. «Mi piacerebbe un sacco avere un cane» dichiara. «Ma dovrei lasciarlo solo tutto il giorno per andare a lavorare. E quindi mi accontento di avere gatti». Sospira, si tira su e squadra Lucy. «Mi piace molto il tuo look. Non pensavo saresti diventata così… bohémien».

«Ma tu sei…?» Lucy lo guarda strizzando gli occhi.

«Indovina» ribatte lui giocoso.

Lucy sospira. È stanchissima. È reduce da un lungo viaggio, da una vita faticosa e irta di difficoltà. Nulla è mai stato semplice, per lei. Ha preso decisioni sbagliate ed è finita in posti sbagliati con le persone sbagliate. Si sente – come spesso le capita – il fantasma della donna che sarebbe potuta diventare e che le è stato impedito di essere.

È una madre, un'assassina, un'immigrata clandestina che si è introdotta in quella casa senza averne diritto. Voleva solo vedere la piccola per chiudere il cerchio e invece si ritrova di fronte un uomo che potrebbe essere suo fratello, ma forse invece non lo è. Perché le fa paura?

Lo guarda e nota le ciglia lunghissime. *È Phin*, pensa. Poi però gli guarda le mani e vede che sono piccole e delicate, con i polsi sottili.

«Sei Henry» dichiara, «vero?»

53.
Chelsea, 1992

Dopo l'annuncio andai da mia madre e le dissi: «È orribile che tu abbia permesso a tua figlia di fare sesso con un uomo della tua età».

Rispose: «Non ho avuto alcun ruolo in questa storia. So soltanto che avremo un bambino e che dovremmo rallegrarcene».

In quel momento mi sentii più solo che mai. Non avevo più un padre e una madre. Non ricevevamo visite, nessuno bussava mai alla nostra porta, il telefono era scollegato da mesi. In realtà un giorno, dopo l'aborto, qualcuno venne a bussare e insistette per una buona mezz'ora per tutta una settimana, ma noi venimmo confinati nelle nostre stanze. In seguito mia madre mi disse che era suo fratello, mio zio Karl. Io gli volevo bene, era uno di quegli zii esuberanti che lanciano i nipoti in piscina e raccontano barzellette che gli adulti disapprovano. L'ultima volta che lo avevo visto, era stato al suo matrimonio ad Amburgo, quando avevo dieci anni. Lo zio Karl indossava un completo a fiori, con tanto di panciotto. L'idea che fosse venuto a cercarci e noi non gli avessimo aperto mi spezzò il cuore già infranto. «Ma perché?» chiesi a mia madre. «Perché non l'hai fatto entrare?»

«Non avrebbe capito il nostro stile di vita. È troppo frivolo e vive un'esistenza priva di significato».

Non le risposi, perché di fronte a certe posizioni è inutile ribattere. Certo che lo zio Karl non avrebbe capito: nessuno avrebbe capito. Almeno di questo mia madre era consapevole.

Ci venivano recapitate le verdure in una scatola di cartone una volta alla settimana. Il fattorino trovava una busta con i soldi fuori dalla porta. Ogni tanto suonava e mia madre gli rispondeva dallo spiraglio della buca delle lettere. Lui si scusava del fatto che aveva messo pastinaca al posto delle rape, avendole finite, e mia madre sorrideva e diceva che sì, grazie, andava bene lo stesso. Dopo il ritrovamento dei cadaveri l'ortolano andò alla polizia e dichiarò che aveva sempre creduto che casa nostra fosse un convento di clausura e mia madre una suora. L'idea che ci fossero anche degli uomini e dei bambini non gli era mai passata neppure per l'anticamera del cervello.

Mi sentivo solo come un cane. Provai a rinfocolare l'amicizia con Phin (sempre che io e Phin fossimo mai stati amici), ma lui era ancora arrabbiato con me perché avevo fatto la spia la sera che mi aveva buttato nel fiume. Io non ero arrabbiato, sebbene mi avesse spinto nel Tamigi, perché ci eravamo calati l'acido e io l'avevo provocato. In qualche modo, me l'ero andata a cercare. Mi ero infuriato lì per lì, ma più per l'orgoglio ferito che non perché avessi rischiato di annegare. A parte il fatto che ero innamorato di lui e, quando si è innamorati, si perdona quasi tutto. È un tratto che ho conservato anche nella vita adulta, purtroppo. Mi innamoro sempre di gente che mi odia.

Incontrai Clemency in cucina un pomeriggio, poco dopo l'annuncio della gravidanza di mia sorella.

«Lo sapevi?» le domandai.

Era imbarazzata, perché in tanti anni ci eravamo rivolti a stento la parola e di colpo stavamo parlando del fatto che la sua migliore amica andava a letto con suo padre.

«No, non lo sapevo» rispose.

«Ma siete amiche intime! Come facevi a non saperlo?»

Si strinse nelle spalle. «Pensavo facessero ginnastica».

«E ora che cosa pensi?»

«Che cosa vuoi che pensi? È disgustoso».

Annuii. Ero perfettamente d'accordo.

«Tuo padre l'aveva già fatto, secondo te?»

«Cosa?»

«Mettere incinta una».

«Non credo» rispose sommessamente. «Solo mia madre».

Le chiesi di venire in camera mia e per un momento Clemency fece una faccia terrorizzata. Lì per lì ci rimasi male, poi pensai che era meglio così. Dovevo terrorizzare il prossimo, se volevo riuscire a rovesciare il dominio di David e liberare la casa.

Quando fummo in camera, spostai il materasso e tirai fuori gli oggetti che avevo trovato nella stanza di David e Birdie. Li allineai per terra, le diedi il tempo di guardarli per bene e le spiegai dove li avevo presi.

«Come hai fatto a entrare?» mi domandò.

«Non te lo posso dire».

Clemency osservava la refurtiva con aria sbigottita. «Il tuo astuccio?»

«Esatto. E c'era tantissima altra roba». Le raccontai della biancheria di seta, delle bottiglie di whiskey e delle banconote. Era sempre più sconvolta. Commisi lo stesso errore di quando avevo rivelato a Phin di aver visto suo padre e Birdie che si baciavano. Mi dimenticai che era una bambina, e che David era suo padre, con il quale aveva un legame profondo fatto di ricordi e di genetica, che io stavo lacerando.

«Ci ha riempito di palle tutto questo tempo!» esclamò premendosi le mani sugli occhi. «Io credevo che ci sacrificassimo per i poveri! Non capisco. Non capisco proprio...»

La fissai negli occhi. «È semplice» risposi. «Tuo padre si è impossessato di tutti gli oggetti di valore dei miei genitori e adesso cerca di portarci via pure la casa. Legalmente è vincolata fino al compimento dei venticinque anni miei e di mia sorella, ma guarda qui». Le mostrai il testamento. C'era un addendum scritto a mano, con la grafia di David, che in burocratese diceva sostanzialmente che alla morte dei miei genitori la proprietà sarebbe andata a David Sebastian Thomsen e ai suoi eredi. Firmato in presenza di due testimoni e controfirmato dagli stessi, che erano mia madre e Birdie. Nessun tribunale l'avrebbe mai accettato, ma le intenzioni erano chiare.

«Il bambino serve a questo».

Clemency rimase zitta un sacco di tempo, poi mi chiese: «Che cosa facciamo?»

«Ci sto pensando» risposi, accarezzandomi il mento come se avessi la barba. Non avevo neanche un pelo, in realtà. La barba mi crebbe intorno ai vent'anni e anche allora non era niente di speciale. «Ma qualcosa faremo».

Clemency mi guardò con gli occhi spalancati. «D'accordo».

«Devi promettere di non dire niente a nessuno». Indicai gli oggetti che avevo trovato nascosti nella camera di David e Birdie. «Neanche a tuo fratello. Neanche a mia sorella. Deve rimanere un nostro segreto. Okay?»

Lei annuì. «Te lo prometto». Rimase zitta un minuto, poi mi guardò. «L'aveva già fatto».

«Cosa?»

Clemency abbassò la testa. «Cercò di convincere sua nonna a lasciargli la casa. La poveretta aveva la demenza senile. Mio zio se ne accorse e ci cacciò di casa. Per questo andammo a stare in Francia». Mi guardò. «Non dovremmo avvertire la polizia?» mi chiese. «Denunciarlo?»

«No» risposi subito. «In teoria i suoi non sono reati. Dobbiamo decidere una strategia per riuscire ad andarcene da qui. Sei disposta a darmi una mano?»

Clemency annuì.

«A qualsiasi costo?»

Annuì di nuovo.

Mi sentivo a un bivio. Con il senno di poi, ci sarebbero state altre strade. Ma siccome le persone che amavo di più al mondo non si prendevano cura di me, scelsi la peggiore possibile.

54.

Libby e Miller si congedano da Sally dopo dieci minuti.

«Come stai?» chiede Miller appena escono nell'afa soffocante.

Libby accenna un sorriso, ma le viene da piangere. Non riesce a trattenere le lacrime.

«Oddio!» esclama Miller. «Dai, su. Su, su». La accompagna verso una panchina all'ombra, in uno spiazzo silenzioso. Si tocca le tasche. «Mi spiace, non ho fazzoletti».

«Non ti preoccupare» replica Libby. «Li ho io».

Ne tira fuori un pacchetto dalla borsa. Miller sorride.

«Avrei dovuto immaginare che sei una che tiene sempre a portata di mano un pacchetto di fazzolettini».

Libby lo guarda stupita. «In che senso?»

«Nel senso che...» Miller sorride. «Niente. Sei una donna organizzata: questo volevo dire».

Libby annuisce. *Sì, sono una che si organizza.* «Faccio di necessità virtù».

«Ovvero?»

Libby alza le spalle. Non è abituata a parlare di sé, ma in quegli ultimi due giorni sono successe tante di quelle cose che le abitudini sono andate a farsi benedire.

«Mia madre» comincia. «La mia madre adottiva è disordinata. Una donna meravigliosa, ma solo mio padre riusciva a contenerla ed è mancato quando io avevo otto anni. Da allora... Arrivavo sempre a scuola in ritardo, senza le cose giuste nella cartella... Perdeva tutto, si dimenticava di firmare le comunicazioni... Mentre davo la maturità, lei era in vacanza. Appena ho compiuto diciott'anni, è emigrata in Spagna». Si stringe nelle spalle. «Ero io l'adulta di casa».

«Quella che si portava dietro i fazzolettini?»

Libby ride. «Esatto. Una volta, ai giardini, caddi e mi feci un taglio sul gomito. Mia madre tirò fuori tutto dalla borsa in cerca di qualcosa con cui pulirmelo, ma si presentò quest'altra mamma che, in una borsa delle stesse dimensioni, aveva fazzolettini, disinfettante e pure una scatola di cerotti. Io la guardai e decisi che da grande volevo diventare così. Andare in giro con una borsa magica».

Miller sorride. «Be', hai tenuto fede ai tuoi propositi» commenta. «No?»

Libby scoppia in una risatina nervosa. «Ci provo» si schermisce.

Stanno un momento in silenzio. Le loro ginocchia si toccano involontariamente e subito si scostano.

«Abbiamo fatto un viaggio a vuoto, eh?» dice Libby.

Miller la guarda con gli occhi che brillano. «Non direi» risponde. «La ragazzina, Lola... È la nipote di Sally».

Libby rimane basita. «E come fai a dirlo?»

«Hai visto la foto sulla scrivania di Sally? C'erano lei e una donna più giovane con una neonata in braccio. E in un'altra foto appesa al muro c'era lei con una bambina bionda. C'era anche un disegno con la scritta TI VOGLIO BENE, NONNA!» Si stringe nelle spalle. «Ho fatto due più due». Si china verso Libby e le mostra il display del cellulare.

«Cos'è?»

«Una lettera indirizzata a Lola. L'ho vista sporgere dalla borsa, quando mi sono chinato fingendo di allacciarmi una scarpa, e l'ho fotografata. Un trucco vecchio come il mondo, ma funziona».

Libby lo guarda strabiliata. «E come ti è venuto in mente di...?»

«Sono un giornalista investigativo, Libby. È il mio mestiere. Ora, se Lola è la figlia di Clemency, come ipotizzo, è verosimile che Clemency abiti nei paraggi. Magari a questo indirizzo». Indica la lettera visualizzata sullo smartphone.

«Scommetto che abbiamo appena trovato la seconda adolescente scomparsa».

Ad aprire la porta del bungalow è una donna leggermente sovrappeso, accompagnata da un golden retriever che scodinzola pigramente. È mora con un taglio a caschetto, ha le gambe lunghe, ma la vita e le tette grosse. Indossa bluejeans e una camicetta di lino rosa, senza maniche. Ha un paio di anelli d'oro alle orecchie.

«Sì?»

«Buongiorno. Clemency?» domanda Miller.

La donna annuisce.

«Sono Miller Roe. Lei è Libby Jones. Abbiamo appena parlato con sua madre. Ci ha detto che abitava vicino e quindi...»

La donna guarda fisso Libby. «Lei è... Mi sembra di conoscerla».

Libby china il capo e lascia che sia Miller a spiegare la situazione.

«Le presento Serenity» dice lui.

Clemency si aggrappa allo stipite e rovescia la testa all'indietro e Libby teme che stia per svenire dall'emozione. Invece Clemency si riprende, le getta le braccia al collo ed esclama: «Ma certo! Ma certo! Hai compiuto venticinque anni! Avrei dovuto pensarci... Mi sarebbe dovuto venire in mente. Avrei dovuto aspettarmelo, che venissi. Santo cielo! Ma prego, entrate. Venite, venite».

Il bungalow dentro è bellissimo, parquet e quadri astratti, vasi pieni di fiori, tantissima luce che filtra dalle finestre con i vetri colorati.

Il cane si accoccola ai piedi di Libby, mentre Clemency va a prendere acqua e bicchieri. Libby gli accarezza la testa. Ha la lingua di fuori e il fiato pesante, ma non le dà fastidio.

Clemency torna e si siede di fronte a loro. «Wow!» esclama guardando Libby. «Sei carinissima! Sei... vera».

Libby scoppia in una risatina nervosa.

Clemency dice: «Eri piccola, quando me ne sono andata. Non avevo tue foto, non sapevo dove fossi finita, se ti avessero adottato, dove stessi e con chi. Non riuscivo a immaginare che faccia potessi avere. Assolutamente. Se pensavo a te, ti rivedevo bambina. Un po' come una bambola, capisci? Non una persona... vera. E invece...» Le si riempiono gli occhi di lacrime. Con voce rotta aggiunge: «Ti chiedo scusa. Mi spiace. Sei...? Ti hanno...? Hai trovato una buona sistemazione?»

Libby annuisce. Pensa a sua madre, all'uomo con cui si accompagna – e che chiama il suo *toyboy*, anche se ha solo sei anni meno di lei –, alla terrazza del monolocale di Dénia nel quale abitano (troppo piccolo per poterla ospitare), vestita con un caffettano rosa, che le spiega via Skype che non è riuscita a prenotare l'aereo per tempo e così non potrà andare a farle gli auguri di persona per il compleanno, perché ormai i biglietti a poco prezzo sono esauriti. Pensa al giorno del funerale di suo padre, quando la teneva per mano e guardava il cielo dov'era volato il papà e intanto si preoccupava: come avrebbe fatto la mamma a portarla a scuola, dato che non aveva la patente?

«Sì, ottima» risponde. «Sono stata adottata da due persone meravigliose. Sono stata fortunata».

Clemency si illumina. «E adesso dove stai?»

«St Albans» risponde.

«Che bello! Sei sposata? Hai figli?»

«No, sono single e vivo da sola, senza figli e senza cani o gatti. Vendo cucine e sono... Insomma, tutto molto normale, finché...»

«Sì, capisco» dice Clemency. «Immagino sia stato uno shock».

«Altroché».

«Che cosa sai?» le chiede circospetta. «Della casa. Conosci tutta la storia?»

«Dunque, vediamo...» risponde Libby. «Sono cresciuta

convinta che i miei fossero morti in un incidente stradale quando avevo dieci mesi, perché i miei genitori adottivi questo mi avevano raccontato. Poi ho letto l'articolo di Miller, secondo cui i miei erano membri di una setta che avevano preso parte a una sorta di suicidio collettivo, e io ero finita in mano agli zingari. E poi, be', due sere fa ero con Miller nella casa di Cheyne Walk ed è comparso questo tipo. Ci ha detto...» Si interrompe. «Ci ha detto di essere Phin».

Clemency spalanca gli occhi. «Hai visto Phin?»

Libby annuisce incerta.

Gli occhi della donna si riempiono di lacrime. «Sei sicura che fosse lui?»

«Ci ha detto che quello era il suo nome, che tu eri sua sorella e che non vedeva te e la madre da anni».

Clemency scuote la testa. «Stava così male quando io andai via di casa, era molto malato. Io e mia madre l'abbiamo cercato ovunque, per anni e anni. Abbiamo setacciato tutti gli ospedali di Londra, girovagato per i parchi a controllare i senza tetto. E abbiamo aspettato e aspettato che si presentasse alla nostra porta. Ma non l'ha mai fatto e alla fine... Credevamo fosse morto. Altrimenti perché non si sarebbe più fatto vivo? Avrebbe cercato di rintracciarci, no? Voglio dire...» Lascia la frase a metà. «Sei assolutamente sicura che fosse Phin? Com'era, fisicamente?»

Libby le descrive gli occhiali con la montatura di corno, i capelli biondi, le ciglia lunghe, la bocca carnosa.

Clemency annuisce.

Poi Libby le parla dell'appartamento lussuoso, dei gatti persiani, le riferisce la battuta sul gatto maschio e Clemency scuote la testa.

«No» dichiara. «Allora non è Phin». Tace per un momento, lascia vagare lo sguardo nella stanza e infine esclama: «Sai cosa credo? Credo che si tratti di Henry!»

«Henry?»

«Era cotto di Phin al limite dell'ossessione. Totalmente

non corrisposto. Lo guardava incantato per ore, lo imitava nel modo di vestire, di pettinarsi. Una volta cercò di ucciderlo. Lo spinse nel Tamigi e gli tenne la testa sotto. Fortunatamente Phin era più forte e riuscì a liberarsi. Henry ammazzò anche la gatta di Birdie, lo sapevate?»

«Che cosa?»

«La avvelenò, le tagliò la coda e ne gettò il corpo nel fiume. I segnali c'erano tutti, insomma. Mi dispiace parlare così di un ragazzino, ma Henry aveva in sé una vena criminale».

55.
Chelsea, 1993

Non ammazzai io la gatta di Birdie. Figuriamoci. Anche se ammetto che morì per causa mia.

Stavo sperimentando una pozione a base di belladonna un po' più potente di quella che avevo somministrato a Birdie e David per potermi intrufolare in camera loro. Volevo che l'effetto durasse più a lungo. La provai sulla gatta pensando che, se non avesse fatto male a lei, non avrebbe fatto male neppure agli umani. E purtroppo le fece male. Okay, imparai la lezione. La volta successiva ridussi la dose di belladonna.

Quanto alla coda, detto così fa impressione: non gliela tagliai per il gusto di tagliargliela, ma perché era bellissima, morbidissima e aveva colori stupendi. Ricordiamoci che non avevo più niente di morbido, mi era stato portato via tutto. E alla gatta non serviva più, giusto? Quindi sì, gliela tagliai. Non è vero neppure che gettai il cadavere nel Tamigi. Come avrei potuto, visto che ero prigioniero in casa? La carcassa è sepolta nell'orto ancora adesso.

E soprattutto non fui io a far cadere nel fiume Phin: questa è una bugia bella e buona. È possibile che Phin mi abbia spinto in acqua nel corso di una colluttazione partita da un mio tentativo di spingercelo, questo sì. Mi aveva chiesto di non guardarlo in quel modo e io gli avevo detto che lo guardavo in quel modo perché era bellissimo.

«Sei strano» mi aveva risposto. «Perché ti comporti sempre in questo modo così strano?»

«Non hai ancora capito, Phin? Non hai capito che ti amo?»

(Prima di giudicarmi troppo severamente, ricordiamoci

che ero sotto l'effetto dell'LSD e pertanto incapace di intendere e di volere.)

«Smettila» mi aveva detto, imbarazzato.

«Ti prego, Phin» lo avevo implorato. «Ti amo dal primo momento che ti ho visto...» E avevo cercato di baciarlo. Gli avevo sfiorato le labbra con le mie e per un attimo avevo pensato che rispondesse al mio bacio. Ricordo ancora la sensazione di morbidezza, il respiro che dalla sua bocca entrava nella mia.

Gli avevo posato la mano sulla guancia e a quel punto lui si era staccato di scatto e mi aveva guardato con un disgusto così palese che mi ero sentito trapassare il cuore da una spada.

Mi aveva spinto all'indietro, rischiando di farmi cadere, e allora anch'io l'avevo spinto, lui aveva reagito e a quel punto ero finito nel fiume. Phin non mi buttò deliberatamente nel fiume, lo so. E questo rende molto più grave la mia decisione di fare la spia e dire a suo padre che invece lo aveva fatto apposta, lasciando che lo chiudesse in camera per una settimana. Non dissi mai a nessuno che era stato un incidente e lui neppure perché, se l'avesse fatto, avrebbe dovuto raccontare che avevo cercato di baciarlo ed evidentemente, piuttosto che dire questo, preferì tacere.

56.
Chelsea, 1993

Una sera di metà giugno sentii mia sorella emettere lunghi muggiti.

Non posso definirli altrimenti.

Sembrava davvero una mucca.

Durò un sacco di tempo. Era in una cameretta che era stata appositamente predisposta. Io e Clemency venimmo allontanati e rispediti nelle rispettive stanze fino a nuovo ordine.

I muggiti andarono avanti per molte ore.

Poi, dieci minuti dopo mezzanotte, si sentì il pianto di un neonato.

Eri tu.

Serenity Love Lamb, figlia di Lucy Amanda Lamb, quattordici anni, e David Sebastian Thomsen, quarantuno.

Ti vidi soltanto molte ore dopo e devo ammettere che ti trovai graziosa. Sembravi un cucciolo di foca e mi guardavi senza battere le ciglia come se mi vedessi veramente. Mi fece impressione, perché ero abituato a sentirmi invisibile. Mi stringevi il dito nella manina. Te lo lasciai fare. Ero convinto di detestare i bambini piccoli, ma forse non era vero, dopotutto.

Qualche giorno dopo ti separarono da mia sorella e ti portarono nella stanza di David e Birdie. Mia sorella venne trasferita nella camera che occupava prima con Clemency. Di notte vi sentivo piangere disperate tutt'e due, tu al piano di sotto e mia sorella nella stanza accanto. Lei veniva fatta scendere di sotto diverse volte al giorno per il latte, che le veniva tolto con una pompetta antiquata e veniva portato nella stanza di David e Birdie in un antiquato biberon.

Questo cambiò di nuovo gli equilibri della casa. Tornammo a essere "loro" contro "noi" e mia sorella fu di nuovo dei nostri. Fu quell'ultimo atto di crudeltà a riavvicinarci.

57.

Lucy si avvicina.

Suo fratello.

Fratello maggiore.

È proprio lui.

Lo guarda negli occhi e chiede: «Dove sei stato tutto questo tempo, Henry?»

«Un po' qua, un po' là, sai...»

Lucy sente montare la collera. Ha sofferto la solitudine tutti questi anni, si è sentita sola al mondo... E lì c'è Henry, alto, sbarbato, bello e disinvolto.

Lo prende a pugni sul petto.

«L'hai lasciata lì!» grida. «L'hai abbandonata!»

Lui le afferra le mani e ribatte: «Tu l'hai abbandonata! Tu! Io sono rimasto con lei. Sono stato l'unico a prendermene cura. Mi hai chiesto dove sono stato: e tu? Dove sei stata *tu* tutto questo tempo?»

«Sono stata...» Lascia la frase a metà e abbassa le braccia. «All'inferno».

Restano zitti un momento. Poi Lucy fa un passo indietro e chiama Marco. «Marco, ti presento Henry» dice. «Tuo zio. Henry, lui è Marco, mio figlio. E lei è Stella, mia figlia».

Marco guarda sua madre, poi Henry, poi di nuovo sua madre. «Non capisco. Cosa c'entra con la piccola?»

«Henry è...» Si interrompe, sospira e ricomincia: «Quando abitavamo in questa casa, da bambini, c'era anche un bebè, una femmina, che... L'abbiamo dovuta lasciare qui perché... Perché non potevamo fare diversamente. Ora è cresciuta e Henry è venuto sperando di incontrarla, come me».

Henry si schiarisce la voce.

Lucy si volta verso di lui.

«Ho già incontrato Serenity» spiega Henry. «L'ho vista ieri sera. Qui».

Lucy è senza fiato. «Oh, mio Dio! Sta bene?»

«Benissimo, direi» risponde Henry. «È bella e in ottima salute».

«E dov'è adesso?» chiede Lucy. «Dove sta?»

«In questo momento è con la nostra vecchia amica Clemency».

Lucy rimane sbigottita. «Clemency? Oh, mio Dio! E lei dov'è? Dove abita?»

«In Cornovaglia, credo. Tieni, guarda». Accende lo smartphone e le mostra un puntino che brilla a intermittenza su una mappa. «Serenity» spiega, indicando il puntino. «Per l'esattezza si trova al numero 12 di Maisie Way, Pentreath, Cornovaglia. Le ho messo un localizzatore sul telefono. Almeno siamo sicuri che non la perdiamo».

«E come fai a sapere che quello è l'indirizzo di Clemency?

«Ah, be'...» Henry chiude l'app che mappa i movimenti di Serenity e ne apre un'altra.

Preme la freccia e fa partire un audio. Due voci femminili, due donne che parlano tranquillamente.

«È lei?» chiede Lucy. «È la voce di Serenity?»

Henry ascolta con attenzione. «Sì, mi pare che sia lei» risponde alzando il volume.

Altra voce.

«E questa è Clemency» dice Henry. «Ascolta».

58.

Clemency ha chiesto a Miller di lasciarle sole. Vuole raccontare la storia a Libby in privato. Così Miller porta il cane a fare un giro e Clemency si siede sul divano, le lunghe gambe ripiegate sotto il sedere, e inizia.

«La nostra intenzione era liberare la bambina. Henry avrebbe addormentato gli adulti con una delle sue pozioni e noi avremmo rubato scarpe e vestiti dalle scatole che David e Birdie si tenevano in camera, un po' di soldi e le chiavi di casa, e saremmo fuggiti con la bambina. L'idea era di fermare qualcuno per strada, un poliziotto o una persona dall'aria affidabile, e chiedere aiuto, spiegare che eravamo tenuti prigionieri da anni, e poi in qualche modo venire qui a cercare mia madre. Non sapevamo come contattarla. A suon di chiamate a carico del destinatario da una cabina telefonica, probabilmente, sperando che rispondesse». Clemency fa un sorriso amaro. «Come puoi immaginare, il piano faceva acqua da tutte le parti. Ma volevamo scappare, a qualsiasi costo. E poi un giorno mio padre annunciò che avremmo organizzato una festicciola per il trentesimo compleanno di Birdie. Henry ci chiamò in camera sua. A quel punto era il leader del gruppo, anche se non ufficialmente. Disse che avremmo agito in occasione della festa. Si sarebbe offerto di preparare lui da mangiare. Mi chiese di cucirgli una tasca nei leggings per poterci nascondere le boccette di sonnifero. Dovevamo fingerci entusiasti del compleanno. Io e sua sorella preparammo addirittura un pezzo per Birdie da suonare alla festa».

«E Phin?» domanda Libby. «Cosa faceva Phin in tutto questo?»

Clemency sospira. «Phin stava sempre per conto suo e

Henry preferiva non coinvolgerlo. Fra loro...» Sospira. «Non andavano per niente d'accordo. Henry era innamorato di Phin, che provava per Henry il massimo disprezzo. E poi Phin stava male, poveraccio».

«Che cosa aveva?»

«Non si è mai scoperto. Io temo che avesse un tumore, o comunque qualcosa di grave. Per questo io e mia madre abbiamo sempre pensato che fosse morto».

Riprende: «Il giorno del compleanno di Birdie eravamo tesissimi, tutti e tre. Però fingemmo di essere strafelici della festa. Lo eravamo davvero, per certi versi. Ci avrebbe dato modo di riconquistare la nostra libertà. Di fare una vita normale. O, se non proprio normale, migliore di quella che stavamo facendo.

«Suonammo il violino per Birdie, distraendo gli adulti mentre Henry preparava da mangiare, e il contrasto era così marcato... Da una parte c'erano mio padre e Birdie, in forma e soddisfatti, e dall'altra c'eravamo noi, depressi e malaticci. Mio padre cingeva le spalle di Birdie con un braccio, con l'aria del dominatore assoluto, signore e padrone di tutto». Clemency giocherella con un cuscino, lo sguardo duro, sofferto. «Era come se dicesse: *Ecco, nella mia infinita bontà ho concesso alla mia donna questa festa di compleanno e creato gioia intorno a me. Posso fare tutto quello che voglio, e gli altri mi amano lo stesso*».

Le si incrina la voce e Libby le posa una mano sul ginocchio. «Tutto bene?» le chiede.

Clemency annuisce. «Non l'ho mai raccontato a nessuno» confida. «Né a mia madre, né a mio marito, né a mia figlia. È dura, capisci? Parlare di mio padre, dell'essere spregevole che era, della fine che ha fatto... Perché, nonostante tutto, era mio padre e in qualche modo gli volevo bene».

Libby le dà una strizzatina sul ginocchio. «Sicura di voler continuare? Davvero te la senti?»

Clemency annuisce e si fa forza. «Di solito mettevamo i piatti al centro del tavolo e ognuno si serviva, ma quella sera Henry disse che voleva fare come al ristorante e impiattare lui. In realtà voleva assicurarsi che le pietanze "truccate" andassero alle persone giuste. Mio padre propose un brindisi. Levò il bicchiere e disse: "La vita non sempre è stata facile per nessuno di noi, specie per chi ha subito una perdita. A volte fatichiamo a mantenere la fede, ma il fatto stesso che siamo ancora qui, dopo tanti anni, e siamo ancora una famiglia... e ora una famiglia più grande". Nel dirlo, ti posò una mano sulla testa. "Be', questo dimostra che stiamo bene e siamo molto fortunati". Si voltò verso Birdie e disse...» Clemency si ferma, prende fiato. «Disse: "Amore mio, vita mia, madre di mia figlia, mio angelo e ragione di vita. Mia dea. Buon compleanno, tesoro. Ti devo tutto". Si baciarono, a lungo, spudoratamente, e io pensavo...» Si interrompe di nuovo e guarda Libby, affranta. «Pensavo: *Voi due dovete morire*».

Prende di nuovo fiato. «I primi effetti della pozione comparvero dopo una ventina di minuti. Nel giro di altri tre o quattro minuti si addormentarono. Lucy ti prese dalle braccia di Birdie e ci attivammo: secondo i calcoli di Henry, avevamo all'incirca mezz'ora. Distendemmo tutti quanti per terra, io cercai le chiavi nella bustina che mio padre teneva sotto la tunica e salii a provarle tutte, una dopo l'altra, finché non trovai quella che entrava nella serratura di camera sua.

«Che shock! Henry ci aveva detto che si erano accaparrati tutto, ma vederlo con i miei occhi... le belle cose eleganti di Henry e Martina ammucchiate lì, gli oggetti di antiquariato, profumi, prodotti di bellezza, gioielli, bottiglie... Henry disse: "Vedete? Si sono tenuti tutto e a noi non hanno lasciato niente. Sono cattivi! Questa è cattiveria!"

«Erano già passati cinque minuti dei trenta che contavamo di avere. Recuperai pannolini, tutine e biberon. Poi mi resi conto che Phin era immobile alle mie spalle. Gli dissi: "Presto! Copriti, prendi dei vestiti pesanti perché fuori fa freddo". Lui mi rispose: "Non ce la faccio, sono troppo debole". "Non ti possiamo lasciare qui, Phin" gli dissi. Ma lui continuava a ripetere: "Non ce la faccio, non ce la faccio".

«Erano già passati dieci minuti e non potevo permettermi di perdere tempo a implorarlo. Henry stava mettendo i soldi in un sacchetto. "Non dovremmo lasciarli dove sono? Come prova per la polizia". Ma lui ribatté che erano soldi suoi e non aveva nessuna intenzione di lasciarli lì.

«A quel punto tu ti eri messa a piangere e Henry gridava: "Falla smettere! Santo cielo, falla smettere!"

«In quel momento sentimmo dei passi sulle scale, poi Birdie aprì la porta. Aveva l'aria sconvolta ed era scoordinata nei movimenti, ma barcollò dentro la stanza, con le braccia tese verso Lucy, gridando: "Datemi la bambina! Datemi la bambina!"

«Si catapultò verso di te» spiega Clemency. «Henry era uscito di testa e gridava contro tutti quanti, Phin se ne stava imbambolato a guardare e pareva dovesse svenire da un momento all'altro e io ero terrorizzata perché davo per scontato che, come Birdie, si fossero svegliati anche gli altri. E se mio padre ci avesse beccato... Ci avrebbe chiuso in camera per poi buttare via la chiave. Avevo il cuore a mille. Poi non so bene che cosa successe, ma improvvisamente Birdie cadde per terra a peso morto. Le usciva il sangue da un occhio, lacrime rosse. E dai capelli, qui». Clemency si tocca sopra l'orecchio. «Aveva una ferita scura e sanguinolenta. Guardai Henry e vidi che aveva in mano una zanna di elefante».

Libby la guarda incredula.

«Credo che fosse la zanna di un elefante. O forse erano corna di cervo, non te lo so dire».

Libby ripensa al video che le ha fatto vedere Phin ieri mattina, ai trofei di caccia e alle volpi imbalsamate sparse per la casa.

«Era insanguinata. La zanna in mano a Henry. Rimanemmo tutti a bocca aperta. Persino tu avevi smesso di piangere. Silenzio assoluto. Tendemmo le orecchie, ma non sentimmo arrivare nessuno. Il respiro di Birdie prima si fece affannoso, poi cessò. Ma dalla testa continuava a scorrere un rivolo di sangue, che le scendeva lungo la tempia fino all'occhio e poi...» Clemency ne traccia il percorso sul proprio volto con un dito. «Chiesi: "Ma è morta?" E Henry mi rispose di stare zitta, che doveva riflettere.

«Volevo controllare se il cuore le batteva ancora, ma lui mi spinse via. Mi spinse così forte che caddi all'indietro. E mi gridò di lasciarla dov'era, di non toccare niente.

«Ci ordinò di restare lì, ma lui scese di sotto. Phin sudava freddo, sembrava stesse per collassare. Volevo farlo coricare, ma in quel momento Henry tornò. Era bianco come un cencio. Disse: "È successo un patatrac. Non so come, ma sono tutti morti. Gli altri. Non capisco"».

Clemency ansima e ha gli occhi lucidi. Si copre la bocca con le mani. «Tutti morti» ripete. «Mio padre e i genitori di Henry: tutti morti. E Henry continuava a ripetere: "Non capisco, non capisco, era una dose minuscola, non avrebbe ammazzato manco un gatto. Non capisco".

«Il nostro piano di fuga era fallito miseramente: invece di liberarci, ci aveva fatto sprofondare ulteriormente nell'orrore. Che cosa avremmo potuto dire a quel punto a un eventuale poliziotto fermato per strada? Che avevamo ammazzato quattro persone? *Quattro persone?*»

Clemency si ferma a riprendere fiato. Libby nota che le tremano le mani. «In più avevamo una bambina piccolissima, che nessuno di noi aveva idea di come accudire. Un pasticcio terrificante, insomma. Oddio, ti spiace se usciamo un secondo in giardino? Ho bisogno di fumarmi una sigaretta».

«No, no. Figurati» risponde Libby.

Il giardino di Clemency ha aiuole delimitate da lastre di ardesia e poltrone di vimini. È la tarda mattinata e il sole è alto nel cielo, ma dietro il bungalow c'è ombra e fa fresco. Clemency tira fuori le sigarette da un cassetto nel tavolino da caffè. «La mia riserva segreta» confida.

Sul pacchetto c'è la foto di uno con il cancro alla bocca. Libby ha un moto di ripulsa. Perché le persone fumano? Non riesce a capirlo. Sanno che nuoce gravemente alla salute, eppure fumano lo stesso. Sua madre fuma. Le mie "amichette" le chiama. «Dove sono le mie amichette?»

Clemency avvicina il fiammifero alla sigaretta, aspira una boccata e la soffia fuori. Le mani non tremano più. «Dov'ero rimasta?» chiede.

59.
Chelsea, 1994

So che sembra una tragedia. Lo fu. Quando muoiono quattro persone è una tragedia.

Quello che nessuno vuole riconoscere è che senza di me saremmo ancora reclusi in quella casa, Cristo santo, scheletri di mezza età senza più una chance. Oppure saremmo morti. Non dimentichiamo che potremmo benissimo essere morti. È vero, le cose non andarono secondo i piani, ma riuscimmo a fuggire. *Uscimmo da quell'incubo*. E comunque nessuno aveva proposto un piano alternativo, giusto? Sono stato l'unico a prendere l'iniziativa. È facile lasciare andare avanti gli altri e poi criticare.

Non avevo soltanto da gestire quattro cadaveri, un bebè e due adolescenti, ma anche Phin, che si comportava in modo delirante e rappresentava un peso. Così, per avere una grana in meno, chiusi Phin in camera sua.

Lo so, lo so. Ma non potevo permettermi distrazioni.

Si lamentava a gran voce e le ragazze avrebbero voluto andare da lui, ma io dissi: «No, voi due non andate da nessuna parte». Dovevamo collaborare.

La priorità, secondo me, era Birdie. Era bizzarro vederla lì, piccola e fragile, dopo che ci aveva comandato a bacchetta per tutto quel tempo. Indossava il top che le aveva cucito Clemency per il suo compleanno e la catenina che le aveva regalato David, aveva i capelli raccolti in uno chignon e gli occhi azzurri fissi sul muro. Uno si era colorato di rosso. Era scalza, i piedi ossuti con le unghie lunghe e giallastre. Le sganciai la catenina e me la infilai in tasca.

Clemency piangeva. «Che tristezza!» ripeteva. «Che tristezza. È morta. Chissà che dolore la sua mamma...»

«Non dire stupidaggini» la ripresi. «Se l'è meritato».

Io e Clemency la portammo in mansarda e da lì sul tetto. Era leggerissima. Sul lato opposto a quello in cui io e Phin ci eravamo tenuti per mano c'era una specie di canaletta piena di foglie secche, collegata alla grondaia sul lato dell'edificio. La avvolgemmo in asciugamani e lenzuoli, la cacciammo dentro la canaletta e coprimmo tutto il meglio possibile con foglie e vecchie assi da impalcatura trovate là.

Quando tornai in cucina, osservai i tre cadaveri con il massimo distacco. Dovevo rimanere spassionato. Non potevo permettere alla mia mente di soffermarsi sulle implicazioni. Avevo ucciso i miei genitori, la mia bella e stupida madre e il mio povero padre ormai invalido, e non potevo permettermi di pensare che, a causa mia, mia madre non mi avrebbe più accarezzato la testa chiamandomi "bambino mio" e non ci sarebbe più stata occasione di accompagnare mio padre al club e farmi offrire una gassosa. Niente più genitori con i quali passare il giorno di Natale, niente nonni per eventuali figli che avessi avuto, niente anziani di cui preoccuparmi con l'avanzare degli anni, nessuno che si preoccupasse per me. Ero orfano. Orfano e accidentalmente un assassino.

Non mi lasciai prendere dal panico. Tenni sotto controllo le emozioni e osservai i tre morti distesi per terra. Vestiti tutti uguali, con quella specie di saio nero addosso, sembravano membri di una setta che si fossero suicidati in un rito collettivo.

E allora mi risultò chiaro che cosa dovevo fare: inscenare un patto suicida. Sistemammo il tavolo in maniera che, più che per un trentesimo compleanno, sembrasse apparecchiato per un'ultima cena. Togliemmo i piatti in più, lavammo tutto quanto e buttammo via gli avanzi. Allineammo i corpi, in maniera che fossero tutti rivolti nella stessa direzione. Posai sul tavolo le boccette vuote, dopo avergliele premute sulle dita, una accanto a ogni piatto, come se avessero assunto il veleno contemporaneamente.

Nessuno parlava.

C'era qualcosa di rituale, di sacro in ciò che stavamo compiendo.

Diedi un bacio sulla guancia a mia madre. Era fredda.

Baciai mio padre sulla fronte.

Poi guardai David steso a terra, l'uomo che mi aveva rovinato la vita, come previsto da Phin tanto tempo prima. L'uomo che aveva rovinato la vita a tutti noi, piegandoci al suo volere, tenendoci a stecchetto, privandoci della libertà, sequestrandoci i passaporti. L'uomo che aveva ingravidato prima mia madre e poi mia sorella, e che aveva cercato di farsi intestare casa nostra. Gli avevo tolto la vita e ne andavo fiero. Ma provavo anche un orribile senso di disgusto.

Guardati, avrei voluto dirgli. *Guarda che sfigato che sei.*

Avrei voluto pestargli la faccia con il piede fino a maciullarla, ma resistetti alla tentazione e tornai nella camera che aveva diviso con Birdie.

La liberammo da tutte le scatole. In una trovammo le stupide borse di tela che Birdie aveva confezionato per venderle a Camden Town e le riempimmo di tutto il possibile e immaginabile. Trovammo quasi settemila sterline, che dividemmo in quattro parti. Trovammo anche i gioielli di mia madre, i gemelli d'oro di mio padre, ciondoli di platino, una cassa di whiskey. Versammo il liquore nel lavandino e portammo i vuoti e la bottiglia di champagne fuori dalla porta. Ci infilammo i gioielli in tasca, spaccammo le scatole e le impilammo.

Dopo aver svuotato la casa di tutto quello che avrebbe potuto far mettere in dubbio l'ipotesi della setta, uscimmo in silenzio e andammo verso il fiume. Erano le tre del mattino, più o meno. Passò qualche macchina, ma nessuno si fermò o fece caso a noi. Scendemmo sull'argine nel punto esatto dove tanti anni prima avevo fatto a botte con Phin ed ero finito sott'acqua in preda alle visioni. Ero abbastanza calmo da apprezzare quei primi momenti di libertà, dopo oltre due anni di reclusione. Una volta gettato nel Tamigi le bottiglie vuote, la biancheria di seta, i profumi e gli abiti da sera, in sacchetti appositamente appesantiti con un buon numero di pietre, rimanemmo un istante fermi a guardare l'acqua e io sentii il suono del nostro respiro, la bellezza di quel momento di pace che sovrastava tutti gli orrori precedenti. Dal fiume nero soffiava un alito di vento che pareva infonderci nuova vita. Odorava di gasolio, ma anche di tutte le cose che ci mancavano da quando David Thomsen era entrato nella nostra casa e si era insediato nella mansarda con la sua famiglia.

«Sentite questo profumo?» chiesi alle ragazze. «Assaporate la sensazione: ce l'abbiamo fatta. Ce l'abbiamo fatta».

Clemency piangeva in silenzio. Tirò su con il naso e se lo pulì con la mano. Invece Lucy percepiva la forza di ciò che avevamo fatto.

Se non fosse stato per te, Serenity, non sarebbe stata così forte. Avrebbe pianto la sua mammina e frignato come Clemency. Siccome aveva te, però, si rendeva conto che la posta in gioco era ben più alta della nostra identità di figli devoti. Aveva un'espressione coraggiosa, di sfida. Ero orgoglioso di lei.

«Andrà tutto bene» le dissi. «Lo sai, vero?»

Annuì e restammo lì ancora due minuti, finché non scorgemmo le luci di un rimorchiatore che avanzava verso di noi e scappammo di corsa. Attraversata la strada, tornammo verso la casa.

Fu a quel punto che accadde.

Clemency fuggì.

Senza scarpe, con i piedi protetti solo dalle calze. Le scarpe di mia madre che Birdie aveva conservato erano troppo piccole per lei e quelle di David troppo grandi.

La guardai correre un momento, indeciso sul da farsi, poi ordinai a Lucy di tornare in casa, mi voltai e la rincorsi.

Mi resi conto quasi subito che, così facendo, avrei attirato l'attenzione. Era giovedì e qualcuno in giro c'era, ragazzi scesi dall'autobus notturno lungo King's Road che tornavano a casa. Quali giustificazioni avrei potuto accampare se fossi stato pizzicato, con una tunica nera indosso, a rincorrere una ragazza scalza e spaventata, che indossava una tunica identica alla mia?

All'angolo di Beaufort Street mi fermai. Avevo il battito a mille, il cuore totalmente disabituato a correre che pulsava come un pistone. Mi veniva da vomitare. Mi piegai in due, sentendo l'aria che entrava e usciva dai polmoni. Poi feci dietro-front e tornai lentamente a casa.

Lucy mi aspettava nell'ingresso con te in braccio, che succhiavi avidamente dal suo seno. «Dov'è?» mi chiese. «Dov'è Clemency?»

«È andata via» le risposi, ancora senza fiato. «Se n'è andata...»

60.

Libby guarda Clemency. «Dove?» le chiede. «Dov'eri andata?»

«All'ospedale. Seguii le indicazioni per il pronto soccorso. Qualcuno mi guardava, ma a quell'ora in un pronto soccorso nessuno si stupisce di niente: ci sono pazzi, ubriachi, gente preoccupata, spaventata... Andai all'accettazione e dissi che mio fratello stava male, temevo che morisse, aveva bisogno di cure urgenti. L'infermiera mi guardò e mi chiese: "Quanti anni ha tuo fratello?" "Diciotto" risposi. "E i vostri genitori dove sono?" Rimasi senza parole: non sapevo che cosa rispondere. Ero bloccata, non so perché. Provai a dire qualcosa, ma non mi uscivano le parole di bocca. Rivedevo mio padre esanime, folle guru disteso sul pavimento della cucina, e Birdie fasciata come una mummia sul tetto. Mi dicevo: come posso far venire un medico a casa nostra? Che cosa penserà? Che cosa succederà alla piccola? E a Henry? Così mi voltai e me ne andai. Passai la notte nella sala d'aspetto, spostandomi ogni volta che mi sentivo guardata con sospetto da qualcuno.

«La mattina dopo mi diedi una ripulita nei bagni dell'ospedale e andai a comprarmi un paio di scarpe. Avevo un cappotto addosso e mi ero pettinata, ma non potevo passare inosservata, in giro scalza ai primi di aprile. Avevo il sacchetto pieno di denaro e, dopo essermi procurata le scarpe, camminai per la città. A quel punto non mi notava più nessuno. Andai a piedi alla stazione di Paddington. Dovetti seguire i cartelli, perché non sapevo orientarmi, benché stessi a Londra da sei anni. Non conoscevo la città. Ma riuscii ad arrivare comunque alla stazione e comprai un biglietto per la Cornovaglia. Era una follia, visto che non sapevo dove stesse mia madre e non avevo un recapito telefonico. Non sapevo neppure in che città abitasse! Ricordavo però alcune cose che aveva detto quella volta che era venuta a prendere il tè, quando ancora fingevamo tutti di fare una vita normale. In particolare, aveva parlato di un ristorante sulla spiaggia in cui intendeva portarci, dove vendevano gelati e granite azzurre. Il posto dove abitava era frequentato da surfisti, aveva spiegato: li vedeva dalla finestra del suo appartamento. Aveva accennato inoltre a un eccentrico vicino di casa che aveva il giardino pieno di coloratissime sculture falliche, e a un *fish and chips* all'angolo. E aveva raccontato che, avendo perso il treno veloce, ne aveva preso uno che prima di arrivare a Londra si era fermato in diciotto stazioni.

«E così riuscii a rintracciarla a Pentreath, trovando la strada per il suo appartamento».

Nel ricordarlo, le vengono gli occhi lucidi e prende in mano il pacchetto di sigarette, ne tira fuori una e se la accende.

«Quando venne ad aprire e mi vide lì, rimase basita» continua commossa. «Mi fece entrare in casa e mi abbracciò forte forte. Puzzava di alcol e mi resi conto che non era la madre perfetta, capii come mai non ci aveva preso con sé ma ero sollevata, perché era tutto finito. Ero al sicuro.

«Mi fece sedere sul divano: la casa era in disordine, ingombra di mobili e oggetti a cui non ero più abituata, essendo stata costretta a vivere di niente.

«Mi chiese dov'era Phin e io, naturalmente, mi bloccai. Perché la verità era che lo avevo lasciato in quella casa piena di morti, chiuso a chiave in camera sua, e non potevo dirlo a mia madre senza spiegarle anche tutto il resto. La guardai: era sfatta. Ero sfatta anch'io e avrei dovuto dirle tutto, ma fu più forte di me: le raccontai la versione del suicidio collettivo. Le dissi che Henry, Lucy e Phin erano rimasti a Chelsea con te, che avevamo chiamato la polizia e sarebbe andato tutto bene. Lo so, è ridicolo. Ma ricordati che ero traumatizzata, sotto shock, non capivo più da che parte stare. Noi ragazzi eravamo cresciuti assieme, in quei quattro anni avevamo fatto affidamento unicamente l'uno sull'altro, io e Lucy eravamo inseparabili, come vere sorelle… finché lei non era rimasta incinta…»

«Lucy rimase incinta?» Libby è stupefatta.

«Sì» risponde Clemency. «Credevo che… Non lo sapevi?»

Libby ha il batticuore. «Che cosa?»

«Che Lucy…»

Libby a quel punto ha capito tutto, ma si porta una mano alla gola e domanda: «Che Lucy…?»

«Che Lucy è tua madre».

Libby annuisce. Guarda la foto del cancro alla bocca sul pacchetto di sigarette, lo osserva nei più piccoli dettagli e cerca di trattenere un conato. Sua madre non è una bella *socialite* con i capelli come Priscilla Presley. Sua madre è un'adolescente.

«Chi era mio padre?» chiede dopo un momento di silenzio.

Clemency la guarda con aria di scusa e risponde: «Era… mio padre».

Libby annuisce di nuovo: quasi quasi se lo aspettava. «Quanti anni aveva Lucy?»

Il mento di Clemency crolla sul petto. «Quattordici. E mio padre quarantuno».

«E fu una cosa…? Cioè, lui la…»

«No, secondo Lucy… Secondo Lucy fu…»

«Consensuale?»

«Sì».

«Ma era minorenne! Voglio dire, dal punto di vista giuridico, è comunque un reato».

«Sì, ma mio padre era… era un uomo carismatico, ti soggiogava e ti faceva sentire o la persona più meravigliosa del mondo, oppure l'essere più abietto sulla faccia della Terra. Era meglio appartenere alla prima categoria. Cioè, capisco che Lucy ci sia stata. Questo non significa che non ci rimasi malissimo. Fu terribile, per me. Odiai sia lui sia lei».

Restano in silenzio qualche minuto. Libby cerca di digerire le informazioni che ha appena ricevuto: sua madre l'ha partorita quando era adolescente e adesso è una donna di mezza età di cui nessuno sa più nulla. Suo padre era uno sporcaccione, un pedofilo, una bestia. Il trillo del cellulare la fa sobbalzare: è un messaggio WhatsApp da un numero che non ha in rubrica.

«Scusami un secondo» dice a Clemency, prendendo lo smartphone.

Legge la didascalia dell'immagine: *Ti aspettiamo qui! Torna!*

Riconosce dove è stata scattata la foto: nella casa di Cheyne Walk. Seduta per terra c'è una donna snella, mora, abbronzata, con un abito smanicato e tatuaggi circolari sulle braccia scoperte. Alla sua sinistra ci sono un bellissimo ragazzino, anche lui moro e abbronzato, e una bambina splendida, con la carnagione olivastra, i capelli chiari e gli occhi verdissimi. Davanti ai tre, un cagnolino nero e marrone con la lingua di fuori.

E in primo piano, a tenere lo smartphone per il selfie, c'è l'uomo che si è presentato come Phin, che mostra alla camera un sorriso abbacinante. Libby volta lo schermo verso Clemency.

«È...?»

«Oh, mio Dio!» Clemency indica il display del cellulare. «Sì, è lei! È Lucy!»

Libby ingrandisce l'immagine. Lucy assomiglia a Martina, la donna che ha brevemente creduto essere la propria madre biologica. Ha la stessa carnagione e gli stessi capelli scuri, anche se con qualche striatura più chiara. E gli stessi occhi. Che sono gli stessi del figlio. Ha la fronte solcata da rughe sottili, la faccia stanca. Ma è bellissima.

Cinque ore dopo imboccano Cheyne Walk.

Davanti al portone, Libby cerca le chiavi nella borsa. Potrebbe semplicemente entrare. È casa sua, dopotutto, no? Poi si rende conto che no, non è casa sua. A ereditarla sarebbe dovuto essere il figlio di Martina, che non è mai nato.

Rimette le chiavi nella borsa e chiama il numero da cui le è arrivata la foto via WhatsApp.

«Pronto?»

È una donna. Ha una bella voce musicale.

«Lucy?»

«Sì, sono io» risponde la donna. «Chi parla?»

«Sono... Serenity».

61.

Lucy mette giù il telefono e guarda Henry.

«È arrivata».

Vanno insieme ad aprire la porta.

Il cane fiuta la presenza di persone e incomincia ad abbaiare. Henry lo prende in braccio cercando di farlo tacere.

Lucy ha il cuore a mille. Si aggiusta i capelli con le dita, si impone di sorridere.

Di colpo si ritrova davanti la piccola, la figlia da cui è stata costretta a separarsi e per rivedere la quale ha addirittura ucciso un uomo.

Media statura, media corporatura, assomiglia ben poco alla bimba cicciottella che ha lasciato nella culla di Harrods. Ha i capelli biondi, ma lisci. E gli occhi sono celesti, ma non così chiari come quelli della bambina che fu costretta ad abbandonare. Indossa calzoncini corti di cotone, una camicetta con le maniche corte e scarpe di tela rosa, e stringe al petto un borsone verde prato. Orecchini d'oro con un pendente di cristallo, niente trucco.

«Serenity?»

La giovane donna annuisce. «O Libby che dir si voglia». Ride.

Anche Lucy ride. «Libby. Certo, Libby. Venite, entrate».

Deve farsi forza per non gettarle le braccia al collo. Si limita a posarle una mano sulla spalla per guidarla lungo il corridoio.

Ad accompagnare Serenity c'è un uomo alto, bello, con la barba, che le presenta come "Miller Roe, un amico".

Li fa accomodare in cucina, dove i bambini aspettano nervosi.

«Bambini, vi presento Serenity. Anzi, Libby. Libby è...»

«La piccola?» chiede Marco incredulo.

«Sì».

«La piccola?» Stella è confusa.

«La bambina che misi al mondo quando ero una ragazzina. E che fui costretta a lasciare a Londra. La figlia di cui non ho mai parlato a nessuno. È la vostra sorella maggiore».

Marco e Stella restano a bocca aperta. Libby li saluta con la mano. C'è un momento di imbarazzo, ma poi Marco esclama: «Lo sapevo! Lo sapevo! L'ho capito subito, quando ho visto la notifica sul tuo telefono! Ci avrei scommesso!»

Si alza di scatto e corre verso la porta e per un attimo Lucy teme che voglia scappare, che sia arrabbiato con lei. Invece Marco corre da Libby e la abbraccia, stringendola forte. Sopra la sua testa, Libby spalanca gli occhi sbalordita. Ma è contenta, si vede che le fa piacere. Gli accarezza i capelli e sorride a Lucy.

Poi, com'era prevedibile, anche Stella corre ad abbracciare Libby. Lucy li guarda e pensa: *Eccoli qui, tutti e tre. I miei piccoli. Finalmente siamo tutti insieme.* Si copre la bocca con una mano e scoppia a piangere.

62.
Chelsea, 1994

Non sono senza cuore, Serenity, te lo giuro.

Ricordi che mi lasciai stringere un dito, il giorno che tu nascesti, e guardandoti mi sentii scaldare il cuore? Be', quando ti ho visto in casa, due sere fa, ho provato la medesima sensazione. Per me sei ancora "la piccola", conservi quell'innocenza, quella totale assenza di malizia.

Non ho visto soltanto questo, però.

Hai gli occhi azzurri di tuo padre, la sua pelle liscia, le ciglia lunghe e scure.

Non assomigli tanto a Lucy.

Non assomigli affatto a David Thomsen.

Assomigli a tuo padre.

Ripensandoci, è incredibile che io non me ne sia accorto, anche se ce l'avevo sotto il naso. I tuoi riccioli biondi, i tuoi occhi celesti, le tue labbra carnose. Come fece David a non accorgersene? Come poté Birdie lasciarselo sfuggire? Come mai non se ne accorse nessuno? Forse perché era assurdo, inconcepibile.

Nessuno avrebbe potuto credere che mia sorella andasse a letto con David e anche con Phin.

Lo scoprii solo l'indomani della festa di compleanno di Birdie.

Io e Lucy non avevamo ancora deciso che cosa fare e, siccome Phin dava in escandescenze in camera sua, lo legai al radiatore per tenerlo al sicuro. Per il suo bene.

Lucy si indignò.

«Cosa fai?» gridò.

«È per evitare che si faccia del male» le spiegai, convinto di essere nel giusto. «Solo finché non avremo deciso che cosa fare di lui».

Ti teneva in braccio. Da quando ti aveva tolto dalle braccia di Birdie, la sera prima, non si era separata un attimo da te.

«Dobbiamo chiedere aiuto».

«Sì, certo. Ma dobbiamo ricordarci anche che siamo degli assassini e potremmo finire in galera».

«Non l'abbiamo fatto apposta» mi fece notare. «Non volevamo uccidere nessuno. La polizia lo capirà».

«Non è detto. Non ci sono prove degli abusi. Non possiamo dimostrare le follie che sono successe in questa casa. Abbiamo solo la nostra versione dei fatti».

Mi bloccai. Vi guardai, te e Lucy, e pensai: *Non è vero, le prove ci sono. Se decidiamo di chiedere aiuto, la prova degli abusi siete voi.*

Dissi: «Lucy, questa bambina è la prova che tu hai subito degli abusi. Hai quindici anni. Ne avevi quattordici, quando è nata. Con la prova del DNA salterà fuori che il padre è David. Dirai che ti violentava da quando eri piccola, che Birdie lo incoraggiava. E che appena è nata la piccola, te l'hanno portata via. È più o meno la verità, no? E io dirò che... Dirò che ho trovato gli adulti così, morti. Possiamo aggiungere una lettera d'addio, in cui dicono che si vergognavano troppo, che erano pentiti di quello che ci avevano fatto».

Di colpo mi sembrò possibile uscire indenni da quella storia: potevamo andarcene da lì senza finire in carcere, Phin avrebbe ricevuto cure adeguate, Lucy sarebbe rimasta con la sua bambina... Si sarebbero schierati tutti dalla nostra parte.

Però Lucy disse: «Henry, tu sai che non è David il padre, vero?»

Mio Dio, che idiota! Ancora non l'avevo capito. Ricordo che pensai: *E allora chi è?*

Poi capii e scoppiai a ridere. Ma contemporaneamente

mi veniva da vomitare. Le chiesi: «Davvero? Tu e Phin… Sul serio?»

Lucy annuì.

«Ma come?» chiesi. «Quando? Non capisco».

Lei chinò il capo e rispose: «In camera sua. Due volte soltanto. Lo abbiamo fatto, non lo so, per consolarci a vicenda. Sono andata io da lui, perché non stava bene ed ero preoccupata per la sua salute. E ci siamo ritrovati a…»

«Ma che puttana! Sei proprio una puttana, lo sai?»

Cercò di calmarmi, ma io la respinsi. Le dissi: «Sta' lontana da me, mi fai schifo. Sei una pervertita, mi fai ribrezzo. Sei una troia. Una maledetta troia».

Sì, ci andai giù pesante. In quel momento Lucy mi suscitava un disgusto che di rado ho provato per un altro essere umano.

Non la potevo neppure guardare. Ero furioso. Dovevo concentrarmi su quello che bisognava fare, elaborare una strategia, ma non riuscivo a pensare ad altro che a quei due. Phin sopra e Lucy sotto, i baci, le carezze, le mani che avevo tenuto fra le mie quel giorno sul tetto sul corpo di mia sorella. Ero in preda a un'ira spaventosa, un odio, un rancore e una sofferenza mai provati.

Avevo voglia di uccidere. Deliberatamente, stavolta.

Andai in camera di Phin. Lucy cercò di fermarmi, ma io la spinsi via.

«È vero?» gli urlai. «È vero che hai scopato con mia sorella?»

Phin mi rivolse un'occhiata inespressiva.

«È vero o non è vero?» insistetti a voce sempre più alta. «Dimmelo!»

«Non ti dico niente se prima non mi sleghi».

Era esausto, sembrava allo stremo delle forze.

Nel vederlo in quello stato, la mia collera svanì e mi sedetti ai piedi del materasso.

Nascosi la faccia tra le mani. Quando lo guardai di nuovo, Phin aveva gli occhi chiusi.

Ci fu un momento di silenzio.
«Stai morendo, Phin?»
«Che cazzo ne so?»
«Dobbiamo andare via da questa casa» gli dissi. «Fatti forza, su».
«Non ce la faccio».
«È indispensabile».
«Lasciatemi qui, cazzo. Voglio morire».
Confesso che il pensiero mi venne: *Potrei prendere un cuscino, metterglielo sulla faccia e premere. Potrei tenere Phin stretto a me per cogliere il suo ultimo respiro, sussurrargli paroline dolci nell'orecchio e dominarlo, togliergli la vita, fare mio il suo potere.* Ma... non ho mai ucciso nessuno deliberatamente, ricordalo, a parte forse il bambino di mia madre. E anche lì, in seguito ho fatto ricerche lunghe e approfondite in rete ed è difficile abortire un feto sano con una tisana di prezzemolo. Ho un lato oscuro, lo so, Serenity. Non sono come gli altri, non provo quello che provano gli altri, ma sono capace di grande compassione e amore.
Ho amato Phin come nessun altro nella vita.
Lo slegai e mi coricai accanto a lui.
Gli chiesi: «Mi vuoi un po' di bene? Me ne hai mai voluto?»
«Certo che ti voglio bene. Perché non dovrei?»
Riflettei, prima di rispondere. «Perché io te ne voglio troppo?»
«Sei fastidioso». C'era un pizzico di humour in quelle parole. «Sì, sei fastidioso».
«Hai ragione» convenni. «Lo capisco. Mi dispiace. Ti chiedo scusa per aver lasciato credere a tuo padre che mi avevi spinto nel fiume. Ti chiedo scusa per aver tentato di baciarti. Ti chiedo scusa per averti dato fastidio».
La casa scricchiolava e gemeva intorno a noi. Tu dormivi. Lucy ti aveva posato nella culla nello spogliatoio della camera da letto dei miei. Ero sveglio da trentasei ore e il

silenzio, insieme al rumore del respiro di Phin, mi fece assopire di colpo.

Quando mi svegliai, due ore dopo, Lucy e Phin non c'erano più e tu eri ancora nella culla che dormivi beata.

63.

Libby guarda Lucy, questa donna circondata dai due figli affettuosi, arrivata dalla Francia portandosi dietro persino il cane, e riflette che non sembra una che abbandona le persone a cui vuole bene. «Perché mi abbandonasti?» chiede.

Lucy scuote la testa.

«No, no, non ti abbandonai» risponde. «Il problema era che tu eri un fiore, mentre Phin stava malissimo. Così ti posai nella culla, ti ninnai finché non ti addormentasti e poi andai a cercare Phin. Henry dormiva. Convinsi Phin ad alzarsi, ma era debole e troppo pesante per me. A fatica lo trascinai fuori e lo portai a casa del dottor Broughton, il medico che aveva curato mio padre. Mi ricordavo dove abitava perché da piccola c'ero stata diverse volte. Era la casa dietro l'angolo con il portone rosso scarlatto. Era più o meno mezzanotte e mi venne ad aprire in vestaglia. Gli spiegai chi ero e poi specificai che avevo i soldi per pagarlo». Ride, nel ripensarci. «Lì per lì lui sembrò scocciato, poi guardò Phin, si rese conto che stava male per davvero e salì a vestirsi brontolando. Tornò in camicia e pantaloni.

«Ci portò nell'ambulatorio e accese tutte le luci. Erano così forti che dovetti ripararmi gli occhi. Fece stendere Phin sul lettino e lo visitò. Poi cominciò a rivolgermi domande su domande. Quando mi chiese dove fossero i nostri genitori, non seppi cosa rispondere. Azzardai un: "Non ci sono più" e lui mi lanciò un'occhiata come a dire: "Ne riparleremo". Fece una telefonata e lo sentii spiegare la situazione usando un sacco di termini medici. Mezz'ora dopo si presentò il suo infermiere. Sottoposero Phin a test e prelievi, e l'infermiere se ne andò nel cuore della notte con una serie di campioni da portare in laboratorio. Non dormivo da due giorni e mi reggevo in piedi a stento. Il dottor Broughton mi preparò una cioccolata calda e... lo so, sembra incredibile, ma la ricordo come la più buona che abbia mai assaggiato. Poi mi sedetti sul divano della sala d'attesa e mi addormentai.

«Mi svegliai verso le cinque. L'infermiere era tornato e Phin aveva una flebo e gli occhi aperti. Il dottor Broughton mi spiegò che era affetto da grave malnutrizione, lo stavano idratando e piano piano si sarebbe ripreso.

«Annuii e gli spiegai che suo padre era morto e che io non sapevo dove fosse sua madre. Aggiunsi che avevamo una figlia e non sapevo che cosa fare.

«Quando gli parlai della bambina, cambiò faccia. "Per tutti i santi! Quanti anni hai?"

«Gli risposi che ne avevo appena compiuti quindici e lui mi lanciò una strana occhiata. "E dove l'avete lasciata, questa bambina?" "In casa con mio fratello" risposi.

«"E i tuoi genitori dove sono?"

«"Sono morti".

«Sospirò. "Non lo sapevo. Mi dispiace". E aggiunse: "Senti, non so che cosa stia succedendo e non voglio immischiarmi, ma mi hai portato un ragazzo malato e ho il dovere di curarlo. È meglio che lo tenga qui per un po'. Il posto c'è".

«Io ero sulle spine e volevo tornare da te, ma il dottor Broughton mi disse che gli sembravo anemica e voleva fare le analisi anche a me. Prima di lasciarmi andare, volle anche che mangiassi qualcosa.

«Mi offrì una ciotola di cereali e una banana, mi fece un prelievo di sangue, mi misurò la pressione e mi controllò denti e orecchie, manco fossi un cavallo alla fiera.

«Mi disse che ero disidratata e che doveva tenere anche me in osservazione, e mettermi una flebo».

Lucy guarda Libby negli occhi. «Mi dispiace. Mi dispiace tantissimo. Quando il dottor Broughton mi lasciò andare, non c'era più nulla da fare: nel frattempo erano intervenuti polizia e servizi sociali e ti avevano portato via». Le viene da piangere. «Ero arrivata troppo tardi».

64.
Chelsea, 1994

Fui io a prendermi cura di te, Serenity. Ti diedi da mangiare banane schiacciate, latte di soia, riso e fiocchi d'avena, ti cambiai il pannolino, ti cantai la ninna nanna. Passammo tante ore insieme, io e te. Era evidente che Lucy e Phin non sarebbero più tornati e ben presto i cadaveri in cucina avrebbero cominciato a decomporsi. La polizia sarebbe stata avvertita da un momento all'altro: dovevo tagliare la corda. Aggiunsi un paio di frasi alla lettera d'addio. "*La nostra bimba si chiama Serenity Lamb e ha dieci mesi. Affidatela a gente perbene*". Misi la penna in mano a mia madre e la posai sul tavolo. Ti diedi la pappa e ti misi una tutina pulita.

Mentre mi accingevo a uscire, nella tasca della giacca trovai la zampa di coniglio di Justin e te la lasciai accanto, nella culla. Speravo ti portasse fortuna, anche se non credo a queste cose e a me non ne aveva portata per nulla, da quando l'avevo trovata nella camera di Justin. Era un modo per augurarti ogni bene, Serenity. Eri l'unica cosa pura in quella casa, l'unico elemento positivo di quella storia orrenda. Per questo ti lasciai quell'amuleto.

Ti diedi un bacino e ti dissi: «Addio, piccolina adorabile».

Uscii dalla porta sul retro, con uno dei completi Savile Row di mio padre e un paio delle sue scarpe Jermyn Street, una sua vecchia camicia, il cravattino texano. Mi pettinai con il ciuffo. Nella borsa avevo contanti e gioielli. Uscii nella luce del mattino, con il sole caldo sulla pelle stanca. Entrai nella prima cabina telefonica che trovai e chiamai il 999. Con voce camuffata, dissi che ero preoccupato per i miei vicini. Non li vedevo da un po' e sentivo piangere un neonato.

Percorsi King's Road. I negozi erano ancora chiusi. Continuai a camminare fino a Victoria Station e lì mi sedetti in uno squallido baretto, con il mio vestito Savile Row, e ordinai un caffè. Non l'avevo mai assaggiato e ne avevo una voglia matta. Il primo sorso mi disgustò, ma ci versai due bustine di zucchero e mi costrinsi a berlo. Trovai un hotel anonimo e presi una stanza per tre notti. Nessuno mi chiese quanti anni avevo. Mi firmai Phineas Thomson. Thomson con la O, non Thomsen con la E. Volevo essere quasi Phin. Non completamente Phin.

In albergo guardai la televisione. Al termine del notiziario parlarono brevemente di un suicidio collettivo, tre probabili membri di una setta ritrovati morti, una bambina di pochi mesi viva e ben curata, altri minori scomparsi, indagini in corso. Le foto erano quelle del nostro ultimo anno di scuola, alle elementari. Io avevo dieci anni e un taglio di capelli classico, Lucy otto anni e il caschetto. Eravamo irriconoscibili. Su Phin e Clemency neanche una parola.

Tirai un sospiro di sollievo.

E poi? Che cosa è accaduto tra quel giorno in cui, sedicenne, guardai la TV in mutande sotto la trapunta di nylon in uno squallido alberghetto e adesso che sono qui, uomo di mezza età?

Lo vuoi sapere? Ti interessa?

Be', trovai un lavoro in un negozio di riparazioni di elettrodomestici a Pimlico. Era di una famiglia di pazzi del Bangladesh che se ne infischiavano di me e del mio passato: l'essenziale era che mi presentassi puntuale al lavoro.

Presi in affitto una stanza, mi comprai un computer e una serie di manuali, e iniziai a studiare per diventare programmatore.

Quando cominciarono a diffondersi internet e cellulari, mi licenziai e andai a lavorare in un Carphone Warehouse in Oxford Street.

Mi trasferii in un monolocale a Marylebone, poco prima che diventasse un quartiere super esclusivo. Mi tinsi di biondo, mi iscrissi in palestra e incominciai a fare bodybuilding. La sera frequentavo certi club e facevo sesso con sconosciuti. Mi innamorai di uno, che però mi picchiava. Poi mi innamorai di uno che mi piantò in asso. Mi feci sbiancare i denti. Comprai un acquario con pesci tropicali. Morirono tutti. Venni assunto da una internet company. All'inizio eravamo in cinque, ma nel giro di tre anni diventammo cinquanta, il mio reddito annuo raggiunse le sei cifre e mi venne dato un ufficio tutto mio.

Acquistai un appartamento con tre camere a Marylebone. Mi innamorai di uno che prima di lasciarmi mi disse che ero brutto e che nessuno mi avrebbe mai amato. Mi feci rifare il naso e allungare le ciglia. Mi feci fare anche qualche iniezione di filler alle labbra.

Nel 2008 andai nello studio legale sulla cui carta intestata era stato redatto il testamento di mio padre. Per così tanto tempo avevo cercato di dimenticare Cheyne Walk e ciò che vi era accaduto, tentando di plasmarmi una nuova identità (anche se un po' presa in prestito). Non volevo aver niente a che fare con il piccolo, patetico Henry Lamb e la sua storia. Per me era morto. Ma maturando e facendomi una posizione, cominciai a pensare a te, sempre più spesso; volevo sapere dov'eri, chi eri e se eri felice oppure no.

Sapevo che davano tutti per scontato che tu fossi figlia di Martina e Henry Lamb: l'avevo letto sui giornali. Evidentemente gli inquirenti avevano creduto alla mia lettera d'addio e non avevano effettuato test del DNA. E ricordando i termini del testamento dei miei genitori, pensai che forse un giorno saresti tornata nella mia vita. Ma non sapevo se il trust della casa fosse ancora depositato presso lo stesso studio legale. E, anche se lo era, poteva darsi che David fosse riuscito a modificarne i termini durante il periodo in cui aveva mia madre totalmente sotto il proprio controllo.

All'epoca avevo più di trent'anni, ero alto, biondo, palestrato e abbronzato. Dissi che mi chiamavo Phineas Thomson e volevo notizie di una famiglia di conoscenti. «Credo fossero vostri clienti» dissi. «Lamb. Abitavano a Cheyne Walk».

Una giovane impiegata consultò l'archivio, digitò sulla tastiera del computer e alla fine mi disse che erano fiduciari di un trust intitolato alla famiglia Lamb, ma più di questo non poteva comunicarmi.

C'era un ragazzo carino, che mi aveva guardato mentre ero seduto alla reception. Lo aspettai fuori dallo studio e lo beccai mentre usciva per pranzo. Si chiamava Josh. Ovvio: in quel periodo si chiamavano tutti Josh.

Lo invitai a mangiare a casa mia, cucinai per lui e me lo scopai. Siccome a me non importava niente di lui, si innamorò. Finsi di ricambiare e, dopo un mesetto, riuscii a convincerlo a portarmi una fotocopia dei documenti relativi al trust.

Era scritto nero su bianco, proprio come avevano stabilito i miei genitori quando io ero un bebé e Lucy nemmeno ancora esisteva: l'immobile sito al civico 16 di Cheyne Walk, completo di annessi e arredi, era affidato a un trust in attesa che il primo dei discendenti di Martina e Henry Lamb raggiungesse il venticinquesimo anno di età. Quindi David non era riuscito a metterci le mani sopra, né Lucy, a quanto pareva, era ricomparsa per reclamarlo. Il trust era ancora lì, valido, in attesa che tu compissi venticinque anni. Qualcuno più cinico di te potrebbe pensare che io sia venuto a cercarti solo per mettere le mani sulla mia eredità. Dopotutto, non potendo dimostrare di essere Henry Lamb, non potevo rivendicarne il possesso, ma con te nella mia vita avrei avuto la possibilità di avere ciò che era mio di diritto. Ma, sai, non era una questione di soldi. Ne ho a palate. Era per mettere un punto fermo al passato. E per conoscere te, Serenity, per onorare il legame che ci unisce.

Così, a giugno di quest'anno, ho affittato su Airbnb un appartamento di fronte alla casa di Cheyne Walk, ho comprato un binocolo e mi sono appostato in terrazza a guardare.

Una mattina mi sono arrampicato sul tetto di Cheyne Walk e ho impiegato l'intera giornata a fare a pezzi lo scheletro mummificato di Birdie, staccando tutte le sue ossicine. Le ho buttate in un sacco di plastica nero e, con il favore del buio, l'ho mollato nel Tamigi. Era sorprendentemente piccolo. Ho passato il resto della notte sul mio vecchio materasso e la mattina dopo sono tornato al mio Airbnb. Tu sei arrivata quattro giorni dopo, accompagnata dall'avvocato. Avete tolto la paratia, avete aperto il portone e siete entrati.

Ho tirato un sospiro di sollievo.

Finalmente.

La piccola era tornata.

65.

Libby guarda Lucy. «Cos'è successo a Phin, dopo che l'hai lasciato dal dottor Broughton? Voglio dire, si è ripreso?»

«Sì, è guarito».

«Quindi è ancora vivo?»

«Per quanto ne so, sì».

Libby si porta le mani alla bocca. «Oh, mio Dio! E dove sta?»

«Non ne ho idea. Non lo vedo da quando avevo diciott'anni. Passammo un paio di anni assieme, in Francia. Poi ci siamo persi di vista».

«Come mai andaste in Francia?»

«Ci portò il dottor Broughton. Non personalmente, ci fece accompagnare da una persona di fiducia. Conosceva un sacco di gente ed era una specie di… adesso lo chiameremmo un *facilitatore*. Aveva contatti ovunque, gente che gli doveva favori, amici di amici di amici. Fra i suoi pazienti c'erano delinquenti di un certo calibro. Penso che la notte prima fosse stato tirato giù dal letto per suturare ferite di arma da fuoco nel suo ambulatorio.

«Quando finimmo su tutti i giornali, stabilì che era meglio che sparissimo dalla circolazione. Era passata una settimana da quando ero andata a bussare alla sua porta: ci disse che ormai stavamo abbastanza bene per partire e ci fece nascondere nel retro del furgone Ford Transit di un certo Stuart, che ci portò Oltremanica attraverso l'Eurotunnel, fino a Bordeaux. Ci lasciò da una certa Josette, che abitava in campagna. Josette era un altro dei contatti del dottor Broughton. In cambio di vitto e alloggio lavoravamo nei campi. Non ci chiese chi fossimo né perché fossimo giunti lì.

«Io e Phin, però, non... Capisci? Fra noi c'era stato qualcosa soltanto a causa della situazione, ma ora che eravamo liberi da quel giogo ci sentivamo semplicemente amici. Fratello e sorella. Parlavamo spesso di te, però. Ci chiedevamo con chi fossi, se stessi bene, se fossi bella, brava e buona, e immaginavamo un futuro radioso per te, dicendoci che avevamo fatto bene a metterti al mondo».

«Non parlavate di venirmi a riprendere?» chiede Libby pensierosa.

«Sì, certo» risponde Lucy. «Io avrei voluto farlo. Phin era più cauto e si preoccupava più del suo futuro che del passato. Di tutto il resto, invece, evitavamo accuratamente di parlare. Non nominavamo neppure i nostri genitori. Io certe volte ci provavo, ma Phin non mi dava corda. Era come se avesse rimosso tutto. Come se nulla fosse accaduto. Fisicamente si era del tutto ripreso, era abbronzato e in gran forma. Stavamo bene entrambi. Josette aveva un violino, che non usava mai e lasciava suonare a me. Lo suonavo nelle sere d'inverno e d'estate quando arrivavano studenti e turisti, per intrattenerli. Josette mi permise anche di portarlo in paese e suonare in giro il venerdì e il sabato sera. Cominciai a raggranellare qualche soldino e a metterlo da parte per tornare a Londra a cercarti con Phin.

«Due anni dopo, però, una mattina mi svegliai e Phin non c'era più. Mi aveva lasciato un biglietto: "Vado a Nizza"». Lucy sospira. «L'estate in cui se ne andò, io rimasi a Bordeaux finché non ebbi i soldi sufficienti per il biglietto del pullman fino a Nizza, dove per settimane cercai Phin di giorno, e di notte dormii sulla spiaggia. Alla fine mi arresi. Josette mi aveva regalato il violino e suonando per strada guadagnavo abbastanza per permettermi un ostello. Compii diciannove anni, venti e poi ventuno. Quindi conobbi un uomo. Ricchissimo. Persi la testa per lui. Mi sposò e mi diede un figlio. Lasciai quell'uomo e ne conobbi uno poverissimo, che mi diede un altro figlio, però poi mi lasciò e...» Si interrompe e Libby cerca di decifrare la sua espressione, che lascia trapelare qualcosa di insondabile, forse di inesprimibile. È questione di un attimo, poi Lucy riprende il racconto.

«Poi è arrivato il tuo compleanno e sono tornata».

«Perché non sei tornata prima? Quando hai compiuto venticinque anni. Non sapevi dell'esistenza del trust?»

«Lo sapevo, sì, ma non avevo documenti, certificato di nascita, niente che attestasse che ero Lucy Lamb. Il mio passaporto era falso. Il mio matrimonio con il padre di Marco era in crisi profonda. Era...» Sospira. «E comunque sapevo che, se non ci fossimo presentati né io né Henry, la casa sarebbe andata a te, perché erano tutti convinti che fossi nostra sorella. Quindi decisi che avrei aspettato che tu compissi venticinque anni e allora sarei tornata. La prima cosa che feci quando mi comprai uno smartphone fu impostare una notifica sul calendario, per non dimenticarlo. Aspettavo questo giorno da sempre. Non vedevo l'ora di tornare».

«E Phin? Che fine ha fatto Phin?» chiede Libby con una nota di disperazione nella voce.

Lucy sospira. «Posso solo supporre che sia andato da qualche parte dove non potesse essere trovato. Che fosse ciò che voleva».

Ecco, finalmente hanno ricostruito tutta la storia. Manca solo un pezzo.

Suo padre.

Parte quarta

66.

Libby ha il pollice sullo smartphone. È collegata alla app della sua banca dalle nove di stamattina e controlla l'estratto conto ogni quindici minuti.

Sta aspettando i soldi della vendita della casa di Cheyne Walk.

Sono riusciti a trovare un acquirente un mese fa. Per mesi nessuno ha manifestato il minimo interesse, poi, abbassato il prezzo, sono arrivate un sacco di offerte e sono partite due trattative, che però non sono andate a buon fine. Da ultimo si è fatto avanti un tipo dal Sudafrica e nel giro di due settimane si è raggiunto un accordo, concludendo l'affare. Pagamento in contanti.

Sette milioni e quattrocentocinquantamila sterline.

Sul conto in banca di Libby, però, continuano a esserci soltanto trecentodiciotto sterline, tutto quel che resta dell'ultimo stipendio.

La ragazza sospira e torna allo schermo del computer, dove è visualizzato il suo più recente progetto di cucina, in stile country shaker, con pomoli di ottone e piano in marmo. È per una giovane coppia di sposi e sta venendo benissimo. Peccato che non avrà modo di vederla realizzata, perché oggi è il suo ultimo giorno alla Northbone Kitchens.

È anche il suo ventiseiesimo compleanno. Quello vero. Non il 19 giugno, ma il 14. Ha scoperto di avere cinque giorni più di quanto credeva. Non è un problema. Cinque giorni di più sono un prezzo più che ragionevole da pagare, in cambio di sette milioni di sterline, una madre, uno zio e due fratellastri. Non sentendosi più costretta a rispettare le scadenze che si era arbitrariamente imposta, che problema c'è?

Riprova ad accedere all'estratto conto.

Trecentonove sterline. Le hanno appena addebitato un pagamento effettuato con PayPal la settimana scorsa.

È una bellissima giornata. Guarda Dido: «Ti va di pranzare fuori? Offro io».

Dido alza la testa, gli occhiali sulla punta del naso, e sorride. «Volentieri!»

«Panino e Coca-Cola o aragosta e champagne, a seconda di quando mi accreditano la cifra».

«L'aragosta è sopravvalutata» sentenzia Dido, tornando al suo lavoro.

Alle undici il cellulare di Libby vibra: è un messaggio di Lucy. *Prenotato ore venti. A dopo!*

Lucy abita con Henry nel suo bell'appartamento di Marylebone, ma sembra che non vadano per niente d'accordo. Dopo venticinque anni che vive da solo, Henry fatica a condividere i propri spazi con due bambini e un cane, che i suoi gatti odiano cordialmente. Lucy sta già cercando casa. A St Albans. E Libby ha messo il cuore su un delizioso cottage georgiano appena fuori città.

Riprova ad aggiornare la pagina web.

Trecentonove sterline.

Controlla la posta elettronica, nel caso sia arrivata la comunicazione di qualche disguido. Niente.

Una volta pagate le tasse di successione, la cifra verrà divisa in tre. Libby si è offerta di rinunciare alla sua quota, visto che in realtà la casa appartiene ai figli di Martina e Henry Lamb, e lei non lo è. «Non ho bisogno di un terzo dei soldi. Qualche migliaio di sterline basta e avanza». Ma i fratelli hanno insistito. «Sei la loro nipote» ha rimarcato Lucy. «Ne hai diritto quanto noi».

All'una esce dallo showroom con Dido.

«Panino, purtroppo».

«Ottimo» replica Dido. «Adoro i panini».

Vanno in un caffè nel parco e scelgono un tavolino fuori, al sole.

«Non posso credere che te ne vai» dice Dido. «Lo showroom senza di te sarà... be', silenzioso lo era anche con te, visto che parli poco. Però... Mi mancherai, Libby. La tua bella scrivania ordinata, la tua testa davanti al computer...»

«Scrivania ordinata?»

«Be', tieni i fascicoli impilati perfettamente uno sull'altro, no?» Mima il gesto. «Comunque sia, mi mancherai».

Libby la guarda e replica: «Non ti è mai venuta voglia di andare via, dopo che hai ereditato il cottage e tutto il resto? Voglio dire, tu non hai bisogno di lavorare, no?»

Dido si stringe nelle spalle. «Probabilmente no. E ci sono giornate in cui manderei tutto a farsi benedire per godermi il mio cavallo, finché c'è. Perché alla fine dei conti io ho soltanto Spangles. Tu invece... Tu hai tutto ciò che le cucine non sono in grado di dare».

Libby sorride. È vero.

Non sono soltanto i soldi. È tutto il resto.

La famiglia ritrovata, le persone che l'hanno accolta così spontaneamente, la parte di sé che ha scoperto esistere al di là dell'ordine e delle capacità organizzative. Non si era mai concessa di essere veramente se stessa, perché si sentiva in dovere di colmare le lacune di sua madre. Di andare bene a scuola. Di avere una compagnia, benché non avesse granché in comune con gli amici che frequentava. Ma ora ha scoperto che la vita offre molto di più che amicizie superficiali e relazioni su Tinder. I suoi genitori biologici sono meglio di quelli che si era immaginata, il grafico e la pierre, con la macchina sportiva e i cagnolini di razza. Che fantasie banali...

Riprova ad accedere all'estratto conto.

Guarda distrattamente la cifra, poi ricontrolla. È un numero incredibile, con troppi zeri. Un numero esagerato. Volta lo smartphone verso Dido. «Dio santissimo!»

Dido si copre gli occhi con le mani, senza fiato. Poi si volta verso il caffè. «Cameriere?» dice. «Due bottiglie del vostro miglior Dom Pérignon. E tredici aragoste. E faccia presto».

Naturalmente scherza, perché non c'è nessun cameriere, ma gli avventori del tavolo vicino le lanciano un'occhiata stupita.

«La mia amica ha appena vinto alla lotteria» spiega Dido.

«Beata lei!» risponde una donna.

Dido si volta di nuovo verso Libby. «Non devi per forza tornare allo showroom, dopo. È il tuo compleanno e hai "millantamila" sterline sul conto. Insomma, direi che ti puoi concedere una mezza giornata di riposo».

Libby sorride, appallottola il tovagliolo di carta e lo posa sul vassoio. «No» risponde. «Non se ne parla neanche. Non sono stanca. E poi ho lasciato la scrivania in disordine».

Dido le sorride. «Okay» replica. «In fondo sono le tue ultime tre ore e mezzo di normalità. Vogliamo andare?»

67.

Lucy è sola in casa, sa che non tornerà nessuno prima di un'ora e decide di immergersi nella vasca piena di acqua calda, laccarsi le unghie, farsi la piega con il phon, cospargersi di crema e truccarsi. Lussi ai quali non ha ancora preso l'abitudine. È passato un anno da quando Henry l'ha trovata nella casa di Cheyne Walk e le ha portato Serenity. È un anno che sono di nuovo riuniti, un anno che coabita con suo fratello a Marylebone, in una bella casa ordinata dove dorme in un letto matrimoniale fra lenzuola di morbido cotone, e i suoi unici impegni sono preparare squisiti pranzetti e portare a passeggio il cane. Una volta al mese lei e Clemency si incontrano, bevono champagne, parlano dei propri figli, delle idiosincrasie di Henry e di tanto altro, tranne di ciò che accadde quando erano giovani. Non saranno mai più così vicine com'erano un tempo, ma restano grandi amiche.

Marco ha tredici anni e frequenta un'ottima scuola privata vicino a Regent's Park, pagata da Henry, nella quale pare che tutti fumino sigarette elettroniche e facciano uso di ketamina. Ha perso l'accento francese e sostiene di sentirsi londinese.

Stella ha sei anni e frequenta la prima classe in una scuola elementare di Marylebone, dove ha due amichette che si chiamano entrambe Freya.

Ieri Lucy ha preso la metro per andare a Chelsea a guardare la casa di Cheyne Walk. Il cartello FOR SALE è stato voltato e adesso dichiara: SOLD. Ben presto inizieranno i lavori di ristrutturazione, secondo i gusti e le esigenze di un'altra famiglia. Ben presto ci andranno a stare altre persone, che non sapranno mai, non sospetteranno mai ciò che è successo un tempo fra quelle pareti a quattro minorenni, tenuti prigionieri e sottoposti a innumerevoli abusi e privazioni, che inevitabilmente sono stati restituiti al mondo traumatizzati, pieni di lacune, sperduti. Lucy fatica a ricordare la bambina che è stata, l'adolescente talmente bisognosa di attenzioni da lasciarsi portare a letto contemporaneamente da padre e figlio. A volte guarda Stella, la sua bambina straordinaria, e al solo pensiero che a quattordici anni possa svendersi anche lei al primo venuto per un briciolo di amore, le si stringe il cuore.

Le trilla il cellulare e sussulta, come sempre le succede e forse sempre le succederà. L'omicidio di Michael non è stato risolto, ma ormai danno tutti per scontato che sia stato un regolamento di conti con criminali dei bassifondi. In un articolo su un quotidiano francese è stata citata anche lei: «Rimmer si è sposato due volte e ha avuto un figlio dalla prima moglie Lucy, inglese. Secondo la domestica, Rimmer l'aveva ricevuta in casa di recente. La donna non compare comunque nel registro degli indagati».

Lucy tuttavia è consapevole del fatto che un detective giovane e ambizioso, deciso a farsi conoscere, potrebbe ancora risalire a lei. L'ansia la accompagnerà per sempre, immagina.

Ma il messaggio non è di un detective intraprendente, bensì di Libby: è lo screenshot del suo estratto conto, accompagnato dall'esclamazione: *Pronto cassa!*

Lucy prova un moto di grande sollievo: la fase dell'indigenza è finita... E ora comincia una nuova vita. Potrà finalmente comprare una casa per sé, i suoi bambini e il cane, che nessuno potrà mai portarle via. E finalmente avrà l'agio di riflettere su cosa fare della propria vita. Le piacerebbe diplomarsi al conservatorio, fare della musica la propria professione. Adesso è libera di scegliere.

La prima metà della sua vita è stata cupa e drammatica, una lotta continua, ma nella seconda filerà tutto liscio, andrà tutto bene.

Risponde a Libby.

Champagne per tutti, allora! A dopo, tesoro. Non vedo l'ora di festeggiare con te. Per tutto.

Libby risponde: *Anch'io. Tvb.*

Scrive pure lei *Tvb*, seguito da un certo numero di cuoricini. Poi spegne il telefono.

Libby è una figlia stupenda, tenera e affettuosa. Assomiglia sia a Stella sia a Marco, ma in tante cose è uguale a suo padre: indipendente, sicura di sé, abituata a decidere con la propria testa. È più rilassata, ultimamente, e sta perdendo quelle rigidità e quelle ansie di controllo che le impedivano di cogliere le possibilità che la vita schiude. Ritrovarla ha pareggiato il conto con lo strazio di averla abbandonata nella culla. È un angelo.

Lucy riaccende il cellulare e cerca un nome nella rubrica. Poi scrive un messaggio:

Caro Giuseppe, sono Lucy. Mi manchi tanto! Volevo dirti che io, i bambini e Fitz stiamo bene e siamo contenti. Non credo torneremo più in Francia. Ho bisogno di mettere radici e qui la vita è più facile. Grazie di tutto. Non dimenticherò mai l'aiuto che mi hai dato nel momento del bisogno. Senza di te, non ce l'avrei fatta. Un grande abbraccio, Lucy.

68.

Entrando nel ristorante di Marylebone, quella sera, Libby trova ad aspettarla la sua nuova famiglia.

Lucy, Marco, Stella e Henry.

Marco la accoglie con un abbraccio e le posa affettuosamente la testa sulla spalla. «Tanti auguri, Libby».

Stella la abbraccia con dolcezza: «Auguri, Libby. Ti voglio bene».

Quei due bambini sono il regalo più grande di tutti: un fratello e una sorella!

Sono splendidi, educatissimi, e Libby trova che il merito non possa essere che di Lucy, che li ha tirati su. Si è affezionata molto a lei, e viceversa. La poca differenza di età fa sì che Lucy le sembri più un'amica che la donna che l'ha messa al mondo.

Lucy si alza, le getta le braccia al collo e le schiocca un bacio sonoro vicino all'orecchio. «Buon compleanno» dice. «Finalmente il giorno giusto. Ventisei anni fa, più o meno a quest'ora... Dio, credevo mi squartassi!»

«Muggiva» interviene Henry. «Giuro, sembrava una mucca. Si lamentò per ore. Ci tappavamo le orecchie per non sentirla». Le concede uno dei suoi cauti abbracci.

Libby non l'ha ancora inquadrato completamente. Se pensa che Clemency ha parlato addirittura di "vena criminale", le vengono i brividi. Henry ha giustiziato quattro persone, ha occultato il cadavere di una giovane donna, ha mutilato una gatta... Ma Libby non crede che lo abbia fatto per il gusto di uccidere ed è abbastanza sicura che se quella sera i quattro ragazzini avessero chiesto aiuto, spiegando che cosa era successo, riferendo i maltrattamenti e le violenze subite, e che si era trattato di un terribile incidente, la polizia ci avrebbe creduto e li avrebbe instradati lungo un percorso di recupero. Loro però fecero la scelta di fuggire e le loro vite partirono per la tangente, seguendo vie del tutto imprevedibili.

Henry è un tipo eccentrico, ma è consapevole di esserlo. Continua a sostenere di non averla chiusa apposta in camera con Miller nell'Airbnb e di non avere nessuna responsabilità riguardo alla scomparsa temporanea dei loro cellulari e a quella definitiva della registrazione di Miller. Forse era più ubriaco di quel che credeva, dice. E Libby non ha mai trovato localizzatori o microspie nascosti nel suo smartphone. Ma poi non ha nemmeno mai cambiato il codice di accesso al suo telefono.

Henry nega altresì di essersi sottoposto a interventi di chirurgia estetica per assomigliare a Phin. «Perché avrei dovuto? Sono molto più bello io!» Con i bambini ha poca pazienza e l'invasione dei suoi spazi lo innervosisce, ma alla fine ci ride su. Vive un po' fuori dalla realtà e ha un concetto di verità assai personale, ma chi è Libby per giudicare? Come può fargliene una colpa, dopo tutto quello che ha passato, poveraccio? Anche lei stenterebbe a fare i conti con la realtà, se avesse subito i suoi traumi.

Legge il biglietto di Henry a voce alta:

Carissima Libby Jones, sono orgoglioso di essere tuo zio.

Ti ho voluto bene dal primo istante e continuerò in eterno.

Tanti cari auguri di un felice compleanno!

Henry arrossisce e la guarda imbarazzato e stavolta Libby non si accontenta del suo goffo abbraccio. Stavolta gli getta le braccia al collo e lo stringe forte. «Anch'io ti voglio bene» gli dice. «Grazie di essere venuto a cercarmi».

A quel punto arriva Miller.

Dido aveva ragione.

Effettivamente c'era feeling.

Sebbene Roe sia un cognome che non suona bene affiancato a Jones e Miller abbia una madre antipatica, troppi peli sulla faccia, una ex moglie, non possieda cani e/o gatti e soffra di borborigmi, nell'insieme è un uomo adorabile. E cos'è un tatuaggio, se non un disegno sulla pelle? Non è una presa di posizione ideologica, è uno scarabocchio.

Per lei Miller ha rinunciato a scrivere il suo articolo. Dopo che l'estate scorsa Libby ha ritrovato la sua famiglia di origine, lui ha strappato tutti i suoi appunti.

«Ma è il tuo mestiere!» gli ha fatto notare Libby. «La tua fonte di reddito! Tanto lavoro per niente?»

Miller l'ha zittita con un bacio. «Non voglio smembrare la tua famiglia, adesso che si è riunita. Mi sembra che per te sia più importante di quanto possa essere uno scoop per me».

Libby è seduta accanto a lui. Si baciano.

«Auguri, Libby Lamb» le sussurra nell'orecchio.

La chiama scherzosamente così, adesso. A Libby non dispiace: non ha mai avuto un soprannome.

Miller le passa una busta bella gonfia.

«Cos'è?»

Lui sorride e risponde: «Aprila e vedrai».

È la lussuosa brochure patinata di un safari lodge cinque stelle in Botswana, il Chobe Game Lodge.

«E questo sarebbe...?»

Miller sorride. «Pare proprio di sì. Secondo il tipo con cui ho parlato, che era molto disponibile, il capo delle loro guide si chiama Phin e ha una quarantina d'anni. Ha solo cambiato la grafia del nome: adesso si firma Finn. Finn Thomsen».

«Pensi che sia lui?»

«Al novantanove per cento. Ma c'è solo un modo per accertarlo».

Tira fuori un foglio piegato dalla tasca della giacca e glielo porge. È la conferma della prenotazione di una camera deluxe per due al Chobe Game Lodge.

«Se non vuoi venire tu, ci vado con mia madre» le dice. «Ha sempre desiderato fare un safari».

Libby scuote la testa. «Neanche per sogno!» risponde. «Vengo io. Certo che voglio venire».

Sfoglia la brochure e le cade l'occhio su una foto: una jeep piena di turisti che ammirano un branco di leoni. La guarda con attenzione. Si concentra sulla guida seduta davanti, che sorride voltata verso la macchina fotografica. Ha i capelli biondi e folti, la faccia simpatica, un sorriso smagliante.

Sembra l'uomo più felice del mondo.

E le assomiglia.

«È lui?» domanda.

«Io questo non te lo so dire» risponde Miller. Alza gli occhi verso Henry e Lucy e mostra loro la brochure. I due fratelli esaminano la foto con grande attenzione, poi Lucy si preme un pugno sulla bocca e Henry si appoggia allo schienale.

Lucy annuisce. «Sì» risponde con voce rotta. «Sì, sì, è lui. È Phin. Quindi è vivo… Phin è vivo!»

69.

Quindi è vivo. Phin è vivo. Ho il cuore in gola e la testa improvvisamente vuota. È bellissimo, abbronzato, calzoni mimetici, sorriso a trentadue denti, seduto su una jeep in Africa. Felice come una pasqua. Scommetto che non pensa mai né a me né a nessuno di noi. Scommetto che non ti dedica neppure un pensiero, Serenity. Non gli importava niente di te quando stavate nella stessa casa, figurati adesso. Non gliene frega un accidente.

Lucy evidentemente mentiva, quando ti ha raccontato che parlavano sempre di te, in Francia. A Phin non piacciono i bambini, non è nato per fare il padre di famiglia. È una creatura indipendente, solitaria. Basta a se stesso. L'unica volta che sono riuscito a creare un contatto profondo con lui è stata la sera del primo acido, quando ci tenemmo per mano e mi sentii entrare nell'anima il suo spirito vitale. Quella sera io diventai Phin e lui... No, lui non diventò me: chi mai avrebbe voluto diventare me? Io invece diventai Phin e lo scrissi ovunque, un grido silenzioso nascosto nei cassetti e negli angoli più reconditi della casa: IO SONO PHIN.

Ma come potevo essere Phin, con la sua presenza costante a ricordarmi che non ero Phin? Ogni volta che si scostava il ciuffo sugli occhi, ogni alzata di spalle, ogni sguardo ombroso, ogni pagina di libro voltata lentamente erano un monito.

Avrebbe dovuto essere una pozione d'amore. Lo scopo era farlo innamorare di me. Non funzionò. Ebbe l'effetto contrario, purtroppo. Lo indebolì, lo imbruttì e, più lui perdeva le forze, più io diventavo potente. Per questo continuai a somministrargliela. Non per ucciderlo: non era questa l'intenzione. Per togliergli lustro, piuttosto, e acquisirne io. Ma quella sera, la sera della festa di compleanno per i trent'anni di Birdie, quando Lucy mi confidò che la piccola era figlia di Phin, andai in camera sua deciso a ucciderlo.

Eppure, quando mi chiese di slegargli le mani, pretesi soltanto che si lasciasse baciare. E lo baciai. Era ancora legato al tubo del radiatore, stava male come un cane, e io lo baciai sulle labbra, sul volto. Non si ribellò, mi lasciò fare. Lo baciai per un lungo minuto. Gli accarezzai le labbra con la punta delle dita, gli passai le mani fra i capelli, gli feci tutto quello che sognavo di fare da quando l'avevo conosciuto, dal giorno in cui, undicenne, era entrato in casa nostra e io nemmeno immaginavo di voler baciare qualcuno.

Mi aspettavo che mi respingesse, invece no, fu molto arrendevole.

E quando fui sazio di baci, lo liberai e mi distesi accanto a lui.

Abbracciai il suo corpo caldo.

Chiusi gli occhi.

E mi addormentai.

Quando mi svegliai, Phin non c'era più.

Da allora non ho fatto altro che cercarlo. Dappertutto.

E adesso finalmente l'hanno trovato.

Contavo sul fatto che l'orso di Libby sarebbe riuscito a rintracciarlo.

E infatti ci è riuscito.

Guardo Miller, poi guardo te.

Sfoggio il mio sorriso più seducente da zio Henry e chiedo: «C'è posto anche per me?»

Ringraziamenti

Grazie a un trio di straordinarie editor: Selina Walker, che nel Regno Unito ha lavorato nei weekend e in lunghe nottate per montare, rielaborare e rifinire il mio manoscritto fino a renderlo leggibile; Lindsay Sagnette, che negli USA gli ha dato una chiarezza e una profondità che non aveva; e Richenda Todd, che ha fatto molto più di quanto è richiesto a un copy editor costringendomi ad affrontare i tanti aspetti problematici che fingevo di non vedere perché non sapevo come risolverli. Lavorare con voi tre è stato come frequentare una masterclass sull'importanza di avere un buon editor.

Grazie anche al mio favoloso agente Jonny Geller, che non mi ha permesso di mandare alla ventura nel mondo il mio libro finché non è stato al meglio. Quanto più ti fa perfezionare il manoscritto, tanto più l'editore tiene a te e alle tue opere. Sono davvero fortunata a poter contare su tutti voi.

Grazie a Najma Finlay, la mia eccezionale *publicist* nel Regno Unito, che sta per andare in maternità e non tornerà finché non avremo il prossimo libro da lanciare: goditi ogni minuto di questa bellissima esperienza.

Grazie a Deborah Schneider, la mia agente americana, per… be', tu sai per che cosa ti ringrazio: è stato un anno incredibile!

Grazie a Coco Azoitei per i termini tecnici necessari a spiegare come si fa a provare un violino appena riparato e grazie a tutti coloro che, su Facebook, mi hanno dato informazioni sui family trust. Gli eventuali errori su entrambi gli argomenti sono solo miei.

Grazie ai team di editori che nel Regno Unito, negli USA

e nel resto del mondo si sono presi cura del mio libro – e di me! – con un pensiero particolare ad Ariele e Haley negli USA, Pia e Christoffer in Svezia, Oda in Norvegia ed Elisabeth e Tina in Danimarca.

Grazie a tutti gli editori di audiolibri e agli studi di registrazione che producono versioni di così alta qualità e a tutti gli attori e artisti della voce che leggono così bene i miei romanzi.

Grazie ai bibliotecari, ai librai, agli organizzatori di festival e a tutti coloro che hanno contribuito a far arrivare i miei libri in mano ai lettori.

Grazie alla mia famiglia (e al nostro zoo domestico) perché mi tengono con i piedi per terra, sempre.

E infine grazie ai due doppi vodka and tonic che mi hanno tenuto compagnia negli ultimi tre capitoli un venerdì sera, aiutandomi a scovare le ultime righe che erano nascoste da qualche parte e che da sola non riuscivo a trovare. Cincin!

Questo libro è stampato col sole

Fabbricato da Grafica Veneta S.p.A. con un processo di stampa e rilegatura
certificato 100% carbon neutral in accordo con PAS 2060 BSI

Stampato per conto di
Neri Pozza Editore, Vicenza
da Grafica Veneta S.p.A., Trebaseleghe (PD)
nel mese di giugno 2024
Printed in Italy